Schweigende Schuld
Elke Bergsma

Elke Bergsma

Schweigende Schuld

Impressum
Copyright: © 2014 Elke Bergsma, www.elke-bergsma.de
Am alten Handelshafen 1, 26789 Leer
Satz: Corinna Rindlisbacher, www.ebokks.de
Cover: Susanne Elsen, www.mohnrot.com
unter Verwendung eines Fotos von © Jens Holzmann/Shutterstock.com
Verlag: BoD · Books on Demand GmbH, Überseering 33,
22297 Hamburg, bod@bod.de
Druck: Libri Plureos GmbH, Friedensallee 273, 22763 Hamburg

ISBN: 978-3-7693-5341-9

Für „**Daphne Buchundmoor**"
Danke. Für alles.

Personenverzeichnis

Familie Wiemers
Generation 1: Erna ∞ Wilhelm †
Generation 2: Hermann ∞ Elske † (+ 3 Schwestern)
Generation 3: Eike ∞ Simone,
                 Linus

Alex Habermann: Bruder von Simone
Tobias Rüttgers: Ex-Freund von Simone

Familie Jakobs
Generation 1: Greta ∞ Fenko †
Generation 2: Bernhard (+ 2 Brüder)

Familie Bleeker
Generation 1: Ebeline ∞ Hinnerk †
Generation 2: Annegret ∞ Oliver Engler

Familie Adams
Berend ∞ Verena
Eelko (Onkel von Berend)

Ewald Kubicek: Kompagnon von Oliver Engler
Michael Ipsen: Angestellter Bauamt Gemeinde Krummhörn
Gesine Koopmann: Nachbarin der Englers
Peter Kogler: Reporter

Prolog

Der Himmel war so klar in dieser klirrend kalten Nacht. Hinrikje seufzte tief, als sich eine Sternschnuppe aus der Vielzahl der Himmelslichter löste und sich als funkelnder Schweif seinen Weg zur Erde bahnte.

Wie oft hatte sie früher mit ihrem Vater des Nachts im Garten gesessen und diese wundersame Laune der Natur bestaunt. Es war immer so schön gewesen, so unwirklich schön! Und doch würde es nie wieder so sein. Denn ihr Vater war bereits seit zwölf langen Jahren tot. Gefallen für Führer und Vaterland, wie es ihre Großmutter noch heute voller Stolz und auch mit ein wenig Traurigkeit in der Stimme sagte.

Ja, ihr Papa war tot. Wie sehr sie ihn vermisst hatte in all den Jahren! *Meine kleine Sternenprinzessin* hatte er sie immer zärtlich genannt, wenn sie eingekuschelt in seinen Armen lag und in die Dunkelheit hinausschaute.

Doch nie hatte sie ihn so schmerzlich vermisst wie in dieser Nacht.

Was wohl würde er sagen, wenn er seine geliebte Tochter hier im Wasser stehen sah, barfuß und in ein fadenscheiniges Nachthemd gekleidet, mit fieberglühendem Gesicht? Ganz bestimmt hätte er es niemals gutgeheißen, sie hier zu sehen, sondern sie rasch ins Haus gerufen, ihr eine dampfende Tasse Schokolade in die Hand gedrückt und ihr beim Kaminfeuer eine Geschichte erzählt von Feen, Elfen und Sternenstaub.

Was wohl würde er sagen, ihr geliebter Papa, wenn er wüsste, was sie Furchtbares getan hatte? Ganz bestimmt würde er enttäuscht den Kopf schütteln und sie mit unendlich traurigen Augen ansehen. Ja, sie wusste es ja selbst: niemals hätte sie tun dürfen, was sie getan hatte. Auch nicht, wenn ihre Mutter es ihr befahl, weil sie das Geld doch so dringend brauchten.

„Papa?", flüsterte Hinrikje in die Stille der Nacht hinein, als die nächste Sternschnuppe am nachtblauen Himmel ihre glühende Bahn zog. „Papa, bist du da? Kannst du mir verzeihen, Papa? Nimmst du mich bei dir auf und lässt mich ein Engel an deiner Seite sein?"

„Danke, Papa", war ihr letztes Flüstern, als sie lautlos im eisigen Wasser versank.

1

Die ersten großen Tropfen klatschten auf das Schiffsdeck, doch noch beachtete sie niemand. Nur Eike warf aus seinem Steuerhaus hinaus einen kritischen Blick zum Himmel, an dem in der letzten Stunde schwere, dunkle Gewitterwolken aufgezogen waren. Sie wirkten deutlich bedrohlicher, als es der Seewetterbericht an diesem Morgen hätte vermuten lassen. Auch war der am Vormittag noch seichte Wind merklich aufgefrischt, sodass der Kutter durch die stärker werdende See kräftig anfing zu rollen und aus dem Ruder zu laufen drohte. Eike hatte gehofft, dass sich das angekündigte, lokale Gewitter nicht ausgerechnet über ihrem Seegatt entladen, sondern sich einen anderen Ort suchen würde. Aber nun war es eben so. Er zuckte die Schultern. Zwar war es nicht schön, dass die letzten Stunden ihrer Ausflugsfahrt buchstäblich ins Wasser fallen würden, aber immerhin hatten sie einen herrlich lauen Herbsttag an Bord der *Rieke* verbringen und Simones Geburtstag ausgelassen feiern können.

Belustigt schaute er zu den Gästen hinüber, die seine Frau Simone mitsamt dem Liegestuhl, auf dem sie es sich gemütlich gemacht hatte, hochleben ließen. Fröhlich winkte sie zu ihm rüber, und er warf lächelnd eine Kusshand zurück. Nach einem ausgiebigen Trinkgelage, das bereits gleich nach dem Ablegen aus dem Greetsieler Hafen begonnen hatte, war an Bord kaum noch jemand nüchtern. Außer Eike natürlich, der als Skipper des Schiffes keinen Tropfen Alkohol angerührt hatte.

Seit zwei Monaten waren Eike und Simone nun verheiratet, und er hatte sich seither oft gefragt, womit er dieses unbeschreibliche Glück verdient hatte. An jedem Morgen, wenn er neben seiner Frau aufwachte und in ihr ebenmäßiges, im Schlaf so friedliches Gesicht schaute, erinnerte er sich mit einem Lächeln an den klirrend kalten Januarabend, als sie, eingemummelt in eine warme Daunenjacke, am Greetsieler Hafen gestanden und ihn neugierig gemustert hatte, während er über das Deck seines Kutters lief und überprüfte, ob nach der letzten Fahrt alles an seinem Platz war.

„Kann ich Ihnen irgendwie behilflich sein?", hatte er zu ihr hinübergerufen, und sie hatte zu seiner Überraschung geantwortet: „Wissen Sie eigentlich, dass ich als kleines Mädchen immer einen Krabbenfischer heiraten wollte?"

„Nun, da sind Sie bei mir leider falsch", hatte er nach der ersten Verblüffung lachend erwidert, „denn mit diesem Kutter fange ich schon lange keinen Granat mehr."

„Sondern?", wollte sie wissen.

„Ich organisiere Ausflugsfahrten für Touristen. Hauptsächlich natürlich in der warmen Jahreszeit. Die Fahrt heute war nur eine Ausnahme. Jemand wollte seinen Geburtstag weit draußen auf der Nordsee feiern."

„Das will ich auch mal", hatte Simone mit ernstem Blick gesagt.

„Kein Problem. Wann haben Sie denn Geburtstag?"

„Am 28. Oktober."

„Ist hiermit notiert. Ich fahre Sie raus."

Ja, es war tatsächlich die oft zitierte Liebe auf den ersten Blick gewesen. Nach nur wenigen Tagen waren sie ein Paar geworden, und nur einen Monat später hatte Simone ihre Wohnung in Kiel aufgegeben und war zu ihm nach Greetsiel gezogen.

Eike war so in seine Gedanken vertieft, dass er zunächst gar nicht bemerkte, dass sich die vereinzelten Regentropfen innerhalb von nur wenigen Minuten in einen wahren Platzregen verwandelt hatten. Erschrocken stellte er fest, dass sich nun auch der Seegang immer höher aufbaute und die Kaventsmänner hier im Seegatt zwischen den Inseln zu brechen drohten. Sie setzten seiner guten alten *Rieke* gefährlich zu und schlugen hoch an die Bordwand seines Kutters. Erste Blitze zuckten über dem aufgepeitschten Wasser. Die Gäste aber schienen trotz des heftigen Schaukelns und der Dusche von oben nach wie vor ihren Spaß zu haben, denn sie tanzten ausgelassen johlend über das hölzerne Deck, während es in den Planken und Masten bereits lautstark ächzte und knirschte.

„Kommt alle rein, es ist zu gefährlich an Deck!", rief Eike gegen den heftig pfeifenden Sturm an, doch es schien ihn keiner zu hören. Also sprang er selbst in den Regen hinaus und stellte mit Entsetzen fest, dass einige der Gäste trotz des Gewitters ihre Schwimmwesten abgelegt hatten. Er griff seinem Schwager Alex an die Schulter und bedeutete ihm eindringlich mit Zeichensprache, ihm dabei behilflich zu sein, die völlig durchnässten Geburtstagsgäste in die

Kajüte zu schicken. Doch war das einfacher gesagt als getan, denn sie schienen sich dieses Abenteuer auf dem nun rutschigen Schiffsdeck auf keinen Fall entgehen lassen zu wollen und schaukelten sich in diesem wagemutigen Ansinnen auch noch gegenseitig hoch.

„Nun sei d-doch – keine solche Spaß-Spaßbremse!", schrie Hanno ihm lallend entgegen, während er die dürre Wiebke mit seinen starken Armen umklammert hielt, was diese mit einem albernen Kichern quittierte. „Ja", gluckste sie, „sei doch nicht so blöd, Ei-Eike! Hanno passt schon – huch!" Sie kreischte einmal laut auf, als der Kutter von einer steilen See erfasst wurde, brach dann jedoch sofort in ein hysterisches Gelächter aus, in das noch drei weitere Frauen mit einstimmten.

Eike rannte, so schnell er es auf dem glitschigen Deck eben konnte, ins Steuerhaus zurück und betätigte in seiner Verzweiflung das Schiffshorn, dessen lautes Dröhnen genau den Effekt zeigte, den er beabsichtigt hatte. Als hätten sie nur auf diesen Weckruf gewartet, schienen plötzlich alle wieder hellwach zu sein und starrten ihn mal entgeistert, mal überrascht an. Als dann Simones Bruder Alex rief: „Alle Mann unter Deck, sonst verschlingt uns die Monsterwelle!" gab es plötzlich kein Halten mehr, und der ganze Pulk torkelte in Richtung Kajüte davon, während das Unwetter von Minute zu Minute an Stärke zulegte und sich der Wind zu einem wahren Orkan auswuchs.

Eike warf seinem Schwager Alex, der auf dem Weg zur Kajüte zu ihm ins Steuerhaus gestolpert war, einen prüfenden Blick zu. „Kannst du das Ruder übernehmen oder hast du zu viel getrunken?", fragte er mit finsterer Miene.

„Nee, geht schon. Ich hab kaum was gehabt. Ehrlich!",
hob Alex die Finger zum Schwur, als Eike ihn zweifelnd
ansah.

„Na gut. Ich will mal in der Kajüte gucken, ob bei den
Idioten alles in Ordnung ist." Er fuhr sich durch die nassen
Haare und fügte dann schlecht gelaunt hinzu: „Wie kommt
ihr nur auf die völlig bekloppte Idee, dass ein Kutter bei
einem Unwetter auf See als Abenteuerspielplatz taugt! Ich
hätte euch wirklich mehr Verstand zugetraut! Gerade dir,
der du als angehender Kapitän auf großer Fahrt eigentlich
sofort auf die Situation hättest reagieren und die Leute
in Sicherheit hättest bringen müssen! Stattdessen hast du
nichts Besseres zu tun, als ..."

„Ja, tut mir Leid, okay!?", hob Alex beschwichtigend die
Hand. „Aber nun reg dich mal nicht auf, Eike, es ist doch
nichts passiert!"

„Es hätte aber was passieren können, verdammt!",
donnerte Eike seine Faust gegen die im Sturm heftig
knarzende Tür des Steuerhauses. Dann wandte er sich mit
wutverzerrter Miene ab und machte sich auf den beschwer-
lichen Weg zur Kajüte.

„Oh, der Herr Kapitän gibt sich die Ehre!", flachste
Hanno und deutete eine tiefe Verbeugung an, als Eike
wenig später den kleinen Aufenthaltsraum unter Deck
betrat, der für die geladenen siebzehn Gäste gerade ausreichend Platz bot.

„Halt die Klappe, Hanno!", erwiderte Eike und schaute
mit starrer Miene in die Runde. Die Luft schien endgültig
raus zu sein aus der Party. Bis auf Hanno, der sich nun in
der kleinen Kombüse zu schaffen machte, hatten sich alle

in die Polster der Sitzbänke fallen lassen und sahen ihm aus müden Augen entgegen. Keiner sagte ein Wort.

Eike ließ den Blick über seine Freunde schweifen – und stutzte. „Wo ist Simone?", fragte er mit rauer Stimme, nachdem er alle Anwesenden ein zweites Mal gemustert hatte.

„Simone?", klang es vielfach fragend zurück.

„Hanno, ist Simone bei dir da achtern?", rief Wiebke.

„Nee, bin alleine hier. Ist nicht mal mehr Bier da. Ist bestimmt schon alles über Bord gegangen, bei dem Schietwetter."

Über Bord gegangen. In Eikes Kopf drehte sich plötzlich alles, das Atmen fiel ihm schwer. Das einsetzende aufgeregte Gemurmel hörte er nur noch wie durch eine Wand aus Watte. Wie ein Betrunkener torkelte er die Stufen hoch und stolperte in den nächsten Minuten mehrmals vom Heck zum Bug des Kutters und wieder zurück, wobei er immer wieder verzweifelt Simones Namen in den tosenden Sturm schrie.

Doch seine Frau antwortete nicht.

2

Krachend ließ der steife Nordwestwind zum wiederholten
Male den Fensterladen gegen die massive, aber dennoch
altersschwach anmutende Hauswand der kleinen Kate
donnern, begleitet von einem durchdringenden Quietschen
der rostigen Scharniere, die mit jeder Böe wehklagend
um ein paar Tropfen Schmieröl zu betteln schienen. Die
feuchtkalte Luft schlich sich durch jede Ritze des Mauerwerks sowie durch die undichten Fenster und Türen in die
Wohnräume hinein, wogegen auch die unzähligen, mit
Wollresten umhäkelten Zugluftstopper nur wenig auszu-
richten vermochten.

Fröstelnd zogen die drei alten Damen, die sich wie an
jedem Dienstag zum Tee verabredet hatten, die Stolas
enger um ihre Schultern und schauten kopfschüttelnd
auf den Regen, der mit einer solchen Wucht gegen die
Scheiben peitschte, als wolle er sich Zugang in die kleine,
mit schweren Eichenmöbeln vollgestellte Wohnstube ver-
schaffen. „Bei so einem Schietwetter ist dein Hinnerk
damals auf See geblieben, Ebeline", stellte Erna Wiemers
mit einem Blick aus dem Fenster seufzend fest, während
sie ihren Freundinnen Greta Jakobs und Ebeline Bleeker
Tee nachschenkte und dabei sichtlich bemüht war, mit
ihren alterszittrigen Fingern nicht allzu viel des heißen

Getränks auf die mit Spitzen besetzte Tischdecke zu verschütten.

„War ein ganz schrecklicher Sturm in der Nacht damals", nickte Ebeline und schob sich eines der köstlichen Plätzchen in den Mund, die ihre Freundin so wunderbar buk. „Aber nun sind unsere Männer ja alle schon so lange beim lieben Herrgott im Himmel, dass es fast ein Wunder ist, dass wir uns überhaupt noch an sie erinnern", fügte sie dann schmatzend hinzu, während ihre Zahnprothese klackernde Geräusche von sich gab.

„Ja, das kannst du wohl laut sagen", stimmte Greta ihr zu. „Dachte, ich hör nicht richtig, als die im Fernsehen neulich sagten, dass die in der Normandie feiern, dass sie seit siebzig Jahren die Deutschen los sind. Siebzig Jahre!" Sie hob theatralisch ihre Arme über den Kopf, wie sie es schon als Kind gemacht hatte, wenn sie etwas ihrer Meinung nach Wichtiges mitzuteilen hatte, sagte dann aber nur: „So alt wird kein Schwein!"

Als die Fensterläden im nächsten Moment wieder scheppernd gegen die Hauswand schlugen, war aus der Ecke der kleinen Wohnstube ein leises Winseln zu hören. „Warst du jetzt mit ihm beim Tierarzt?", fragte Ebeline und sah mit hochgezogenen Brauen besorgt zu dem mittelgroßen, struppigen Mischlingshund hinüber, der sich entgegen seiner Gewohnheit beim Eintreffen der Freundinnen nicht von seinem Platz vor der Heizung erhoben, sondern ihnen nur mit traurigen Augen teilnahmslos entgegengeblickt hatte. Piefke. Er war Erna vor etlichen Jahren zugelaufen. Wie aus dem Nichts hatte er eines Morgens im Schneegestöber vor ihrer Haustür gestanden und seinen

Kopf schiefgelegt, als sie mit einer Schneeschippe bewaffnet herauskam. Erna hatte schweigend einen Schritt zur Seite gemacht und er war ins Haus getrottet. Seither lebten sie zu zweit in der alten Kate, und kaum einer im Ort konnte sich noch daran erinnern, dass es jemals anders gewesen war.

„Macht Linus nachher", antwortete Erna. Sie kniff ihre Augen zusammen und blinzelte zur Wanduhr hinüber. „Müsste gleich da sein, der Jung. Sachte, er kommt gegen vier Uhr."

„Ist 'n patenter Kerl, euer Linus", nickte Ebeline, „kannst wohl stolz drauf sein." Sie deutete mit ihrem Krähenfinger auf eine Reihe von Fotos, die auf einer alten Kommode am anderen Ende des kleinen, mit Nippes und Häkeldeckchen überladenen Wohnzimmers standen. „Überhaupt gibt es nur patente Kerle bei euch. Linus' Vater doch genauso. Was hab ich dich beneidet, als du damals nach den drei Mädchen noch deinen Hermann gekriegt hast! Mein Hinnerk hatte sich immer so sehr einen Sohn gewünscht. Doch dann hat ihn der liebe Gott zu sich geholt, noch bevor unsere Annegret drei Jahre alt war. Und ich war ja auch nicht mehr die Jüngste. Da wurd' dann nichts mehr von."

„Dafür hat dir deine Annegret dann ja 'n ganzes Rudel Kinder vor die Tür gesetzt", bemerkte Greta, und ihr Tonfall klang bitter. Zwar konnten auch ihre drei Söhne zahlreichen Nachwuchs vorweisen, doch lebten die beiden Ältesten mit ihren Familien in den USA und schickten nur ab und zu mal eine Karte. Und der Jüngste, Bernhard … Schon seit Jahren verbot sie sich, darüber nachzudenken, wie viel Kummer er ihr zeitlebens bereitet hatte. Greta seufzte. Nein, an ihrem Bernhard hatte sie wahrlich keinen Spaß. Ach, wie sehr beneidete sie doch ihre Freundin Erna, deren Nachkommen alle so wohlgeraten waren und ihr jeden Tag aufs Neue Freude machten! Greta empfand dies als in höchstem Maße ungerecht, weil doch … sie schüttelte sich. Nein, sie durfte nicht darüber nachdenken! Sie hatte es ihrem Mann geschworen, damals, als sie in dieser bitterkalten Winternacht glaubte, das Herz würde ihr aus dem Leib gerissen. Und natürlich würde sie sich an diesen Schwur halten. Bis zu ihrem letzten Atemzug. Und wenn es noch so weh tat.

„Moin, die Damen", wurde sie aus ihren trübsinnigen Gedanken gerissen, als im nächsten Moment die Tür aufflog und ein freundlich lächelnder junger Mann im Zimmer stand.

„Kinners, du bist ja ganz nass, mien Jung!", rief Erna aus, als ihr Enkel Linus ihr einen feuchten Kuss auf die Wange drückte.

„Kein Wunder, es regnet in Strömen", erwiderte Linus lachend und gab Ebeline und Greta die Hand. Dann ging er zum Heizkörper rüber, beugte sich zu Piefke hinunter und kraulte ihm den Nacken. „Na, mein alter Freund", flüsterte er ihm ins Ohr, „was machst du denn nur für Sachen!? Da wollen wir doch mal sehen, was der Tierarzt für dich tun kann."

„Ist dein Bruder wieder gut angekommen?", hörte er Ebeline fragen.

„Ich hab ihn noch nicht gesprochen", antwortete Linus und zuckte mit den Schultern. „Sie sind heute Morgen ausgelaufen, bei schönstem Wetter. Und plötzlich das!" Er machte eine unbestimmte Handbewegung zum Fenster hin. „Aber Eike ist ein erstklassiger Skipper, wie du weißt, der wird den Kutter schon wieder heile in den Hafen bringen."

„Das habe ich bei meinem Hinnerk damals auch gedacht", murmelte Ebeline kaum hörbar. Deutlich lauter fügte sie hinzu: „Warum bist du eigentlich nicht mit rausgefahren? Ist doch der Geburtstag deiner Schwägerin. Simone hätte sich sicher gefreut, wenn du dabei gewesen wärst."

Linus winkte ab. „Ich konnte Schiffe noch nie leiden, das weißt du doch, Ebeline. Meine Welt sind die Weiden mit unseren Kühen. Das mit den Schiffen lass mal Eike machen. Keine Ahnung, warum der so 'nen Narren an der Seefahrt gefressen hat. Aber ist ja auch egal. Jeder so, wie es ihm gefällt, sag ich immer."

Linus nahm den Hund auf den Arm und lief mit ihm in Richtung Tür. „Willst du mit zum Tierarzt fahren?", fragte er an seine Großmutter gewandt.

„Nee, lass mal, mien Jung. Nachher sagt er mir, dass …" Erna wischte sich mit einem spitzenbesetzten Taschentuch über die plötzlich feuchten Augen. „Nee, nee, lass mal, mien Jung."

„Der wird schon wieder", sagte Ebeline bestimmter als ihr zumute war, denn eigentlich rechnete sie damit, dass es mit Piefke zu Ende ging. Schließlich schätzte der Tierarzt das Alter des Hundes auf stolze vierzehn Jahre. „Du weißt doch, das ist wie bei uns alten Schachteln, Erna. Unkraut vergeht nicht."

„Genau", nickte Greta und erhob sich schwerfällig aus

dem abgeschabten Sessel, während Linus mit dem Hund auf dem Arm das Haus verließ. „Und darauf trinken wir jetzt 'nen Söpke. Vielleicht wird einem in dieser elendig kalten Hütte dann ja auch endlich mal 'n büschen warm."

3

Es war zum Verzweifeln. Nachdem er sich eine Flasche Bier aus dem Kühlschrank genommen und mit den Zähnen geöffnet hatte, ließ sich Bernhard Jakobs keuchend auf einen der Küchenstühle seiner Mutter fallen. Auch in diesen zwei Stunden hatte er wieder nichts erreicht. Aber, so sagte er sich, irgendwo musste das verdammte Testament doch schließlich zu finden sein!

An jedem Dienstag der letzten drei Wochen, immer wenn seine Mutter Greta Jakobs mit ihren Freundinnen ihr Teekränzchen abhielt, hatte er ihr Wohnhaus, das Teil eines mächtigen Gulfhofes war, nach diesem verfluchten Schriftstück durchsucht. Zu seinem Bedauern machte sie ja immer noch keine Anstalten, endlich mal das Zeitliche zu segnen. Dabei war sie jetzt achtundachtzig Jahre alt. Und leider kerngesund, wie ihr die Ärzte immer wieder bescheinigten. Ach, diese alten Weiber waren einfach zu zäh, konstatierte Bernhard voller Gram. Warum nur hatten sie nicht einfach genauso früh die Segel streichen können wie ihre Gatten, die den Anstand gehabt hatten, sich schon vor Jahrzehnten zu verabschieden? Dann wäre ihm, Bernhard, einiges erspart geblieben. Vor allem aber würde der Gulfhof, den seine Familie seit Generationen bewirtschaftete und der derzeit von einem Verwalter in Schuss gehalten wurde, ihm ganz alleine gehören – und er hätte ihn ohne großes Tamtam längst an den Meistbietenden verkauft. Denn seine Brüder, die sich einen Dreck um ihre Mutter kümmerten, seit sie in die USA ausgewandert waren, hatte Greta längst enterbt. Aber was war mit ihm? Er war der einzige Sohn, der ihr geblieben war, und damit nach der Familientradition der Einzige, der als Erbe infrage kam. Allerdings war er für sie schon immer eine bittere Enttäuschung gewesen, das hatte sie ihm oft genug gesagt. Hatte sie ihn also in ihrem Testament berücksichtigt?

Bernhard trank eine weitere Flasche Bier in einem Zug leer, wischte sich mit dem Ärmel über den Mund und beschloss, mit der Suche noch mal ganz von vorne zu beginnen. Zimmer für Zimmer, Kommode für Kommode, Schublade für Schublade. Irgendwo musste dieses verdammte Testament doch schließlich sein!

Schleppenden Schrittes trat er in den Flur hinaus, dessen Ausmaße gereicht hätten, zwei großzügige Wohnräume daraus zu machen. Was für eine Platzverschwendung! Und diese Bodenfliesen! Sie alleine waren ein Vermögen wert, da war er sich sicher. Es war einfach unglaublich, wofür seine Vorfahren ihr gutes Geld verschleudert hatten.

Als Bernhards Blick auf die ausladende Treppe fiel, die vom Flur ins Obergeschoss führte, lief ihm wie immer ein kalter Schauer über den Rücken. Wie oft hatte er seine Mutter angefleht, wenigstens das alte Geländer abzureißen und ein neues anzubringen! Doch genauso oft hatte sie ihn ausgelacht und gesagt, er habe wohl den Verstand verloren. Ja, dachte er, natürlich hatte er den Verstand verloren. Damals, in dieser eisig kalten Winternacht. Denn seit dieser Nacht sah er jedes Mal, wenn er die Treppe hinaufblickte, diesen kleinen Jungen da oben in der Hocke sitzen und seinen Kopf durch die Aussparungen des kunstvoll geschnitzten Geländers stecken, die Augen schreckensweit aufgerissen, der dürre, in einen dünnen Schlafanzug gekleidete Körper in einer alles erdrückenden Angststarre gefangen.

Ja, dieses Haus war die Hölle. Und deswegen würde er, Bernhard, nach dem hoffentlich baldigen Tod seiner Mutter Schluss machen mit dieser elendigen Familientradition. Nein, seine Söhne würden diesen Hof ganz bestimmt nicht mehr erben! Seine Söhne! Pah! Bernhard sah sie vor sich, seine beiden nichtsnutzigen Jungs! Der eine war Sozialpädagoge geworden, der andere Friseur. Das kam nur davon, dass seine Frau, die ihn vor zwanzig Jahren so hinterrücks hatte sitzen lassen, ihre Söhne so verzärtelte. Mit ihrer Schwester hatten sie Mutter, Vater, Kind spielen dürfen, das stelle sich mal einer vor! War es da noch ein Wunder, dass sie heute solch verweichlichte Memmen waren, für die man sich als Vater nur in Grund und Boden schämen konnte?

Bernhards vom Alkohol verschwommener Blick fiel auf eine Holzkassette, die auf einem in die Wand des Flures eingebauten Regal stand. Er hatte sie bisher nie wahrgenommen. Und es war mit Sicherheit das einzige Gefäß, das er noch nicht nach dem Testament durchsucht hatte.

Mit bebenden Fingern nahm er die Kassette an sich, öffnete sie und fand – einen von einem Notariat versiegelten Umschlag! Bingo! Gleich würde er wissen, ob er, der einzig verbliebene Sohn der Witwe Greta Jakobs, als

Alleinerbe dieses Anwesens eingesetzt war. Und wenn es so war, dann würde er, der Versager, ganz persönlich dafür sorgen, dass seine Mutter das nächste Weihnachtsfest nicht mehr erlebte.

Denn er brauchte dringend Geld.

4

„Ein Mord ohne Leiche ist keine runde Sache", stellte Hauptkommissar David Büttner mit gerunzelter Stirn fest und drehte an den Knöpfen der Autoheizung herum. Ihm war kalt, schon den ganzen Tag. Außerdem spürte er bereits ein leichtes Kratzen im Hals, das erfahrungsgemäß nichts Gutes verhieß. Bestimmt hatte er sich mal wieder eine deftige Erkältung eingehandelt. Und das nur, weil seine Frau Susanne ihn genötigt hatte, zu Fuß zu ihren Freunden zu laufen, die sie zu ihrer Silbernen Hochzeit eingeladen hatten. Ganze zwei Kilometer wohnten sie von ihnen entfernt, und natürlich hatte es heftig angefangen zu regnen, als Susanne und er sich auf den Rückweg machten. Er hatte dafür plädiert, ein Taxi zu nehmen, woraufhin ihn Susanne ein Weichei geschimpft hatte. Also hatte er ihr unter Beweis gestellt, dass er ein ganzer Kerl war, dem Wind und Wetter nichts anhaben konnten. Scheiß Testosteron! Das hatte er nun davon! Doch eines wusste er schon heute: selbst, wenn er in den nächsten Tagen einen Lungenkatarrh bekommen sollte, so würde er tunlichst so tun, als sei er kerngesund. Denn alles andere brachte ihm, auch wenn er sich ernsthaft erkrankt fühlte, lediglich den Spott nicht nur seiner Frau, sondern auch seiner bald neunzehnjährigen Tochter Jette ein. In völliger Fehleinschätzung der Situation hatte diese ihrem Vater bei seiner letzten fiebrigen Erkältung nicht etwa einen Lindenblütentee gekocht, sondern frech ein Plakat über das Sofa gehängt, auf dem stand: *Echte Männer jammern nicht über ihren lebensbedrohlichen Schnupfen. Echte Männer sterben heimlich, still und leise.* Da machte Kranksein keinen Spaß, das stand mal fest. Er war dann lieber wieder zum Dienst gegangen.

„Noch sieht ja alles nach einem Unfall aus", bemerkte Büttners Assistent Sebastian Hasenkrug, der gerade den Blinker setzte, um in den kleinen Ort Manslagt abzubiegen. „Reine Routine. Ich gehe mal davon aus, dass wir nicht noch einmal hierher kommen müssen."

„Käme mir sehr entgegen", brummte Büttner und schaute sich mürrisch in den rotgepflasterten Gassen des Dorfes um. Manslagt. Einige der Nachbardörfer der Krummhörn hatte er ja schon kennengelernt, hier aber war er noch nie gewesen.

Hasenkrug hielt vor einem winzigen Haus mit rauchendem Schornstein, das geduckt hinter einer hohen Hecke stand, sodass man von der schmalen Straße aus lediglich den oberen Teil des windschiefen Giebels und der Dacheindeckung sehen konnte.

„Warum halten Sie hier?", wollte Büttner wissen.

„Hier muss es sein. Das ist das Haus von Erna Wiemers."

Büttner zog die Stirn in Falten. „Dieses Haus, wie Sie es nennen, ist nicht viel größer als unser Fahrradschuppen zuhause. Und Sie wollen behaupten, dass da jemand drin wohnt?"

„Erna Wiemers", nickte Hasenkrug und öffnete die Tür

des Autos, woraufhin ihm sogleich der kalte, aufgrund des starken Windes waagerecht stehende Herbstregen entgegenschlug. „Wenn wir uns bitte beeilen könnten", sagte er gepresst zu seinem Chef, der immer noch im Auto saß, „sonst bin ich völlig durchnässt, bevor wir beim Haus ankommen."

„Nun stellen Sie sich mal nicht so an", knurrte Büttner, „das bisschen Regen wird Ihnen schon nichts tun." Dennoch beeilte er sich nun ebenfalls, vom Auto zum Haus zu kommen, denn auf einen trockenen Moment zu warten hatte wenig Sinn, wenn das berüchtigte ostfriesische *Schietwetter* den flachen Landstrich erstmal in seinen nasskalten Klauen hielt.

„Moin, wir sind von der Kriminalpolizei. Mein Name ist Büttner, das ist mein Assistent Hasenkrug", stellte sie der Hauptkommissar wenig später vor, als die knarrende Haustür, die noch dem vorletzten Jahrhundert zu entstammen schien, von einem jungen Mann geöffnet wurde.

„Moin. Linus Wiemers. Kommen Sie rein."

Als die beiden Polizisten durch die Tür traten, schlug ihnen ein muffiger Geruch entgegen. Er erinnerte Büttner an feuchte Wollsocken, gepaart mit abgestandener Kohlsuppe und dem Duft frischen Gebäcks. Er entschied sich, sich auf den Duft des Gebäcks zu konzentrieren. Linus bedeutete ihnen, ihre regennassen Mäntel an einen Haken zu hängen.

Die Tür zum Wohnzimmer, in das Linus sie führte, war so niedrig, dass Hasenkrug den Kopf einziehen musste. Es brauchte ein bisschen, bis sich ihre Augen an das dämmrige Licht im Raum gewöhnt hatten. In einem Sessel saß, die

Beine auf einem Hocker liegend und mit einer karierten Wolldecke bedeckt, eine alte Frau. Ihr von tiefen Falten durchfurchtes, schmales Gesicht wurde dominiert von einem Paar erstaunlich wacher Augen, die die Gäste nun aufmerksam musterten. Im Sessel neben ihr saß ein erbärmlich mitgenommen aussehender Mann, der sich nicht einmal die Mühe machte, seine Tränen vor den Polizisten zu verbergen. Linus Wiemers kniete sich neben einen schläfrig vor sich hin dämmernden Hund und kraulte ihm geistesabwesend den Kopf.

Büttner räusperte sich vernehmlich, bevor er zu der alten Frau ging, um sie zu begrüßen. Die Haut an ihrer Hand fühlte sich an wie dünnes Pergamentpapier. Büttner kam es vor, als müsse sie im nächsten Moment zu feinem Staub zerbröseln. „Sie wohnen alle drei hier?", fragte er, nachdem auch Eike sich vorgestellt hatte. Er ließ sich nach dessen stummer Aufforderung auf einem Stuhl nieder.

„Nee", schüttelte Erna Wiemers den Kopf und machte eine raumgreifende Bewegung mit den Armen. „Wie sollte denn das wohl funktionieren!? Hier ist doch kaum Platz für meinen Hund und mich." Sie strich ihrem Enkel Eike mit einer zärtlichen Geste über den Arm. „Die Jungs sind schon immer zu mir gekommen, wenn sie Kummer hatten." Ihre Augen füllten sich mit Tränen, als sie mit einem unendlich traurigen Blick auf Eike leise hinzufügte: „Aber so groß wie heute war der Kummer noch nie."

„Diese beiden jungen Männer sind Ihre Enkel?", wollte Hasenkrug wissen

„Ja." Sie nickte in Richtung des Hundes. „Und das ist Piefke. Ihm geht's nicht so gut. Aber der Tierarzt meint, er kriegt noch mal die Kurve. Linus, mach uns doch mal 'nen Tee", fügte sie dann ohne Pause hinzu.

„Und Sie", Büttner wandte sich an Eike, während Linus einen zerbeulten Wasserkessel auf die Flamme eines antiquarischen, gusseisernen Ofens stellte, in dem die Holzscheite behaglich knisterten, „vermissen seit der gestrigen Bootstour Ihre Frau, wie man uns sagte."

Eike nickte, ohne den Blick zu heben. „Sie – Simone war plötzlich nicht mehr da. Das Gewitter. Ich – hätte besser aufpassen müssen."

„Es war ein Unfall", bemerkte Linus, der ein paar Tassen mit ostfriesischem Rosenmuster aus einer Vitrine nahm und sie auf den Tisch neben eine Schale mit Plätzchen stellte.

„Was hatten Sie denn mit Ihrem Schiff bei dem Gewitter auf der Nordsee zu suchen?", fragte Hasenkrug.

„Als wir morgens ausliefen, war es sonnig, die See ruhig. Wir wollten Simones ...", Eike brach in ein heftiges Schluchzen aus und schüttelte immer wieder den Kopf.

„Simone hatte sich gewünscht, ihren vierunddreißigsten Geburtstag auf dem Kutter zu feiern", sagte Linus gedämpft.

„Waren Sie auch mit an Bord?"

„Nein. Nein, ich fahre nicht gerne raus. Hab's nicht so mit Schiffen."

„Linus ist mit Piefke zum Tierarzt gefahren. Er ist ein guter Junge." Erna warf ihrem Enkel einen liebevollen Blick zu.

„Und der Kutter gehört Ihnen?", versuchte Büttner es noch mal bei Eike, der sich wieder etwas beruhigt hatte und in sein Taschentuch schniefte.

29

„Ja."

„Und auf dem Kutter haben so viele Leute Platz? Ich meine, in unserem Bericht stand, dass Sie ... wie viele Gäste, Hasenkrug?"

„Siebzehn."

„Dass Sie siebzehn Gäste an Bord hatten. Es wundert mich, dass man sich da auf einem Krabbenkutter überhaupt noch bewegen kann."

„Ich hab den Kutter vor einigen Jahren umgebaut und mache nur noch Touristentouren. Der Krabbenfang hat sich nicht mehr gelohnt."

„Aber Sie waren mal Fischer?"

„Ich hab eine Ausbildung zum Fischer gemacht, den Beruf dann aber nur für ein paar Jahre ausgeübt."

Linus schenkte den Tee ein, und Büttner wurde es alleine von dem heimeligen Geräusch des knisternden Kluntje schon gleich viel wärmer. Auch wenn sich der Wind, so bemerkte er fröstelnd, durch alle Ritzen des Mauerwerks zu zwängen schien. Er fragte sich, warum die alte Frau ihren Lebensabend in einer solchen Bruchbude verbringen musste. Die jungen Männer sahen beide nicht so aus, als würden sie aus ärmlichen Verhältnissen stammen. Da konnte man seiner Großmutter doch wohl ...

„Nun denken Sie mal nicht, dass meine Kinder und Enkel mir nichts anderes gönnen", hatte Erna Wiemers anscheinend seine Gedanken gelesen, was Büttner unendlich peinlich war. Hatte er sich wirklich so auffallend missfällig in dem kleinen Zimmer umgesehen?

„Es tut mir Leid", hob er entschuldigend die Hände, „ich wollte nicht ...."

„Es ist mein Elternhaus", unterbrach sie ihn. „Ich bin hier als Kind sehr glücklich gewesen, auch wenn es manchmal ein wenig eng war. Wir haben hier mit sechs Personen gelebt, wissen Sie. Aber das waren andere Zeiten, das kann sich heute keiner mehr vorstellen. Als mein Sohn dann den Hof übernommen hat, bin ich hierher zurückgekehrt." Sie nahm ihre Teetasse in die zittrige Hand und fügte mit einem Zwinkern zu Linus hinzu: „Ach, was haben sie mir alle in den Ohren gelegen, ich soll hier sanieren, renovieren, investieren und was weiß ich nicht, was noch alles. Aber ich wollte es genauso, wie es war. Und? Wissen Sie was?" Sie schaute Büttner aus ihren wachen Augen herausfordernd an.

„Ich … nein", stammelte der verlegen, während Hasenkrug belustigt den Mund verzog.

„Es ist genau richtig so. In diesen neumodischen Häusern verweichlicht man doch bloß. Zentralheizung, Wärmedämmung, Isolierverglasung. Fehlt nur noch, dass man die Klobrillen beheizt. Und da wundern sich die Leute, dass sie ständig erkältet sind." Erna nahm einen Schluck Tee, bevor sie hinzufügte: „Sie packen sich ja auch schon ständig an den Hals, Herr Kommissar. Sagen Sie Ihrer Frau, sie soll Ihnen Kartoffelwickel machen."

„Ich werd's ausrichten", nickte Büttner und warf Hasenkrug, der nun hämisch grinste, einen vernichtenden Blick zu.

„Mein Mann war auch immer so wehleidig", fuhr Erna erbarmungslos fort. „Ach Gott, was hat der beim kleinsten Schnupfen für ein Theater gemacht! Na ja, letztlich hat's ihn ja auch früh dahingerafft. Aber am Schnupfen lag's nicht, sachte der Arzt. Als hätte ich das nicht auch so gewusst. Kein Mensch stirbt doch am Schnupfen. Nicht mal 'n Mann."

„Vielleicht könnten wir dann mal wieder aufs Thema zurückkommen", rutschte Büttner nun unbehaglich auf seinem Stuhl hin und her. Der Tee wollte ihm plötzlich nicht mehr schmecken. Ob er mal eines von diesen köstlichen Plätzchen probierte?

Kaum hatte er den Gedanken zu Ende gedacht, da schob ihm Erna auch schon die Schale rüber. So langsam machte sie ihm Angst.

„Wie und wo haben Sie bemerkt, dass Ihre Frau nicht mehr an Bord war?", fragte Büttner an Eike gewandt, nachdem er genüsslich einen der Kekse verschlungen hatte.

„Als das Gewitter kam, herrschte an Deck plötzlich ein ziemlicher Tumult. Die meisten Gäste waren angetrunken und schienen die Gefahr nicht mehr richtig einschätzen zu können. Ich hab dann dafür gesorgt, dass alle runter in die Kajüte gehen. Und da …" Eikes bebende Stimme versagte erneut ihren Dienst.

„Da war Ihre Frau schon nicht mehr dabei?"
Eike nickte.

„Und wann hatten Sie sie zum letzten Mal bewusst wahrgenommen?"

„Kurz bevor das Gewitter einsetzte. Simone saß in einem Liegestuhl, und unsere Freunde haben sie hochleben lassen. Sie – lächelte mir zu, sie …" Eikes Stimme brach, und er wurde von haltlosen Schluchzern geschüttelt.

„Ich nehme an, Ihre Frau trug eine Schwimmweste?"

Eike zuckte wie unter Schlägen zusammen. „Ich weiß es nicht", sagte er kaum hörbar.

„Sie wissen nicht, ob Ihre Frau eine Schwimmweste trug?", rief Büttner lauter als gewollt aus. „Aber Sie wissen schon, dass es Vorschrift ist …"

„Natürlich weiß ich, dass es Vorschrift ist!", fuhr Eike in plötzlicher Erregung auf, sackte dann aber sofort wieder in sich zusammen. „Entschuldigen Sie, ich – natürlich hat sich jeder vor dem Auslaufen eine Schwimmweste anlegen müssen, das habe ich genau überwacht. Nur sagte ich ja schon, dass einige Gäste ganz gut gebechert hatten. Als ich dann damit beschäftigt war, das Boot im Sturm irgendwie auf Kurs zu halten, müssen ein paar von ihnen die Weste ausgezogen haben. Zumindest lagen ein paar Schwimmwesten an Deck, als ich nach Simone suchte. Ich – habe keine Ahnung, ob sie noch eine Weste trug, als sie …"

„Ich bräuchte dann mal eine Liste aller an Bord anwesenden Personen", sagte Büttner. „Bitte mit Adressen."

„Sie stehen alle unter Schock", flüsterte Eike.

„Ja. Das kann ich mir vorstellen. Aber wir kommen nicht daran vorbei, jeden Einzelnen von ihnen zu befragen."

„Sie meinen, dass jemand …"

Büttner hob abwehrend die Hand. „Ich meine gar nichts. Die Befragung ist ein ganz normaler Vorgang."

„Verstehe."

„Ja, das war's dann fürs Erste. Ich nehme an, Sie verfügen über einen Internetanschluss?" Büttner erhob sich und drückte Eike seine Visitenkarte in die Hand. „Wenn Sie mir die Namensliste dann bitte mailen könnten."

„Ja. Sicher."

Büttner nickte allen kurz zu und ging dann zu Piefke, um ihm über den Kopf zu streichen. „Ich hab auch einen Hund", sagte er, „er heißt Heinrich und sieht Ihrem recht ähnlich. Es ist nicht schön, wenn so ein Tier krank ist. Aber das wird bestimmt wieder." Als er sich zur Tür wandte, zwang er sich bewusst, nicht mehr auf die Schale mit den Plätzchen zu schielen. Aber schon – er hatte es geahnt – sagte Erna Wiemers in diesem Moment zu ihrem Enkel: „Pack dem Kommissar mal ordentlich 'n paar Kekse inne Tüte, Linus. Nicht, dass er hinterher sacht, er hätte hier nichts gekricht."

5

Michael Ipsen ließ den Hörer auf die Gabel zurücksinken und fuhr sich stöhnend mit der Hand über das schweiß-nasse Gesicht. War er zunächst noch zuversichtlich gewesen, dass er die Sache mit dem Baugebiet in den Griff bekommen würde, so sah es jetzt eher danach aus, als würde das Projekt nun endgültig aus dem Ruder laufen. Was sollte er tun?

Voller Elan hatte er sich Anfang des Jahres an die Arbeit gemacht, als ihn Ewald Kubicek von der Investoren-gemeinschaft anrief und ihn darüber informierte, dass man sich vorstellen könne, auf der als Bauland für eine Ferienwohnsiedlung ausgewiesenen Fläche nicht nur eine neue Wohnbebauung, sondern auch noch eine Hotelan-lage zu errichten, die den Gästen jeden nur erdenklichen Komfort bieten würde. Unter anderem einen großzügigen Wellnessbereich mit Schwimmbad und modernster Sauna-landschaft. Dafür müsse das für das Bauvorhaben bisher vorgesehene Gebiet jedoch noch mal deutlich erweitert werden.

Michael Ipsen hatte damals gedacht, das ganz große Los gezogen zu haben. Nur ihm würde es zu verdanken sein, wenn durch diesen Hotelbetrieb haufenweise Arbeitsplätze entstünden und die kommunale Kasse der Gemeinde

Krummhörn um einen nicht unerheblichen Gewerbesteuerbetrag bereichert würde. Schließlich war er es gewesen, der Ewald Kubicek im Januar auf diesem Kongress in Osnabrück kennengelernt und ihn von den Chancen überzeugt hatte, die ihm die Touristenregion Ostfriesland – und ganz speziell die Gemeinde Krummhörn – zu bieten habe. Nur wenige Tage nach der Veranstaltung war dann der Anruf Kubiceks mit dem Vorschlag gekommen, dem geplanten, hochinteressanten Ferienhausprojekt einen peppigeren Anstrich zu geben. Würde der Hotelbau so gelingen, wie er, Kubicek, es sich vorstelle, solle es nicht zu Ipsens Schaden sein. Auf dessen Nachfrage, was dieser Satz konkret zu bedeuten habe, hatte Kubicek nicht lange herumgedruckst, sondern die für Ipsen zu erwartende *außergewöhnliche Zuwendung* in Ziffern benannt.

Diesen ansehnlichen, höheren fünfstelligen Betrag vor Augen, hatte Michael Ipsen mit der Aufklärungsarbeit bei seinen Vorgesetzten begonnen. In langen Vorträgen hatte er mit der argumentativen Unterstützung Kubiceks, der im Hintergrund die Fäden zog, versucht, ihnen die Vorteile des Projektes schmackhaft zu machen, und sie hatten angebissen. Schließlich, so hatten sie ihre Entscheidung begründet, war nicht von der Hand zu weisen, dass ein solches Hotel das Image der Krummhörn als moderne Urlaubsgemeinde nochmals gewaltigen Auftrieb geben würde.

Und außerdem, hatte Ipsen still in sich hineingegrinst, wäre er selber mit diesem Vorhaben auf einen Schlag all seine Schulden los, die ihm seine Scheidung beschert hatte. Aber davon wusste außer ihm selbstverständlich niemand etwas.

Lange Zeit hatte Michael Ipsen versucht, das Haus, das seine Frau und er kurz nach der Hochzeit gebaut hatten, auch nach der Trennung zu halten. Doch fraß der Unterhalt für seine Exfrau und die beiden Kinder einen beachtlichen Teil seines Beamtengehaltes auf. Eine von der Bank bereits angedrohte Zwangsversteigerung schwang wie ein Damoklesschwert über ihm und bescherte ihm so manch schlaflose Nacht. Vor allem auch wegen Emily. Er wusste, wenn er seine neue, genauso attraktive wie kostspielige Freundin behalten wollte, dann musste er ihr mehr bieten, als er es sich momentan leisten konnte. Emily war einfach eine Traumfrau, und noch heute wunderte er sich oft, warum sie sich für ihn, den kleinen, unscheinbaren Beamten entschieden hatte.

Doch gab es da ein Problem, denn seit Monaten schon drängte sie ihn zur Hochzeit. Mindestens drei Kinder wolle sie mit ihm haben, das passende Haus dazu besitze er ja schon. Als er zögerte, hatte sie ohne sein Wissen die Pille abgesetzt, und in nur drei Monaten erwarteten sie ihre erste gemeinsame Tochter. Doch wie, so fragte er sich, sollte er das alles finanzieren, wenn Emily nun auch noch ihren Job als Kosmetikerin aufgab, um sich, wie sie es sich wünschte, ganz um das Kind zu kümmern?

In dieser Situation kam ihm die Zuwendung von Ewald Kubicek gerade recht. Und wäre es nach den Entscheidungsträgern in Politik und Verwaltung gegangen, wäre die Sache auch schon längst in trockenen Tüchern. Doch waren die zu seinem Leidwesen nicht die Einzigen, die von der Sinnhaftigkeit des Bauprojektes überzeugt werden mussten. Denn schnell hatte sich herausgestellt, dass die Grundstücke, die Kubicek unter allen Umständen für sein Hotel haben wollte, sich nicht im Besitz des Landwirtes befanden, der ihnen bereits die erforderlichen Grundstücke für die Ferienhaussiedlung verkauft hatte. Nein. Über den Verkauf der Grundstücke, um die es jetzt ging, entschied Bauer Hermann Wiemers, auch wenn er den Hof längst auf seinen Sohn Linus überschrieben hatte. Und Hermann war bekanntermaßen der wohl sturste Hund auf der ostfriesischen Landscholle. Er weigerte sich strikt, seine Felder und Wiesen zu verkaufen, ganz egal, was ihm die Investorengemeinschaft dafür auch bot.

Und nun war die Katastrophe da. Wie ihm Kubicek soeben am Telefon mitteilte, würde man ihm noch genau eine Woche Zeit geben, um das Geschäft mit Hermann Wiemers einzutüten. Ansonsten werde man sich von dem gesamten Projekt zurückziehen und es könne sich ein anderer Investor um die Finanzierung der Ferienwohnanlage bemühen. Selbstverständlich aber müsse Ipsen in diesem Fall auch den Vorschuss auf die Zuwendung, die er bereits bekommen hatte, wieder an sie zurückzahlen.

Völlig ermattet von diesem Telefonat ließ sich Michael Ipsen in seinen Schreibtischstuhl zurücksinken und starrte mit leerem Blick aus dem Fenster seines Büros im Pewsumer Rathaus. Natürlich hatte er das Geld nicht mehr, obwohl er sich fest vorgenommen hatte, es zurückzulegen. Dann aber war die nächste Rate für das Haus fällig geworden, und er hatte sie nicht bedienen können, weil auch an dem Golf-Cabrio, das er Emily zum Geburtstag geschenkt hatte, eine größere Reparatur fällig geworden war. Außerdem hatte sich Emily gewünscht, mit ihm noch mal so richtig Urlaub zu machen, bevor das Kind kam. *Auf den Malediven vielleicht?*

Zunächst hatte er abgewinkt. Sie aber hatte einen Schmollmund gezogen und gemeint, dann würde sie eben doch mit ihrem Ex-Freund Ulf in Urlaub fahren, der sie ohnehin ständig bitte, zu ihm zurückzukommen und sogar gesagt habe, dass er sie selbst mit dem Kind eines anderen im Bauch sofort heiraten würde.

Das hatte Michael natürlich nicht zulassen können. Also hatte er das, was vom Vorschuss Kubiceks noch übrig war, in einen dreiwöchigen Urlaub auf den Malediven gesteckt, und Emily hatte es ihm mit unvergleichlichen Liebesnächten an einsamen Sandstränden gedankt.

Und nun war der Schlamassel da. Und wer war schuld an allem? Natürlich Bauer Hermann Wiemers, der die bodenlose Frechheit besaß, das Geschäft seines Lebens einfach auszuschlagen. Wie konnte man nur solch ein Holzkopf sein!

Michael Ipsen zog verärgert die Stirn in Falten. Irgendetwas musste er sich einfallen lassen. Gleich, nachdem klar war, wem die anvisierten Grundstücke gehörten, hatte er sich mit seinem Freund Eike in Kontakt gesetzt, der ihn jedoch an seinen jüngeren Bruder Linus verwiesen hatte. Also hatte er mit dem gesprochen. Und der hatte gesagt, wenn es nach ihm ginge, dann könnten sie die paar Hektar Grünland, um die es ging, gerne haben. Doch auch, wenn der Hof nun offiziell ihm gehöre, so werde er ohne die Zustimmung seines Vaters kein Land verkaufen. Das habe er diesem bei der Übergabe des Hofes hoch und heilig versprechen müssen. Und an diese Abmachung werde er sich selbstverständlich auch halten. Zumindest, solange sein Vater noch lebe.

Ein Umstand, an dem man gegebenenfalls etwas ändern musste, befand Michael Ipsen.

6

Sebastian Hasenkrug hob schnuppernd die Nase, als er am nächsten Morgen das Büro betrat, und auch Büttners Hund Heinrich lief, die Nase aufgeregt schnüffelnd am Boden, von einer Ecke in die andere, als wäre er auf der Suche nach der Quelle des ungewohnten, äußerst intensiven Geruchs, der dem sonst so nüchternen Raum plötzlich eine völlig neue Atmosphäre verlieh.

„Haben die Reinigungskräfte hier irgendwas verschüttet? Hier riecht es so – anders", stellte Hasenkrug an seinen Chef gewandt fest. Büttner hatte bei seinem Eintreten nur ein kurzes Grummeln von sich gegeben, während er sich an einem der Heizkörper zu schaffen machte. Als er sich nun zu seinem Assistenten umdrehte, verzog dieser das Gesicht und bemerkte nüchtern: „Oh, Sie hat es wohl erwischt."

„Geh du mal immer schön mit dem Hund spazieren, dann wirst du auch nicht mehr so oft erkältet sein", äffte Büttner die Worte seiner Frau nach. „Und? Was ist? Alles für die Katz!", schniefte er dann näselnd in sein Taschentuch und sah Hasenkrug aus verquollenen Augen an, während Heinrich, der zwar nicht den Sinn des Satzes, aber sehr wohl das Wort *spazieren* verstand, aufgeregt kläffend an seinem Bein hochsprang.

„Hat sie Ihnen als Entschädigung denn wenigstens

einen Kartoffelwickel gemacht?", spottete Hasenkrug und sah Heinrich mitleidig an, der sich enttäuscht auf seine Decke legte, nachdem Büttner ihn ermahnt hatte, Ruhe zu geben.

„Sehr witzig, Hasenkrug, wirklich, sehr witzig!", schniefte Büttner und deutete auf die Heizkörper. „Aber immerhin hat sie mir gesagt, ich soll irgend so ein japanisches Öl in ein Schälchen mit Wasser tropfen und zum Verdampfen auf die Heizung stellen. Keine Ahnung, ob das hilft. Hm. Glaub nicht. Man riecht ja nicht mal was."

„Man riecht nicht mal was?", rief Hasenkrug aus. „Wenn man hier reinkommt, wähnt man sich in einem fernöstlichen Sanatorium!"

„Gerade wollten Sie noch den Reinigungskräften die Schuld geben."

„Sei's drum. Auf jeden Fall riecht es recht streng."

„Wir sollten uns jetzt um die Zeugenaussagen der Geburtstagsgäste kümmern", wechselte Büttner nach einem letzten mürrischen Blick auf die Duftschälchen das Thema. „Dann können wir die Sache wenigstens abschließen, und ich kann mich meinem Siechtum widmen."

„Ich fürchte fast, daraus wird nichts", meinte Hasenkrug und hielt einen Zettel in die Höhe, den er zuvor auf seinen Schreibtisch hatte fallen lassen.

„Ach, Hasenkrug, nun gönnen Sie mir doch wenigstens ein paar ruhige letzte Stunden!", seufzte Büttner, bevor er dreimal lautstark ins Taschentuch nieste.

„Würd ich ja gerne, aber Frau Weniger hat mir gerade eine Notiz zugesteckt, als ich reinkam."

„Die da lautet?"

„Ein Mann hat angerufen und behauptet, der Tod von Simone Wiemers sei auf keinen Fall ein Unfall gewesen."

„Noch wissen wir ja nicht einmal, ob sie wirklich tot ist", gab Büttner zu bedenken.

„Ich denke, davon können wir ausgehen, wenn man sie bis jetzt nicht lebend aus dem Wasser gefischt hat."

„Hm. Und warum nun behauptet dieser Mann zu wissen, dass es kein Unfall war? Was war das überhaupt für ein Mann? War er mit auf dem Schiff?"

„Ja. Er ist der Bruder des Opfers. Alex Habermann."

„Und wen hat er in Verdacht?"

„Den Ex seiner Schwester. Tobias Rüttgers."

„Ihr Ex war auf dem Schiff? Sie hat ihren Ex zu ihrem Geburtstag eingeladen?", rief Büttner krächzend.

„Sieht so aus."

„Waren Simone Wiemers und Tobias Rüttgers verheiratet?"

„Nein. Aber sie hatte sich wegen Eike Wiemers von ihm getrennt."

„Autsch! Und trotzdem kommt er zur Geburtstagsfeier? Warum?"

„Das müssten wir ihn dann wohl selber fragen. Und sicherlich kann uns Eike Wiemers auch was dazu sagen."

„Wir müssen sie vorladen. Den Bruder und den Ex."

„Frau Weniger kümmert sich schon drum."

„Dann fahren wir jetzt noch mal zum Ehemann des Opfers. Wissen wir, wo er sich aufhält?"

„Das finde ich schnell heraus." Hasenkrug griff zum Telefon und verkündete wenig später: „Herr Wiemers ist auf dem Weg zu seinem Vater."

Büttner griff sich an den schmerzenden Kopf. „Sein Vater,

sagen Sie. Der dürfte dann der Sohn von Erna Wiemers sein. Der Bauer, der von ihr den Hof übernommen hat. Richtig?"

„Davon gehe ich aus, ja. Zumindest hat er mir den Weg zum Hof in Visquard erklärt."

„Visquard. Noch so 'n Kaff in den Tiefen der Krummhörn."

„So ist es."

Büttner erhob sich schnaufend von seinem Schreibtischstuhl, woraufhin auch Heinrich die Ohren spitzte und ihn erwartungsvoll ansah. „Wird nichts, Heinrich", schüttelte sein Herrchen den Kopf, „heute bin ich froh, wenn ich mich selbst auf den Beinen halten kann. Da kann ich nicht auch noch auf einen Wirbelwind wie dich aufpassen. Ich geb Jette Bescheid, dass sie dich nachher hier abholt." Er gab seinem Hund ein Leckerli in die Schnauze, griff nach seinem Handy und tippte umständlich eine SMS an seine Tochter hinein. „Gehen wir", sagte er dann und griff nach seinem Mantel.

Es gab Tage, an denen man sich wünschte, im Bett geblieben zu sein. Und dieser trübgraue Oktobertag gehörte zweifelsohne dazu, befand Büttner, nachdem er das Bauernhaus der Familie Wiemers betreten hatte. Vielleicht, so dachte er sich, würde es, wenn er sich noch mal hinlegte, beim Aufstehen ja alles ganz anders sein. Keine in der Nordsee verschollene Frau, keine Erkältung, keine japanischen Was-auch-immer-Tropfen, kein Nieselregen — keine Leiche.

Denn genau das war es, was sie im geräumigen Wohnzimmer der Wiemers vorfanden. Eine Leiche. Und — das sah Büttner auf den ersten Blick – es war ganz bestimmt nicht die Leiche, mit der er sich jetzt noch hätte abfinden können, nämlich die der vermissten Frau. Nein, der Leichnam, der nun blutüberströmt vor seinen Füßen lag, war mindestens sechzig Jahre alt und männlich. Neben dem Leichnam kniete mit fassungslosem Gesichtsausdruck der Sohn des Hauses, Eike Wiemers, und starrte den beiden Polizisten aus leeren Augen entgegen.

„Hasenkrug, leiten Sie das volle Programm ein", sagte Büttner, als er seine Nase, die beim Eintritt in die warme Wohnung heftig angefangen hatte zu laufen, aus seinem Taschentuch zog. „Können Sie mir sagen, was hier passiert ist?", wandte er sich dann an Eike.

„Das kann doch alles nicht möglich sein!", antwortete der nur und sah Büttner so hilfesuchend an, als könne der die Zeit zurückdrehen und alles ungeschehen machen.

„Ist das Ihr Vater?"

Eike nickte.

„Haben Sie ihn so vorgefunden, als Sie hereinkamen?"

Ein erneutes Nicken.

„Gesehen haben Sie aber niemanden."

„Nein." Eike ließ sich aus der Hocke auf den Hintern fallen, verschränkte die Arme auf den Knien und senkte den Kopf. „Das kann doch alles nicht möglich sein", wiederholte er dann und brach in Tränen aus.

Büttner reichte ihm ein Taschentuch. Während Hasenkrug die anderen Räume inspizierte, schaute er sich im Zimmer um. Dieses war der Prototyp einer *Guten Stube*, wie sie in traditionellen ostfriesischen Bauernhäusern zur Standardeinrichtung gehörte. Circa dreißig Quadratmeter groß, hohe Decken und Türen, schwere Vorhänge vor den Sprossenfenstern, Teppichboden, wuchtige Polstermöbel, ein großer Tisch, ein massiver Schrank neben einer mit Nippes beladenen Anrichte, drei große Ölschinken mit Goldrahmen an den Wänden. Es war der Raum, der nur zu festlichen Anlässen und bei ausgewähltem Besuch genutzt wurde. Mindestens dreihundertfünfzig Tage im Jahr aber wurde in ihm höchstens mal Staub gewischt.

„Ist Ihre Mutter nicht zuhause?", wandte sich Büttner wieder an Eike, der still vor sich hin schluchzte.

„Meine Mutter ist im Frühjahr gestorben."

„Oh. Das tut mir Leid." Büttner meinte es aus tiefstem Herzen und konnte kaum fassen, wie viele Schicksalsschläge diesem Mann innerhalb kürzester Zeit aufgebürdet wurden. Wie alt mochte Eike sein? Höchstens Ende dreißig, schätzte er.

„Hat Ihr Vater diesen Hof noch alleine bewirtschaftet?"

„Nein. Vor rund fünf Jahren ist er auf meinen Bruder überschrieben worden. Linus hatte gerade sein Studium beendet. Agrarwissenschaften."

„Wo ist Ihr Bruder jetzt?"

„Ich habe ihn angerufen. Er kommt gleich. Er war mit dem Trecker ein ganzes Stück weit draußen."

Kaum, dass Eike diesen Satz beendet hatte, kam Linus auch schon ins Zimmer gestürzt, erfasste mit einem Blick die Situation, schlug die Hände vors Gesicht und blieb wie angewurzelt mitten im Raum stehen. „Oh Gott, Papa!", sagte er dann tonlos und schüttelte immer wieder den Kopf. „Wie kann das denn sein!?", brüllte er Büttner wenige Sekunden später so unerwartet an, dass dieser erschrocken zusammenzuckte. „Erst Mama, dann Simone und jetzt Papa! Wie kann das denn sein!?"

„Wie – kam denn Ihre Mutter ums Leben?", hakte Büttner betont ruhig nach.

Linus zitterte am ganzen Leib, antwortete aber dennoch: „Sie starb bei einem Autounfall. Ein Besoffener hat ihr die Vorfahrt genommen."

„Weiß Ihre Großmutter schon Bescheid?" Büttner sah die alte Frau mit den erstaunlich wachen Augen vor sich und verspürte plötzlich einen dicken Kloß im Hals.

„Nein", sagte Eike. „Ich hatte ihn doch gerade erst gefunden, als Sie reinkamen. Oh, mein Gott, wie sollen wir ihr das nur sagen?" Just in diesem Moment fing sein Handy an zu summen, und er warf einen Blick aufs Display. „Es ist Oma", sagte er dann, und seine Gesichtsfarbe wurde noch eine Spur blasser. Er meldete sich und sagte nach kurzer Zeit nur: „Ja. Ja, Oma. Linus ist gleich bei dir." Nachdem er das Gespräch weggedrückt hatte, sah er Büttner mit einem seltsamen Blick an und meinte: „Sie war ganz aufgeregt und fragte, ob was mit ihrem Sohn sei. Sie hätte schon seit einer Stunde so ein komisches Gefühl."

Nach den Erfahrungen vom gestrigen Tag war sich Büttner nun sicher, dass Oma Erna über übersinnliche Fähigkeiten verfügte, und er bekam eine Gänsehaut. Er bemerkte, wie sich Linus kurz wie ein nasser Hund schüttelte, seinem Bruder zunickte und sich auf den schweren Weg zu seiner Großmutter machte.

„Gibt es jemanden, dem Sie eine solche Tat zutrauen würden? Hatte Ihr Vater Feinde?", fragte Hasenkrug, der in diesem Moment wieder ins Zimmer trat. Er deutete auf den Leichnam, den man zu Lebzeiten ganz offensichtlich erschlagen hatte. Zumindest klaffte an der rechten Seite seines Schädels ein größeres Loch, aus dem jede Menge Blut geflossen war.

„Er war sicherlich kein einfacher Mensch", meinte Eike, „und ganz sicher war er ein sturer Hund, der in manchen Situationen auch verletzend sein konnte. Aber Feinde? Nein." Er strich sich über das tränenüberströmte Gesicht und schüttelte den Kopf. „Nein, ich kann mir absolut nicht vorstellen, wer ihn so gehasst haben könnte, dass …" Er brachte den Satz nicht zu Ende, sondern deutete lediglich mit einer unbeholfenen Handbewegung auf den Leichnam seines Vaters.

Büttner erinnerte sich an den eigentlichen Grund, der sie hergeführt hatte, und räusperte sich vernehmlich, bevor er sagte: „Herr Wiemers, ich – würde gerne noch mal über Ihre Frau mit Ihnen sprechen." Als Eike nicht reagierte, fuhr er fort: „Ihr Schwager beschuldigt den Ex-Freund Ihrer Frau, sie getötet zu haben. Können Sie mir sagen, welchen Grund es für diese Behauptung gibt?"

Eike sah ihn für einige Augenblicke so irritiert an, als habe er ihn nicht verstanden. Dann aber sagte er zögernd: „Tobias soll Simone umgebracht haben? Aber warum das denn? Warum behauptet Alex denn so was?"

„Ich dachte, das könnten Sie mir vielleicht sagen", warf Büttner den Ball zurück.

Eike lachte kurz und schrill auf. „Nein, weiß Gott nicht! Ich habe absolut keine Ahnung, warum Alex das behaupten sollte!"

„Was haben denn Sie für ein Verhältnis zu Ihrem Schwager?"

„Zu Alex?" Eike schob die Unterlippe vor und sagte dann: „Ein gutes eigentlich. Wir sehen uns nicht so oft, er lebt ja noch in Kiel. Aber wir haben uns immer gut verstanden. Haben auch die gleichen Interessen. Seefahrt und so."

„Und der Ex-Freund Ihrer Frau? Darf ich fragen, warum er zu dem Törn eingeladen war?"

Eike fuhr sich müde durchs blonde Haar. „Simone und Tobias verstanden sich gut, sie hatten nach der Trennung beschlossen, Freunde zu bleiben. Sie – ich war nicht der Grund für die Trennung. Höchstens der endgültige Anlass. Aus der Beziehung der beiden war schon lange die Luft raus, bevor ich ..." Eikes Stimme brach, und er begann erneut bitterlich zu weinen.

„Irgendwelche Spuren, die auf ein gewaltsames Eindringen schließen lassen?", wandte sich Büttner an Hasenkrug.

„Nichts. Aber ich nehme auch an, dass die Haustür tagsüber immer offen ist, wie es hier auf dem Land so üblich ist."

„Ja", schniefte Eike und hob den Kopf, als in diesem Moment der Trupp der Spurensicherung den Raum betrat. Er stand auf und ließ sich in einen der wuchtigen Sessel fallen. Sein Blick wanderte durch den Raum und blieb an einem Foto hängen, das auf der Anrichte stand. „Mein Vater hat drei Schwestern. Sie müssten informiert werden. Ich – schaff das jetzt nicht."

„Wohnen sie hier in der Nähe?"

„Ja. Alle in der Krummhörn. In Jennelt, Eilsum und Grimersum. Ich könnte Ihnen die Kontaktdaten geben."

Büttner nickte Hasenkrug kurz zu. Es war zwar nicht Aufgabe der Polizei, die gesamte Verwandtschaft über einen Todesfall zu informieren, aber in einem solchen Fall konnte man ja mal eine Ausnahme machen. Außerdem war es nicht ganz uninteressant zu erfahren, mit wem man es in dieser Familie so alles zu tun hatte.

„Können Sie schon was sagen?", drehte sich Büttner zur Gerichtsmedizinerin Dr. Anja Wilkens um, die gerade mit ihrem behandschuhten Finger in der Kopfwunde des Opfers stocherte.

„Er ist erschlagen worden. Ich würde sagen mit einem massiven Gegenstand. Zumindest war die Tatwaffe aus lackiertem Metall." Sie streckte ihm ihren Finger entgegen und deutete auf kleine Lacksplitter, die offensichtlich in der Wunde zurückgeblieben waren.

„Sonst irgendwas Auffälliges an seinem Körper?"

„Nein. Ich untersuche ihn natürlich noch genauer, aber im Moment lässt alles auf Tod durch Erschlagen schließen."

„Okay. Könnte den Hieb auch eine Frau ausgeführt haben?"

„Vom Winkel des Schlages her muss der Täter auf jeden Fall größer gewesen sein als das Opfer. Da Hermann Wiemers nicht gerade klein war, würde ich spontan eher auf einen Mann schließen. Aber da kann ich mich natürlich auch irren. Genaueres sage ich Ihnen nach der Obduktion." Sie zog die Brauen zusammen und fügte dann hinzu: „Sie hat es aber böse erwischt, Herr Kommissar. Sie sollten sich nicht übernehmen."

„Mit zwei Leichen im Rücken nicht so einfach", knurrte Büttner. „Aber ich denke, dass ich hier fürs erste fertig bin. Alles andere lassen Sie mir dann ja zukommen." Er klopfte Eike kurz auf die Schulter, dann verschwand er niesend zur Tür hinaus.

7

„Ich kann das alles gar nicht glauben. Es ist alles so furchtbar!" Greta Jakobs schniefte in ihr Taschentuch und tupfte
sich dann ein paar Tropfen 4711 an die vom vielen Weinen
schmerzenden Schläfen. „Ich weiß gar nicht, womit der
arme Eike das alles verdient hat. Er ist doch solch ein fixer
und lieber Junge, genau wie sein Bruder Linus. Und die
arme Erna! Verliert auf so schreckliche Weise erst ihre
Schwiegertochter und dann auch noch Hermann, nachdem gerade erst die Frau von ihrem Enkel vom Kutter gefallen ist. Nee, da kann man sagen, was man will, aber das
Leben ist einfach nicht gerecht!"

Kopfschüttelnd und leise vor sich hin schniefend rührte
sie mit einem Kochlöffel in den *Updrögt Bohntjes* herum,
die es zum Mittagessen geben sollte. Zu ihrer Überraschung hatte sich im Laufe des Vormittags auch ihr Sohn
Bernhard bei ihr eingefunden, der sonst nur höchst selten
den Weg zu ihr fand. Über seinen Besuch freuen konnte sie
sich allerdings nicht so recht, denn wieder einmal war er
mit einer Flasche Korn in der Hand sichtlich torkelnd zur
Tür hereinspaziert und hatte sich laut rülpsend auf einen
Küchenstuhl fallen lassen.

Sie hielt im Rühren inne und funkelte ihn aus ihren vom
Weinen geröteten Augen mürrisch an, bevor sie ihn, den

Kochlöffel in der Hand schwingend, anfuhr: „Nu sach doch auch mal was, Bernhard, und sitz hier nicht so unnütz rum! Hast die doch auch alle gekannt! Hast als Kind doch immer mit Hermann gespielt!"

Als Bernhard nicht darauf reagierte, sondern nur, von einem Schluckauf geplagt, an ihr vorbei an die Wand starrte, fuhr sie fort: „Du bist doch schon wieder total besoffen, torkelst hier rein wie so 'n geköpftes Huhn! Und wie du wieder aussiehst! Kannst du dir nicht mal saubere Plünnen anziehen!? Die stinken ja schon! Und dein Gesicht! Kriegst ja schon richtige Fettsäcke unter den Augen! Bäh! Wenn du nicht mit Alkohol umgehen kannst, dann lass doch die Finger davon! So kriegste nie mehr 'ne Frau ab, das kann ich dir wohl sagen!"

Bernhard machte eine wegwerfende Handbewegung und setzte sich erneut die Flasche an den Hals, um einen großen Schluck zu nehmen. Eine Frau! Pah! Er hatte genug von den Weibern, die ihn immer nur herumkommandierten und nicht wussten, wo ihr Platz war. Er war froh, dass er seit seiner Scheidung alleine lebte. War doch nicht auszuhalten mit den Weibern! Gerade gestern erst hatte er auf der Straße die Tochter von Mutters Freundin Ebeline getroffen. Die ach so feine Annegret. Früher hatte sie mit ihm im Heuhaufen verstecken gespielt und beim Ausmisten der Ställe geholfen. Hatte gesagt, sie würde ihn später mal heiraten. Und dann? Abitur hatte sie gemacht und Jura studiert, die feine Dame! Sie war wunderschön damals, und er hatte ihr einen Heiratsantrag gemacht, als sie mal wieder zu Hause war. Dachte, sie würde sich darüber freuen. Aber fleutjepiepen! Ausgelacht hatte sie ihn! Einen dummen Bauerntölpel genannt hatte sie ihn! Und dann hatte sie diesen Emporkömmling aus Münster geheiratet, ein Kind nach dem anderen in die Welt gesetzt und nebenbei ihr eigenes Notariat etabliert. Nun waren die Kinder aus dem Haus, sie lebte mit ihrem Mann wieder in Emden in einer todschicken Villa und betrieb dort ein Notariat.

Moin, Annegret, hatte er gesagt, als er sie vorhin traf. Aber sie hatte ihn nur verächtlich angesehen und nicht mal gegrüßt. Nicht mal gegrüßt! Na, die würde schön blöd gucken, wenn er ihr sagte, was er über sie und ihr angeblich so untadeliges Leben herausgefunden hatte, als er in den Unterlagen seiner Mutter las! Bestimmt hatte ihr Mann keine Ahnung davon, was seine schicke Frau so alles getrieben hat, bevor er sie kannte. Wenn überhaupt jemand davon wusste, außer die, die das damals vertuscht hatten. Sie alle würde er zermalmen. Jawoll! Vor der ganzen Welt bloßstellen würde er sie! Ja-ha, ganz sicher, schön blöd gucken würden die! Und die feine Annegret könnte ihr Notariat und sich selbst gleich in den Ruhestand schicken, wenn er sie erstmal in seinen Klauen hatte.

Darauf freute er sich schon jetzt.

„Bleib mir weg mit den Weibern!", grunzte er und funkelte seine Mutter aus blutunterlaufenen Augen herausfordernd an. Die aber reagierte wie immer und erwiderte: „Dann bleib du mir weg mit deinem besoffenen Kopp! Weiß nicht, womit ich so 'nen ollen Nichtsnutz verdient hab."

„Hast aber nun nur noch mich", hickste er, und in seinen Augen zeigte sich ein eigentümlicher Glanz. „Nur noch mich, hörst du!"

Mit einer gewissen Genugtuung registrierte Bernhard, dass im nächsten Moment wieder Tränen über die Wangen seiner Mutter liefen, dass sie sich mit herzzerreißenden Schluchzern erneut in ihrer Trauer zu verlieren schien. Aber er hatte kein Mitleid. Wenn sie wüsste, dachte er nur, dass ich in ihren Unterlagen geschnüffelt und dabei äußerst interessante Papiere gefunden habe. Sie würde auf der Stelle tot umkippen. Aber so leicht würde er es ihr nicht machen. Nein. Er würde dafür sorgen, dass sie im Sterben genauso leiden würde, wie sie und sein Vater ihn zeitlebens hatten leiden lassen.

Sein Vater. Genauso wie seine Mutter hatte auch der ihn stets behandelt wie lästiges Ungeziefer, das sich in ihren Wohnräumen eingenistet hatte. Nach der unsäglichen Geschichte damals war es noch schlimmer geworden, als es ohnehin schon gewesen war. Damals, als er in der Nacht frierend und zähneklappernd oben am Treppengeländer gesessen hatte und …

Bernhard schüttelte sich, als wolle er damit die Erinnerungen an diese Nacht abwerfen, und setzte erneut die Flasche an den Mund. Ja, dachte er, wie sehr hatte er als kleiner Junge und dann sein ganzes Leben lang nach der Anerkennung seines Vaters geradezu gegiert! Wie oft hatte er sich gewünscht, nur einmal einen Funken Stolz in den Augen seines Vaters zu sehen, wenn ihm, Bernhard, mal etwas ganz besonders gut gelungen war! Doch bis zu seinem Tod hatte Fenko Jakobs seinem Sohn gegenüber nur eine einzige Gefühlsregung gezeigt: Gleichgültigkeit.

Stolz gewesen war der Vater lediglich auf seine beiden ältesten Söhne, die er, wo immer er konnte, förderte. Zu

Bernhard aber hatte er stets nur voller Verachtung gesagt: „Eigentlich solltest du ja ein Mädchen werden. Da hatte ich sogar schon Wetten drauf abgeschlossen. Hab viel Geld verloren. Dabei wollte ich nach den beiden Jungs so gerne noch ein Töchterchen haben. Aber gekriegt hab ich bloß dich."

„Nu mach Platz, dass ich die Bohnen hinstellen kann!", riss ihn die Stimme seiner Mutter aus den Gedanken. Sie deutete mit ihrem arthritischen Finger auf die Zeitschriften, die verstreut auf dem Tisch herumlagen.

„Mach doch selbst!", knurrte Bernhard und stand so unsicher von seinem Stuhl auf, dass er ins Straucheln geriet. Um nicht zu fallen, griff er nach der Tischkante, erwischte jedoch nur eine der Zeitschriften und schlug im nächsten Augenblick mit einem dumpfen Laut auf dem Boden auf.

„Was bist du aber auch für 'n Unnösel!", hörte er seine Mutter schimpfen, und er wollte gerade etwas erwidern, als sein Blick auf ein scharfes Fleischermesser fiel, das er wohl mit den Zeitschriften vom Tisch gerissen hatte. Er nahm es in die Hand. Es fühlte sich schön kühl an.

8

Hauptkommissar David Büttner sah den jungen Mann, der ihm im Vernehmungsraum gegenüber saß, abschätzend an. Alex Habermann war ihm nicht unsympathisch mit seinen blonden Locken und den rehbraunen Augen, die er, so hatte es Büttner auf einem Foto gesehen, mit seiner Schwester Simone gemeinsam hatte. Außerdem schien er ein eher ruhiger Vertreter zu sein, der nicht gleich lospolterte, sondern seine Worte sorgsam abwog, bevor er sprach. Doch trotz aller Ruhe, die der junge Mann ausstrahlte, war ihm seine Nervosität deutlich anzumerken. Sein Atem ging flach, und er rieb sich immer wieder mit der Hand über das übernächtigt wirkende Gesicht.

„Herr Habermann", begann Büttner mit dem Gespräch, „zunächst einmal mein Mitgefühl zum Verschwinden Ihrer Schwester. Sie müssen eine schwere Zeit durchmachen."

„Danke. Ja. Es ist – ich kann's noch gar nicht glauben, dass Simone – nicht mehr da ist." Alex öffnete den Mund, als wollte er noch etwas sagen, klappte ihn jedoch nur ein paar Mal auf und zu, ohne dass ein Laut über seine Lippen kam.

„Sie standen sich sehr nahe?", fragte Hasenkrug.

„Ja. Wie es eben so ist, wenn die Eltern früh sterben. Wir hatten nur noch uns."

„Sie sind in einem Heim aufgewachsen?"

Alex schüttelte den Kopf. „Nein. Bei einer Pflegemutter. Sie war sehr gut zu uns, hat alles versucht, uns die Mutter zu ersetzen. Aber das ging natürlich nicht."

„Wie sind Ihre Eltern ums Leben gekommen?"

„Sie starben beide an Krebs, innerhalb von zwei Jahren. Simone war elf, ich fünf, als unsre Mutter starb. Es war – wir sind dann eng zusammengerückt."

„Hm." Hatte Büttner schon bei Eike Wiemers darüber nachgedacht, warum das Schicksal manche Menschen so hart beutelte, während andere stets auf der Sonnenseite des Lebens zu stehen schienen, so begann er nun endgültig den Glauben an eine einigermaßen gerechte Welt zu verlieren. Er fragte sich, wie ein einzelner Mensch dazu in der Lage sein sollte, solch eine Reihe von Schicksalsschlägen zu verkraften, wie sie diesen beiden Männern zugemutet wurden. Er war sich sicher, dass er, wäre er selbst in einer solchen Situation, am Leben verzweifeln würde.

Büttner warf einen Blick zu seinem Kollegen Hasenkrug, der aber kritzelte mit starrer Miene irgendetwas auf ein Stück Papier. Auch ihm schien die Geschichte nahezugehen.

„Herr Habermann", griff er dann den Gesprächsfaden wieder auf, „Sie haben am Telefon den Verdacht geäußert, dass der Ex-Freund Ihrer Schwester, ein Herr namens – Hasenkrug?"

„Tobias Rüttgers", murmelte der, ohne den Kopf zu heben.

„Ja. Also, Sie verdächtigen Tobias Rüttgers, etwas mit dem Verschwinden Ihrer Schwester zu tun zu haben. Wie kommen Sie darauf?"

Alex atmete einmal tief durch, bevor er antwortete:

„Simone wollte unbedingt, dass Tobi an dem Törn teilnimmt. Sie will …", er schluckte, bevor er sich korrigierte: „Sie wollte immer, dass alles ganz harmonisch ist, ging Konflikten am liebsten aus dem Weg. Als sie sich so Hals über Kopf in Eike verliebt hatte, kam sie völlig aufgelöst in meine Kieler Wohnung gerannt und fragte mich zutiefst verzweifelt, wie sie es Tobi beibringen solle, ohne ihn zu verletzen."

„Wie mir Eike Wiemers sagte, gab es bei der Trennung der beiden dann aber keine größeren Probleme", stellte Büttner fest und fingerte in seinen Hosentaschen nach einem Taschentuch, weil seine Nase schon wieder anfing zu laufen, obwohl er gerade Tropfen hineingeträufelt hatte.

„Ja, das sieht Simone ähnlich, so was zu behaupten", seufzte Alex. „Sie hat sich das Ganze schöngeredet. Fakt ist aber, dass man Tobi nach der Trennung eine Woche lang nur noch sturzbesoffen in irgendwelchen Kneipen hat rumhängen sehen. Eine einvernehmliche Trennung sieht anders aus, wenn Sie mich fragen."

„Und warum hat er dann an dem Geburtstagsausflug teilgenommen? Ich meine, sich solch eine Fahrt mit der praktisch frisch vermählten Ex-Freundin nebst Gatten zuzumuten, zeugt doch von einem gewissen Hang zum Masochismus, finden Sie nicht?", wunderte sich Hasenkrug, der plötzlich wieder ganz bei der Sache war.

Alex zuckte mit den Schultern. „Ich hab Simone gesagt, dass sie ihn nicht einladen soll. Aber sie wollte es unbedingt. Warum Tobi sich darauf eingelassen hat? Ich habe keine Ahnung. Vielleicht hat er tatsächlich noch geglaubt, sie zurückgewinnen zu können."

„Und wie kommen Sie nun auf die Idee, er könne an ihrem Verschwinden schuld sein?", wollte Büttner wissen.

„Schon kurz nachdem der Kutter abgelegt hatte, war Tobi blau wie eine Haubitze. Im Nachhinein glaube ich fast, dass er sich Mut antrinken wollte. Als dann jemand Musik aufgelegt hat, wollte er unbedingt mit Simone tanzen, die aber hat ihm einen Korb gegeben und ist dann mit Eike engumschlungen übers Deck geschwoft."

„Und wer hat den Kutter gesteuert?", fragte Hasenkrug verwundert.

„Ich. Eike und ich haben uns abgewechselt."

„Und was qualifiziert Sie dazu?"

„In wenigen Monaten darf ich mich Kapitän auf großer Fahrt nennen. Das eine oder andere Schiff habe ich also durchaus schon gesteuert."

„Aha. Und dann?"

„Als Eike rund eine Stunde später das Ruder übernommen hat, habe ich beobachtet, wie sich Simone und Tobi auf dem Achterdeck ziemlich in die Wolle gekriegt haben. Er ist sogar handgreiflich geworden, hat versucht, sie zu küssen. Sie hat ihn weggestoßen und ist zu den anderen zurückgegangen."

„Daraus lässt sich noch kein Mord stricken", stellte Büttner fest. Er fuhr sich mit dem Taschentuch über seine tränenden Augen.

„Er hat ihr hinterhergeschrien, dass sie schon sehen würde, was sie davon habe. Er würde schon dafür sorgen, dass sie mit Eike nicht glücklich werde. Er war total blau."

„Von diesen Vorkommnissen hat uns Eike Wiemers gar nichts erzählt."

„Eike hat es nicht mitbekommen. Die Musik war sehr laut, dann der Wind und die See. Ich glaube, außer mir hat es keiner bemerkt." Alex stutzte und zog die Stirn in Falten. Dann sagte er: „Doch, warten Sie, da war auch noch dieser Freund von Eike. Michael hieß der, glaube ich. Der kam irgendwie um die Ecke, als Tobi gerade so laut geplärrt hat."

„Haben wir einen Michael auf der Gästeliste?", wandte sich Büttner an Hasenkrug.

Der fuhr mit dem Finger kurz die Namensliste entlang, die ihm Eike Wiemers gemailt hatte, und nickte. „Ja. Hier steht ein Michael Ipsen."

„Ja, genau", nickte nun Alex, „so hieß der. Ich hab mal für eine Weile neben ihm gesessen, als er Simone mit irgendwelchen Grundstücksgeschäften zugeschwallt hat und meinte, sie müsse da unbedingt Einfluss auf ihren Schwiegervater nehmen." Alex zögerte und fügte dann hinzu: „Er hat irgendwas von einer Provision gefaselt, wenn sie es schaffen würde, den alten Hermann Wiemers zu überzeugen."

„Grundstücksgeschäfte?" Büttner sah ihn prüfend an. „Worum genau ging es da?"

„Weiß ich nicht. Hat mich nicht wirklich interessiert. Ich bin dann aufgestanden und hab mich mit anderen Leuten unterhalten."

„Wie hat Ihre Schwester auf das Anliegen von diesem Herrn Ipsen reagiert?"

„Ich hab wenig später nur mitgekriegt, dass sie lachend aus ihrem Stuhl hochsprang und rief: *Lass mal stecken, Michael, da mische ich mich nicht ein!* Der Typ hat dann ziemlich angepisst aus der Wäsche geguckt und hinter ihr hergerufen, sie könne ihn doch nicht so hängenlassen. Aber Simone hat nur gelacht und ihm spielerisch eine Kusshand zugeworfen."

„Als das Gewitter aufkam und alle runter in die Kajüte gegangen sind, haben Sie da einen von den beiden Männern in der Nähe Ihrer Schwester gesehen?"

Alex überlegte kurz, bevor er sagte: „Es war ein ziemlicher Tumult an Deck, wie Sie sich vorstellen können. Eike war ziemlich sauer, weil einige partout nicht unter Deck gehen wollten. Alles sprang wahllos durcheinander, viele waren betrunken. Ich bin dann zum Steuerhaus, irgendjemand musste ja das Schiff führen. Ich ..." Alex drückte plötzlich die Finger so fest gegen die Schläfen, als wolle er einen Gedanken aus seinem Kopf herauspressen. Mit geschlossenen Augen sagte er dann: „Ja. Ich erinnere mich, zwei Gestalten gesehen zu haben, die an der anderen Seite des Steuerhauses vorbeistolperten. Ja, genau, alle waren backbords unterwegs, nur die beiden liefen steuerbords. Einer hatte den anderen fest am Arm gepackt. Ich hab natürlich angenommen ..."

„Dass der eine den anderen im Sturm festhält", ergänzte Büttner den Satz und Alex nickte. „Aber es könnte natürlich auch anders gewesen sein."

„Sie haben aber nicht erkennen können, um wen es sich genau handelte? Ob eventuell Ihre Schwester zu den beiden Personen gehörte?", fragte Hasenkrug.

Alex schüttelte den Kopf. „Die Sicht war sowieso schon miserabel, man konnte kaum die Hand vor Augen sehen. Der Regen stürzte als eine einzige Wasserwand vom Himmel. Auch musste ich mich auf die Geräte konzentrieren. Das Einzige, was ich aus dem Augenwinkel gesehen habe, waren zwei schemenhafte Gestalten, die am Steuerhaus vorbeiliefen; und das auch nur, weil sie irgendwas Farbiges anhatten. Die eine was Rotes, die andere was Blaues. Vermutlich Regenjacken."

„Sie wissen aber nicht, welche Farbe die Regenjacke Ihrer Schwester hatte?"

„Doch. Simones Jacke war rot. Aber das waren mindestens vier andere auch. Mit der blauen ist es natürlich genauso."

„Gut, Herr Habermann", klopfte sich Büttner auf die Oberschenkel und stand auf. „Dann danke ich Ihnen, dass Sie gekommen sind. Es wäre gut, wenn Sie auch weiterhin für uns erreichbar wären, falls wir noch Fragen haben."

Alex' Stirn umwölkte sich. „Ich bleib noch ein paar Tage bei Eike. Der arme Kerl kann ja nun jede Unterstützung gebrauchen, nachdem nun auch noch sein Vater – ach, es ist alles einfach nur noch unfassbar!"

„Ja, das ist es wohl", brummte Büttner.

„Ich nehme an, dass wir jetzt auch noch diesen Michael Ipsen vorladen werden", bemerkte Hasenkrug, nachdem Alex Habermann die Tür hinter sich geschlossen hatte.

„Da nehmen Sie richtig an", nickte Büttner. „Anscheinend stehen ja der Familie Wiemers irgendwelche Grundstücksgeschäfte ins Haus. Sowas lädt ja zu kriminalistischen Spekulationen geradezu ein. Erkundigen Sie sich doch mal bei der Gemeinde Krummhörn, wie genau es sich damit verhält. Hm." Er schob ein paar Zettel zusammen und fragte dann: „Hatten wir nicht noch jemanden vorgeladen?"

„Ja. Den Ex-Freund von Simone Wiemers. Diesen Tobias

Rüttgers. Er kommt übermorgen. Hat sich nach dem Unglück gleich wieder nach Kiel verkrümelt."

„Gut." Büttner machte sich, dicht gefolgt von seinem Assistenten, auf den Weg in sein Büro. „Dann kümmern wir uns jetzt erstmal um den Mord an Hermann Wiemers. Ist schon irgendwas von der KTU oder der Gerichtsmedizin gekommen?"

Sebastian Hasenkrug legte einen Aktenordner auf seinen Schreibtisch und nahm stattdessen einen roten Pappordner in die Hand. Nach kurzem Blättern sagte er: „Neben der Leiche von Wiemers wurde haufenweise DNA-Material sichergestellt. Nicht nur menschliches, auch von Katzen und Hunden. Wird jetzt alles untersucht. Kann bei der Masse angeblich länger dauern, bis Ergebnisse da sind."

„Dann wird die *Gute Stube* wohl doch nicht so häufig gesaugt, wie es auf den ersten Blick den Anschein hatte", knurrte Büttner ungehalten. Er konnte es nicht leiden, wenn ihm solch wenig konkrete Sachen vorgelegt wurden. „Und Frau Dr. Wilkens? Hat die auch schon was abgeliefert?"

„Ja. Hermann Wiemers starb an seinen Kopfverletzungen, steht hier. Zwei Schläge auf den Schädel, von einem Rechtshänder von der Seite ausgeführt. Der Analyse nach muss der Täter größer gewesen sein als das Opfer. Es sei denn, der Täter hätte eine Trittleiter dabei gehabt. Haha. Kleiner Scherz der Frau Doktor. Tatwaffe ist unbekannt, vermutlich aber war es ein spitzer Gegenstand, wie zum Beispiel die Ecke eines massiven Kerzenständers oder Ähnliches."

Büttner verzog das Gesicht, als hätte er plötzlich Zahnschmerzen. „Klingt wenig schön. War er sofort tot?"

„Zumindest bewusstlos. Letztlich ist er wohl verblutet."

„Das heißt er hätte gerettet werden können, wenn man ihn schneller gefunden hätte?"

„Allenfalls wenn sehr schnell nach dem Schlag gehandelt worden wäre, steht hier. Ein Überleben des Opfers wäre wegen der massiven Hirnverletzungen aber auch dann eher unwahrscheinlich gewesen."

„Dann durchleuchten wir jetzt mal die ganze Familie Wiemers und deren persönlichen und finanziellen Verhältnisse. Außerdem will ich von Eike und Linus Wiemers wissen, was es mit diesem Grundstücksgeschäft auf sich hat. Arbeit gibt's also genug. Fangen Sie schon mal an, Hasenkrug. Ich muss mich erstmal um meinen Hund kümmern. Hab meiner Frau versprochen, dass ich heute mit ihm rausgehe. Sie meint, das würde auch gegen meine Erkältung gut sein."

„Na, ganz prima!", maulte Hasenkrug und nahm den Telefonhörer in die Hand, um beim Bauamt der Gemeinde Krummhörn anzurufen.

9

Vor dem Fenster seines ehemaligen Kinderzimmers setzte plötzlich ein lautes Gekeife ein, das Eike, der auf seinem alten Bett lag und die Arme hinter dem Kopf verschränkt hatte, aus seinen trüben Gedanken riss. Für einen Moment lauschte er und vernahm die Stimmen seiner Großmutter Erna und ihrer Freundin Greta sowie die Stimme von Wübkea Beekmann, einer ebenso eigenwilligen wie rüstigen einundneunzigjährigen Bäuerin aus Greetsiel.

Er fragte sich gerade, was die drei alten Damen bei dem nasskalten Wetter da draußen zu suchen hatten, als Greta mit krächzender Stimme ausrief: „Und das will ich dir sagen, Wübkea, auf dein Mitgefühl kann Erna auch ganz gut verzichten! Tu doch bloß nicht so scheinheilig! Bist doch nur neugierig, was hier so los ist und tratschst dann wieder alles überall herum!"

„Das lass ich mir von dir nicht sagen!", keifte Wübkea aufgebracht zurück. „Nur weil sie einmal in der Woche mit dir Tee trinkt, ist Erna noch lange nicht deine Freundin. Die hat doch nur Mitleid mit dir, weil dich sonst keiner leiden kann!"

Eike schüttelte den Kopf. Seit er denken konnte, hatte er Greta und Wübkea nicht ein einziges Mal auch nur ein freundliches Wort miteinander wechseln hören. Wenn man den Leuten in der Krummhörn Glauben schenken durfte, hassten sich die beiden bereits seit ihrer ersten Begegnung im Kleinkindalter abgrundtief. Den Grund dafür kannte allerdings niemand. Vermutlich nicht mal die beiden selbst.

„… und ich steh hier doch nicht noch länger rum und hör mir das an!", ätzte Wübkea gerade. „Da geh ich doch lieber wieder nach Hause und koch mir 'nen Tee!"

„Deine olle Plörre kann doch keiner trinken!"

„Nur weil du …!"

„Guckt mal, die Sonne scheint wieder", wurde Wübkea von Ernas ruhiger Stimme unterbrochen, die anscheinend keine Lust mehr auf die leidige Streiterei hatte.

„Was?", klang es zweistimmig zurück.

„Die Sonne scheint wieder", wiederholte Erna.

„Ja und!? Lass sie doch!", keifte Wübkea nun auch sie an.

Als Greta sich erneut zu Wort meldete, blendete Eike die Stimmen der alten Frauen wieder aus. Schließlich hatte er genug eigene Sorgen, die ihm auf der Seele lasteten. Hatte er geglaubt, es könne nach dem grausamen Tod seines Vaters nicht noch schlimmer kommen, so sah er sich getäuscht. Denn seit er am Tag zuvor die Unterlagen seiner Eltern durchforstet hatte, um die für das Standesamt notwendige Geburtsurkunde seines Vaters zu suchen, war sein Leben derart aus den Fugen geraten, dass es ihm schwer fiel, überhaupt noch einen klaren Gedanken zu fassen.

Es war ihm gar nicht bewusst gewesen, dass seine Mutter seit ihrer Jugend Tagebuch geführt hatte. Und nun wusste er auf einmal auch, warum sein Vater nach ihrem Tod darauf bestanden hatte, sich ganz alleine um alles Formale zu kümmern. Ganz bestimmt hatte er Angst davor gehabt, dass Eike und Linus auf die Geheimnisse stoßen könnten, die die Familien Wiemers, Jakobs und Bleeker bereits seit Jahrzehnten in offensichtlich stummer Übereinkunft verbanden.

Blieb nur die Frage, wie nun mit dem neuen Wissen umzugehen war. Sollte er Linus einweihen? Oder seine Oma Erna damit konfrontieren? Sollte er genauso Stillschweigen bewahren, wie es seine Eltern über eine so lange Zeit getan hatten? Sollte er tätig werden und die Geheimnisse ans Licht zerren, auch auf die Gefahr hin, dass sie sie alle aus dem Dunkel ansprangen wie ein aus dem Schlaf gerissener Drache? Und dann? Würde er damit womöglich die Büchse der Pandora öffnen und ein nicht kalkulierbares Unglück über den drei Familien ausstreuen?

Andererseits: Musste er nicht in erster Linie auch an sich selbst denken? Denn was würde denn geschehen, wenn ihn das Wissen um die Geheimnisse nach und nach zermürben würde? War es überhaupt fair, auch seinem Bruder Linus gegenüber, wenn er schwieg und so tat, als sei nichts geschehen? Und wie war das Ganze überhaupt möglich gewesen? Wie war es den drei Familien gelungen, alle um sie herum so dermaßen hinters Licht zu führen? Das konnte ohne Mitwisser doch gar nicht funktionieren!

„Alles soweit klar bei dir?", fragte plötzlich Linus' Stimme von der Tür her.

Eike schreckte hoch. „Wie wär's mal mit Anklopfen!?", fuhr er seinen Bruder zugleich entnervt wie auch erschrocken an.

„Was ist denn mit dir los? Du siehst ja aus, als hättest

du ein Gespenst gesehen!", stellte Linus mit einem Stirn-runzeln fest und fügte dann hinzu: „Im Übrigen habe ich dreimal geklopft. Aber du hast nicht darauf reagiert."

„Sorry, ich bin – nicht ganz bei mir", erwiderte Eike kläglich und fuhr sich ein paarmal mit der Hand über das wachsbleiche Gesicht. „Ich fühl mich so …" Er brachte den Satz nicht zu Ende, sondern brach ohne Vorwarnung in ein so haltloses Schluchzen aus, dass Linus ihn zunächst nur zutiefst verunsichert ansah, sich dann aber zu ihm aufs Bett setzte und ihn unbeholfen in den Arm nahm. „Mein Gott, Eike", flüsterte er, und nun standen auch ihm die Tränen in den Augen, „es ist ein absoluter Alptraum!"

„Ich ertrag das alles nicht", rief Eike gequält aus, „ich weiß überhaupt nicht, wie es jetzt weitergehen soll! Wenn ich wenigstens wüsste, was mit Simone passiert ist! Ich er-trag den Gedanken nicht, dass sie irgendwo da draußen verzweifelt ums Überleben kämpfte und ich es noch nicht einmal gemerkt habe! Ich ertrage es nicht, dass ihr Körper jetzt vielleicht für immer im eiskalten Wasser bleiben wird!" Er hob den Kopf und schrie seinen Bruder an: „Ich ertrag es nicht, Linus, dass ich erst viel zu spät bemerkt habe, dass sie fehlte! Ich bin schuld, Linus! Ich ganz alleine bin schuld an dem Tod meiner Frau!"

„Nun rede doch keinen Quatsch, Eike!" Linus schob seinen Bruder auf Armeslänge von sich und schüttelte ihn fast wütend an den Schultern. „Diesen Scheiß will ich nie wieder hören, hast du mich verstanden!? Nie wieder! Wenn überhaupt einer Schuld an Simones Tod hat, dann derjenige, der sie über Bord gestoßen hat! Hörst du mich, Eike! Dich – trifft – keine – verdammte – Schuld!"

Als hätte jemand die Luft aus ihm herausgelassen, ließ Eike plötzlich seinen Kopf auf die Schulter seines Bruders sinken. Sein lautes Schluchzen ebbte nach und nach zu einem leisen Wimmern ab. Nach ein paar Minuten richtete er sich schließlich wieder auf und tastete unter seinem Kopfkissen nach einem Taschentuch. Als seine Finger dabei an etwas Festes stießen, zuckte er zurück, als hätte er ins offene Feuer gegriffen.

„Was ist los?", fragte Linus, als sich ein seltsamer, beinahe furchterregender Ausdruck in Eikes Augen schlich.

Zögernd, fast wie in Zeitlupe, zog Eike ein abgegriffenes Heft unter dem Kopfkissen hervor und strich für einige Augenblicke einfach nur darüber. Dann aber nahm sein Gesicht einen entschlossenen Ausdruck an, und er drückte es Linus mit bebenden Fingern in die Hand. „Lies das mal!", sagte er kaum hörbar. „An der Stelle, wo der kleine Zettel rausguckt."

„Was ist das?" Linus drehte das an einer Ecke vergilbte blaue Heft ein paar Mal um sich selbst, bevor er es vorsichtig an der Stelle aufschlug, die sein Bruder ihm genannt hatte.

„Mamas Tagebuch", flüsterte Eike.

Linus schluckte schwer. Dann begann er zu lesen. Als er das Heft Minuten später wieder beiseite legte, war seine gesunde Gesichtsfarbe einer wächsernen Blässe gewichen.

„Das gibt's doch alles nicht", murmelte er wie eine hängende Schallplatte immer wieder vor sich hin, „das gibt's doch alles nicht."

Für eine ganze Weile saßen die beiden Brüder wie versteinert da. Ihre Blicke gingen ins Leere.

„Was wirst du jetzt tun?", fragte Linus schließlich mit erstickter Stimme.

„Ich? Ich gehe jetzt zu Annegret", erwiderte Eike entschlossen und stand auf. „Kommst du mit?"

10

Als Heinrich am Nachmittag einem Wirbelwind gleich ins Büro stürmte und so überschwänglich auf Sebastian Hasenkrug zusprang, als hätte er ihn schon seit mehreren Leben nicht gesehen, kniete der sich wie immer hin, um seinen kleinen Freund zu streicheln. Doch schon im nächsten Moment zuckte er zurück und verzog angewidert das Gesicht. „Boah, was ist denn mit dem passiert? Ist er in eine Jauchegrube gefallen wie damals – wie hieß noch der alte Mann in Canhusen, der mit dem Gülleschacht Bekanntschaft gemacht hatte?"

„Keine Ahnung", brummte Büttner und hing seinen völlig durchnässten Mantel an den Garderobenhaken. „Bussmann, oder so?"

„Ah!", hob Hasenkrug den Zeigefinger. „Ich weiß es wieder. Buurmann. Menno Buurmann. Ja. Also?"

„Also was?", fragte Büttner zwischen zwei heftigen Niesern.

„Ist er? In eine Jauchegrube gefallen?"

„Nee. Ich glaub, er hat sich auf dem Feld in einem halbverwesten Hasen gewälzt."

Hasenkrug rümpfte die Nase. „Das ist ja – pfui, Heinrich!" Er hatte so streng geklungen, dass sich der nasse Hund nun mit eingeklemmtem Schwanz zu seinem Herrchen flüchtete und sich eng an dessen Bein schmiegte.

„Och nö, Hasenkrug, was sollte denn das jetzt!?" Büttner schob Heinrich von sich und bedeutete ihm, sich auf seine Decke zu legen. Dann ging er zum Waschbecken und wusch sich die Hände.

„Sie wollen ihn aber nicht wirklich hier lassen, oder?", beklagte sich Hasenkrug. „Ich meine, der stinkt wie im Hochsommer dreimal durch den Kompost gezogen! Und dann noch dieses komische japanische Öl!" Er hob schnuppernd die Nase in die Luft. „Börg! Diese Geruchsmischung erfüllt doch den Tatbestand der vorsätzlichen Körperverletzung!"

„Ich rieche nichts", näselte Büttner und schob sich einen Halsbonbon in den Mund.

„Das heißt aber nicht, dass da nichts ist!", beschwerte sich Hasenkrug empört. „Ich kann und will bei diesem Gestank nicht arbeiten!"

Büttner stieß einen grunzenden Laut aus, bevor er sagte: „Was denken denn Sie, was meine Frau mit mir macht, wenn ich den Hund in diesem Zustand in unserer Wohnung parke!? Die setzt mich für die nächsten drei Monate auf Diät und unter Liebesentzug! Mindestens! Glauben Sie mir, *das* können Sie nicht wirklich wollen, Hasenkrug! Denn *das* wäre die Hölle auch für Sie!"

„Aber Chef, Sie können doch nicht …", setzte Hasenkrug zum Widerspruch an, wurde jedoch sogleich von Büttner unterbrochen: „Was sagt man im Bauamt zu den Grundstücksverkäufen bei den Wiemers?"

Hasenkrug zog einen Flunsch, antwortete aber: „Das ist nicht uninteressant."

„Inwiefern?"

„Zum einen, weil dieser Michael Ipsen, der ja wohl auch am Kutterausflug teilgenommen hat, selbst am Telefon saß. Der arbeitet nämlich da. Ist für Baugenehmigungen und so zuständig."

„Ach was! Und warum hängt der sich dann in die Geschäfte von Hermann Wiemers mit rein? Ich meine, seine Aufgabe ist dann doch eigentlich nur eine rein formale."

„Es sei denn", hob Hasenkrug die Brauen, „er hat, sagen wir mal, ein ganz persönliches Interesse daran, dass dieser Deal zustande kommt."

„Sie meinen, der hat sich schmieren lassen?"

„Zumindest geriet er ziemlich ins Stottern, als er hörte, dass ich von der Polizei bin."

„Haben Sie ihn mal durchleuchtet?" Büttner nahm seine Thermoskanne zur Hand und goss sich einen Erkältungstee in die Tasse.

„Ja. Er ist achtunddreißig Jahre alt, geschieden, zwei Kinder, für die er unterhaltspflichtig ist, ein nicht abbezahltes Haus. Beamter. Seit zwanzig Jahren sitzt er im Krummhörner Rathaus, hat dort schon seine Ausbildung gemacht. Finanziell steht ihm das Wasser bis zum Hals. Scheint ziemlich über seine Verhältnisse zu leben."

„Hm. Und was genau ist das für ein Grundstücksgeschäft?"

„Damit wollte er zunächst nicht so recht rausrücken. Doch als ich ihm sagte, dass ich es dann schon von seinem Vorgesetzten erfahren würde, mit dem ich regelmäßig Tennis spiele, wurde er schon zugänglicher."

„Sie spielen Tennis, Hasenkrug?", fragte Büttner verwundert.

„Tennis? Ich? Nein. Also. Bei dem Geschäft ging es ursprünglich um eine neue Ferienhaussiedlung in Visquard. Keine große Sache, ganz normaler Verlauf. Dann aber meldete sich bei der Gemeinde ein interessierter Investor, der den Vorschlag machte, das ganze Projekt noch um einen größeren Hotelbau mit Wellnessbereich und allem Pipapo zu erweitern. Die Gemeinde hat zugestimmt. Allerdings – und jetzt kommt's! – gehören die Grundstücke, auf denen das Hotel mit seinen Pipapos entstehen soll …"

„Bauer Hermann Wiemers, beziehungsweise dem jungen Linus Wiemers", vollendete Büttner den Satz. „Und der wollte es nicht hergeben."

„Genau."

„Und warum hatte Wiemers was dagegen, noch mehr Land zu verkaufen?"

„Er hatte noch nie Land verkauft. Die Flächen, auf denen die Feriensiedlung entstehen soll, hatten einen anderen Eigentümer."

Büttner pfiff durch die Zähne. „Und dieser Michael Ipsen tut nun alles, um an das Land der Wiemers zu kommen", stellte er fest. „Selbst Schwiegertochter Simone bleibt von seiner Überzeugungsarbeit nicht verschont und …"

„Geht über Bord. Puh!" Hasenkrug verzog angeekelt das Gesicht, weil Heinrich sich bewegt und damit eine kaum erträgliche Duftwolke durch den Raum geschickt hatte.

„Diesen Ipsen würde ich gerne mal persönlich kennen lernen", meinte Büttner.

„Kein Problem. Der sitzt schon im Vernehmungsraum."

„Das trifft sich gut. Dann werden wir ihm jetzt mal ein wenig Aufmerksamkeit schenken."

„Wenn Sie vielleicht in der Zwischenzeit Heinrich noch mal auslüften lassen könnten?", wagte Hasenkrug einen neuerlichen Vorstoß. „Sie haben zuhause doch eine überdachte Terrasse, da könnte er doch vielleicht …"

Büttner seufzte und zog sein Handy hervor. „Ich sag Jette Bescheid, dass sie ihn abholt und ihm Stöckchen ins Große Meer schmeißt. Zufrieden?"

Hasenkrug nickte.

„Herr Ipsen, schön, dass Sie Zeit für uns gefunden haben!", strahlte Büttner den bleichen Mann an, der im Vernehmungsraum Platz genommen hatte und nervös an seiner blassblauen Krawatte nestelte. Michael Ipsen warf einen Blick auf die Wanduhr, die über der verspiegelten Scheibe an der Wand hing. Büttner folgte seinem Blick. Sie zeigte fünfzehn Uhr zehn. Freundlich lächelnd sagte er: „Ich hoffe sehr, dass wir Sie nicht über sechzehn Uhr hinaus behelligen müssen, sonst wird es die Gemeinde Krummhörn teuer an Überstunden, nicht wahr!? Apropos teuer: Um welches Investitionsvolumen handelt es sich eigentlich bei diesem Wellnesshotel in Visquard?"

Michael Ipsen war anzusehen, dass er sich durch diesen forschen Auftritt Büttners überrumpelt fühlte. Sein linkes Augenlid verfiel in Zuckungen, und sein bleiches Gesicht lief puterrot an, während er die Arme fest um seinen Körper schlang, als wolle er sich vor irgendetwas schützen. „Rund sechs Millionen Euro", antwortete er leise.

„Nicht schlampig", stellte der Hauptkommissar fest. „Und Ihr Anteil daran beläuft sich auf …?"

„Ich verstehe nicht", erwiderte sein Gegenüber pikiert,

und es schien Büttner, als würde dessen Augenlid jetzt noch um einen Tick schneller flackern.

„Wirklich nicht?", mischte sich Hasenkrug ins Gespräch. „Wie wir hörten, engagieren Sie sich bei den Familienmitgliedern der Wiemers sehr stark dafür, dass diese sich doch noch auf einen Verkauf ihrer Ländereien einlassen. Aus welchem Grund sollten Sie das tun, wenn nicht aus einem ureigenen Interesse heraus?"

„Aber ich hab doch auf Bitten des Investors nur mal mit Eike gesprochen, weil wir uns seit der Grundschulzeit kennen und befreundet sind. Der aber sagte, er könne das nicht entscheiden", wand sich Michael Ipsen.

„Ganz offensichtlich lässt Ihr Gedächtnis Sie im Stich", meinte Büttner. „Aber das macht nichts, denn unseres funktioniert dafür umso besser. Also darf ich Ihnen mal auf die Sprünge helfen. Denn wie uns aus zuverlässiger Quelle zugetragen wurde, haben Sie nicht nur Eike Wiemers, sondern auch dessen Frau Simone während einer Kutterfahrt gebeten, bei dem jetzt toten Hermann Wiemers ein gutes Wort für das Bauprojekt einzulegen, was diese jedoch verweigerte, weil sie zurecht meinte, damit nichts zu tun zu haben."

„Und gleich darauf ging Simone Wiemers über Bord", nickte Hasenkrug.

„Aber, Sie glauben doch nicht …!" Michael Ipsen verschluckte sich vor lauter Aufregung derart an seinen eigenen Worten, dass er in den nächsten Minuten damit beschäftigt war, einen fürchterlichen Hustenanfall in den Griff zu bekommen. Schnell wurde vom an der Tür stehenden Polizisten ein Glas Wasser herbeigeschafft, das Ipsen in einem Zug leerte.

„Was wir glauben oder nicht, tut hier nichts zur Sache", sagte Büttner, als sich sein Gegenüber wieder beruhigt hatte und nur noch ab und zu vor sich hin japste. „Fakt ist aber, dass Sie versucht haben, Simone Wiemers auf ihren Schwiegervater anzusetzen. Und das muss ja einen Grund haben. Und genau den würde ich jetzt gerne von Ihnen erfahren."

„Aber es ist doch ganz normal, dass man bei solch einem Projekt mit dem einen oder anderen spricht", entgegnete Ipsen mit noch immer krächzender Stimme. „Es gehört doch zu meinem Job, dass ich für die Gemeinde zukunftsweisende Bauprojekte unterstütze."

„Nicht zu Ihrem Job gehört es jedoch, dass Sie eine Art Telefonterror starten, um diesem Projekt auf die Sprünge zu helfen", stelle Hasenkrug mit gerunzelter Stirn fest, nachdem er einen soeben von einer Kollegin hereingereichten Zettel studiert hatte. Er tippte mit dem Finger auf eine Zahlenreihe. „Sie haben Hermann Wiemers mit Anrufen geradezu traktiert. Wenn ich richtig gezählt habe, waren es fünfunddreißig Anrufe in nur drei Tagen. Und das keineswegs nur innerhalb Ihrer Dienstzeiten, sondern sogar sehr spät am Abend."

„Und dann war der Bauer plötzlich tot", nickte Büttner.

Michael Ipsen starrte die beiden Polizisten mit offenem Mund an, während er immer wieder mit der Hand über seine Halbglatze strich. „Das können Sie mir nicht anhängen", sagte er mit blecherner Stimme. „Ich – bin doch kein Mörder!"

„Was sind Sie denn dann?", fragte Büttner provozierend und sah ihn aus schmalen Augen prüfend an.

„Sie wollen mein Leben ruinieren!", keuchte Ipsen.

„Nein. Wollen wir nicht. Das schaffen Sie schon ganz alleine", konterte Büttner. „Also. Wie viel hat Ihnen der Investor dafür geboten, dass Sie den Deal mit Bauer Wiemers perfekt machen?" Als der Angesprochene schwieg, fügte er hinzu: „Eine Anklage wegen Mordes ist nichts Schönes, Herr Ipsen."

„Achtzigtausend Euro", sagte Michael Ipsen kaum hörbar.

Hasenkrug tippte auf das Aufnahmegerät. „Ginge es bitte noch mal ein wenig lauter? Die Technik hört nicht so gut, wissen Sie."

Ipsen räusperte sich. „Achtzigtausend", sagte er dann mit erstaunlich fester Stimme.

„Klingt nach einer Summe, die Sie angesichts Ihres Kontostandes gut hätten gebrauchen können", meinte Büttner. „Wie viel davon haben Sie bereits bekommen?"

„Nichts."

„Herr Ipsen! Bitte! Nun waren wir doch schon so weit gekommen", seufzte Büttner.

„Zehntausend."

„Und wo ist das Geld jetzt? Auf Ihrem Konto jedenfalls war es nicht."

„Es ist – ich hab's schon ausgegeben."

„Oh-oh!" Büttner sah ihn lange an. „Darüber wird Ihr Auftraggeber ja nicht so besonders glücklich sein. Denn unter diesen Umständen gehe ich davon aus, dass die Visquarder auch weiterhin auf Schwimmbad und Sauna verzichten müssen, was dem Investor nicht schmecken wird. Aber wenn Sie uns dessen Namen nennen, dann können wir ihn vielleicht davon abhalten, Ihnen eine Mahnung zu schicken. Oder ähnlich Unerfreuliches."

Michael Ipsen rutschte nun nervös auf seinem Stuhl hin und her. „Es ist eine Investorengruppe", sagte er dann. „Mein – ähm – Ansprechpartner ist Ewald Kubicek."

„Na, dann haben Sie herzlichen Dank fürs Gespräch, Herr Ipsen", sagte Büttner und stand auf. „Ich wünsche Ihnen einen angenehmen Feierabend."

„Was – was passiert denn jetzt?", stammelte Michael Ipsen.

„Wir geben Ihre Aussage mal so, wie sie ist, an die Kollegen weiter. Korruption und Wirtschaftskriminalität ist nicht unsere Baustelle. Amtsdelikte auch nicht. Sie können sich ja derweil schon mal überlegen, was Sie zukünftig mit Ihrem dann beträchtlichen Zeitvolumen so anfangen wollen. Nach dem Disziplinarverfahren, meine ich. Dürfte selbst für einen kommunalen Beamten ungewohnt sein, die viele Freizeit."

„Und – der Mord?"

„Die Morde, meinen Sie." Büttner strich sich über das Kinn, dann sagte er: „Tja, Herr Ipsen. Da halten Sie sich bitte in der nächsten Zeit zu unserer Verfügung."

„Das ging jetzt aber schnell", bemerkte Hasenkrug, als sie wenig später wieder in ihrem Büro waren. Zu seiner Erleichterung stellte er fest, dass der stinkende Heinrich verschwunden war und anscheinend auch Büttners Tochter Jette beim Eintreten einen Geruchsschock erlitten hatte, denn die Fenster des Büros standen allesamt weit offen.

„Hab doch gesagt, dass wir bis sechzehn Uhr fertig sein müssen." Büttner warf einen Blick auf die Armbanduhr. „Das ist uns doch ganz prima gelungen."

„Sie haben ihm mit einer Mordanklage gedroht. Aufgrund welcher Beweislage eigentlich?"

„Hab ich nicht", erwiderte Büttner knapp und griff nach seinem Mantel. „Ich habe lediglich festgestellt, dass eine Mordanklage nichts Schönes ist. Kann man doch mal so in den Raum stellen. Ipsen muss es wohl falsch interpretiert haben. Dafür kann ich nichts. Und nun fahren wir mal zu den Wiemers und fragen, was die zu alledem zu sagen haben."

11

Eine halbe Stunde zuvor war die Welt von Annegret Engler noch in Ordnung gewesen. Nun aber lag sie zerdeppert in einem einzigen Scherbenhaufen vor ihren Füßen. Von dem soeben Erlebten noch völlig mitgenommen, rührte Annegret abwesend in ihrer Teetasse, in der sich der große Kluntje bereits aufgelöst hatte. Was sollte sie jetzt nur tun?

Ihr Blick fiel auf die gerahmten Fotos ihrer Kinder und Enkel, die sie von der Wand herab fröhlich anlachten. Wie sehr sie sie liebte! Alle fünf Kinder gleichermaßen, ihre beiden Töchter genauso wie ihre drei Söhne. Und die kleinen Enkel, die ihr nur Freude machten, ja sowieso.

Wollte Bernhard das nun alles kaputt machen?

Noch immer konnte sie es kaum glauben, dass er bei ihr geklingelt und sie, als sie ihm die Tür vor der Nase hatte zuknallen wollen, unsanft ins Haus geschubst hatte. Völlig betrunken und ungepflegt war er gewesen und hatte wirres Zeug vor sich hin gelallt. Doch als sie ihn aufgefordert hatte, sofort wieder zu gehen, hielt er plötzlich dieses große Messer in der Hand.

Beim Gedanken an diesen furchtbaren Moment durchfuhr Annegrets Körper zum wiederholten Male ein eisiger Schauer. Bedroht hatte er sie mit diesem Messer und ihr gesagt, dass er kurzen Prozess mit ihr machen würde, wenn sie ihm nicht innerhalb der nächsten zwei Tage fünfzigtausend Euro geben würde. Auf ihre Frage, warum sie das denn tun solle, hatte er laut aufgelacht und mit dem Messer vor ihrem Gesicht herumgefuchtelt. „Du weißt, dass du Scheiße gebaut hast, meine Schöne. Und ich weiß es auch", hatte er mit einem schmierigen Grinsen gesagt. Sie war vor seinem fürchterlichen Mundgeruch zurückgezuckt, doch er hatte sein Gesicht immer dichter vor das ihre geschoben und sie schließlich auf den Mund geküsst. Ihr wurde jetzt noch speiübel, wenn sie an diesen Augenblick zurückdachte.

„Fünfzigtausend Piepen, oder alle erfahren, welche geheimnisvollen Vorgänge in einer kühlen Winternacht von 1975 ihren unheilvollen Verlauf nahmen. Vorgänge, an denen gerade du nicht ganz unbeteiligt warst, meine liebe Annegret, nicht wahr!? Wäre doch schade, wenn das, was du dir damals ausgedacht hast, plötzlich ans Licht käme. Einfach so – pling! – ist es da! Ganz Ostfriesland würde davon erfahren. Ach, was sage ich, die ganze Welt! Denn wofür gibt es das Internet, nicht wahr!? Wäre deinem guten Ruf als ach so renommierte Notarin bestimmt nicht besonders zuträglich, die leidige alte Geschichte, oder was meinst du?"

Sie selbst hatte gespürt, wie ihr in diesem Moment alle Farbe aus dem Gesicht wich. „Das – das wagst du nicht! Und – und außerdem – ich weiß wirklich nicht, wovon du eigentlich sprichst", hatte sie nur hilflos gestammelt, aber er hatte sich aufgerichtet und laut gelacht. „Sieh mich an, Annegret", hatte er durch den Raum gegrölt und mit seinen schmierigen Händen an seinen dreckigen Klamotten gezogen, „sieh mich an und dann sag mir, was ich, der gute alte Bernhard Jakobs, den du so schmählich versetzt hast, noch zu verlieren habe! Richtig! Nichts nämlich!" Mit einem unnatürlichen Glanz in den Augen hatte er hinzugefügt: „Ganz im Gegensatz zu dir, meine Liebe, ganz im Gegensatz zu dir!"

Torkelnd war er zu der Wand gelaufen, an der die Fotos hingen. Neben den Bildern ihrer Kinder und Enkel auch das Hochzeitsbild ihrer Eltern sowie Urlaubsfotos von gemeinsamen Reisen mit Freunden. Er hatte sie für eine Weile schweigend betrachtet, bevor er sagte: „Ist dir nie aufgefallen, dass da jemand fehlt, liebe Annegret? Also, ich hab das sofort gesehen. Wo mag dieser Jemand nur sein? Tja, was mag nur mit ihm passiert sein?"

„Ich weiß nicht, wovon du sprichst!", hatte sie mit einer plötzlich viel zu schrillen Stimme wiederholt, „ich weiß wirklich nicht, was du von mir willst!"

„Fünfzigtausend Euro, das sagte ich doch bereits", hatte er kopfschüttelnd geseufzt. „Ich glaube fast, du hörst mir nicht richtig zu, Annegret, oder?"

Dann plötzlich, ohne Vorwarnung, war er mit einem für einen Betrunkenen ungewöhnlich schnellen Satz bei ihr am Sofa gewesen und hatte ihr mit dem Messer einen Schmiss auf den Arm versetzt. „Ups", hatte er gesagt und auf das dünne Rinnsal Blut geschaut, das sofort aus der mehrere Zentimeter langen Wunde quoll, „das Miststück ist ja richtig scharf! Wenn das mal nicht auch solch blasse und dünne Kehlen wie die deine in einem Rutsch durchschneiden kann! Wäre 'n Ding, oder, Annegret?" Mit einem Blick auf die Fotos hatte er hinzugefügt: „Oder die

Hälse deiner süßen, kleinen Enkel. Wäre doch echt schade drum, was meinst du?"

Wie erstarrt hatte sie danach auf dem Sofa gesessen und Bernhard hinterhergestiert, als er mit einem *Übermorgen ist Zahltag!* zur Terrassentür hinaustorkelte und in der Dämmerung verschwand.

Unaufhörlich liefen vor ihrem geistigen Auge seither die schrecklichen Bilder jener Nacht ab. Die Bilder, die sie seit fast vierzig Jahren tief in ihrem Inneren verschlossen und nie wieder hervorgeholt hatte. So lange hatte sie sich in Sicherheit gewiegt, hatte gedacht, dass niemals irgendwer von dieser unverzeihlichen Tat erfahren würde. Und nun war es ausgerechnet Bernhard, dieser versoffene und stinkende Kerl, der über alles Bescheid wusste!? Wie war das möglich? Es war doch immer ihr Geheimnis gewesen, ihres ganz allein! Ein Geheimnis, an dem sie in den ersten Tagen und Wochen beinahe erstickt wäre, das sie dann aber wie ein lästiges Insekt einfach aus ihrem Bewusstsein verscheucht hatte. Nur so war es ihr überhaupt möglich gewesen, weiterzumachen und das Leben zu leben, das sie sich immer erträumt und das bis zu Bernhards plötzlichem Auftauchen auch so wunderbar funktioniert hatte.

Doch was sollte sie nun bloß tun? Es stimmte, was Bernhard gesagt hatte: Wenn die Wahrheit ans Licht kam, dann war sie geliefert. Nicht nur beruflich, sondern auch privat. Kein Mensch würde ihr diese abscheuliche Tat jemals verzeihen, am allerwenigsten vermutlich ihre Familie. Sie sah bereits die Gesichter ihres Mannes und ihrer Kinder vor sich, die sie zunächst fassungslos und dann voller Abscheu anstarren würden. Die nicht glauben konnten, was sie da hörten. Und sie? Keiner würde ihr mehr Rückhalt geben, wenn sie angeklagt und verurteilt würde. Und dass es so kommen würde, war so sicher wie das Amen in der Kirche. Sicher war aber auch, dass Bernhard keine Ruhe geben würde, selbst wenn sie ihm die verlangten fünfzigtausend Euro gab. Er würde weitermachen, sie drangsalieren und unter Druck setzen. Nicht auszudenken, was ihm womöglich noch alles einfallen würde, um an ihr seine späte Rache dafür zu üben, dass sie ihm vor langer Zeit einen Korb gegeben hatte, als er mit einem Strauß roter Rosen um ihre Hand anhielt!

Und ganz plötzlich, als hätte jemand einen Schleier gelüftet, sah Annegret klar. Es gab nur eine einzige Lösung, die ihr erlaubte, ihr Leben auch weiterhin in Glück und Zufriedenheit fortzusetzen:

Bernhard musste verschwinden!

Kaum, dass sie diesen Gedanken zu Ende gedacht hatte, hörte Annegret plötzlich das Quietschen der Haustür, das sie schon seit Langem mit ein paar Tropfen Öl hatte beheben wollen, und sie schrak so sehr zusammen, dass sie dabei beinahe ihre Tasse vom Beistelltisch gestoßen hätte. Schwer atmend, die Hand aufs Herz gepresst, lauschte sie auf die sich nähernden Schritte. War Bernhard noch mal zurückgekommen?

„Oh fein, du hast Tee gemacht!", hörte sie im nächsten Moment die tiefe Stimme ihres Mannes Oliver – und brach in Tränen aus.

12

Als Hauptkommissar David Büttner und sein Assistent Sebastian Hasenkrug am späten Nachmittag auf dem Hof der Wiemers eintrafen, teilte ihnen Alex Habermann mit, dass die beiden Brüder zu ihrer Großmutter Erna gefahren seien. Diese habe kurz zuvor angerufen, nämlich gerade, als Eike und Linus irgendwo anders hätten hinfahren wollen. Aber Erna habe die beiden gebeten, gleich zu ihr zu kommen, da sie wieder eine ihrer Angstattacken habe, die sie seit dem Tod ihres Sohnes heimsuchten.

Also setzten sich die beiden Polizisten wieder ins Auto und machten sich auf den Weg zu der kleinen Kate in Manslagt.

„Moin", grüßte Büttner, als ihm Linus die Tür öffnete. „Herr Habermann sagte uns, dass wir Sie hier antreffen. Ich hoffe, wir stören nicht allzu sehr?"

„Oma hat Angst vor dem Alleinsein. Seit unser Vater – sie ist nicht mehr dieselbe, wissen Sie", antwortete Linus bedrückt und bedeutete ihnen mit einer knappen Bewegung seiner Hand einzutreten. Sofort kam ihnen ein Hund entgegen getrottet und guckte sie aus müden Augen träge an.

„Hallo, Piefke", murmelte Büttner und kraulte ihn unter dem Kinn. „Schön, dass es dir wieder besser geht." Wie zur Bestätigung wedelte Piefke kurz mit dem Schwanz und ließ sich dann schwer auf den Boden fallen.

Das winzige Wohnzimmer mit den viel zu wuchtigen Möbeln war völlig überhitzt, und den Polizisten brach bereits der Schweiß aus, noch bevor sie auf einem der Stühle Platz genommen hatten. Eike, der sich am Holzofen zu schaffen machte, sah ihnen mit unergründlichem Blick entgegen und nickte nur kurz zur Begrüßung.

Als sein Blick auf Oma Erna fiel, war Büttner so erschrocken, dass er beinahe einen überraschten Laut von sich gegeben hätte, den er aber spontan mit einem fingierten Hustenanfall überspielte. Die alte Frau, die jetzt vor ihm im Sessel saß, hatte mit der Dame, die sie bei ihrem letzten Besuch kennen gelernt hatten, optisch nichts mehr gemeinsam. Ihre ehemals roten Wangen waren eingefallen und hatten ihre gesunde Farbe eingebüßt. Die Augen lagen glanzlos in tiefen Höhlen, die Lippen zitterten, die Hände wanderten nervös auf ihren mit einer Wolldecke verhüllten Beinen hin und her, als würden sie nach etwas tasten.

Doch wenn sie auch um Jahre gealtert aussah, so schien die alte Bäuerin wenigstens ihren bissigen Humor nicht eingebüßt zu haben. „Sie husten ja immer noch, Herr Kommissar", sagte sie mit zittriger Stimme. „Da hat Ihre Frau die Kartoffelwickel wohl nicht heiß genug gemacht."

„Ich – also …", stammelte Büttner wie ein ertappter Schuljunge und drehte verlegen an einem seiner Mantelknöpfe herum.

„Ich dachte mir schon, dass Sie nicht auf mich hören. Aber", hob sie ihren krummen Zeigefinger in die Höhe, „wer nicht hören will, muss fühlen." Sie machte eine wegwerfende Handbewegung. „Ach, was soll's, auf uns Alte hört ja sowieso niemand. War schon immer so. Haben wir damals auch nicht. Heute weiß ich, dass meine Groß-mutter recht hatte mit dem, was sie sagte. Na ja, ihr jungen Leute werdet es schon noch lernen."

„Wie geht es Ihnen denn, Frau Wiemers?", fragte nun Hasenkrug freundlich.

Oma Erna wischte sich über die feuchten Augen, bevor sie sagte: „Wie soll es einer Mutter schon gehen, wenn man ihr auf so brutale Weise ihr Kind genommen hat!?" Sie knetete ihr Taschentuch in den Händen und fügte dann mit gesenktem Blick hinzu: „Da hat der liebe Gott wohl die Reihenfolge durcheinander gebracht. Kinder sollten nie vor ihren Eltern sterben. Ich werd es ihm in meinem nächsten Gebet noch mal sagen. Niemals sollte ein Kind vor seinen Eltern sterben!" Den letzten Satz hatte sie fast wütend hervorgestoßen, als könne sie damit den Tod ihres einzigen Sohnes wieder rückgängig machen.

Für eine ganze Weile herrschte in dem kleinen Raum be-tretenes Schweigen, zu hören war lediglich das Knistern der Holzscheite im Feuer sowie das Rütteln des Windes an den Fensterläden. Als Büttners Räuspern schließlich die wortlose Stille durchbrach, zog Oma Erna so erschrocken den Kopf zwischen die Schultern, als hätte ihr eine eiskalte Hand von hinten in den Nacken gegriffen.

„Oh", sagte Büttner und hob entschuldigend die Hände, „ich wollte Sie nicht erschrecken. Ich wollte nur …"

„Ist schon gut, mien Jung", schüttelte Oma Erna den Kopf, „ich bin ein büschen schreckhaft zurzeit. Da kannste nichts für." Sie wandte sich an ihren Enkel: „Linus, mach uns doch mal 'ne Tasse Tee. Vielleicht nützt es ja was. Wenn nicht, haben wir die wenigstens gehabt."

„Sie sind aber nicht zum Plaudern hierhergekommen", meldete sich Eike erstmals zu Wort, als Linus sich am Wasserkessel zu schaffen machte.

„Nein, natürlich nicht", schüttelte Büttner den Kopf. „Wir hatten ja bereits erwähnt, dass Ihr Schwager Alex Habermann den Ex-Freund Ihrer Frau verdächtigt, diese von Bord gestoßen zu haben. Diese Aussage hat er inzwischen mit der Begründung bekräftigt, Ihre Frau und Herr – ähm …"

„Rüttgers", sagte Hasenkrug.

„Ja, Ihre Frau und Herr Rüttgers hätten auf dem Achterdeck des Kutters eine heftige Auseinandersetzung gehabt. Haben Sie davon irgendetwas mitbekommen?"

Eike sah ihn sekundenlang nur ausdruckslos an, dann sagte er: „Von einer Auseinandersetzung habe ich nichts bemerkt. Nur dass sie ihn abgewiesen hat, als er mit ihr tanzen wollte. Aber ich war ja auch die meiste Zeit im Steuerhaus. Da kriegt man sowieso nur wenig vom dem mit, was auf dem Achterdeck passiert."

Büttner nickte. Das deckte sich mit der Aussage von Alex Habermann. Er wartete, bis Linus ein paar Tassen und ein Stövchen auf dem kleinen, runden Tisch abgestellt hatte, dann sagte er: „Inzwischen haben wir einen zweiten Verdächtigen."

Als Eike nicht reagierte, sondern nur mit finsterem Blick vor sich hin stierte, warf Büttner seinem Kollegen Hasenkrug einen bedeutungsvollen Blick zu. Der schien zu verstehen und nickte ihm kaum merklich zu. Anscheinend hatte auch er registriert, dass Eike Wiemers an diesem Tag ungewöhnlich abwesend schien.

„Herr Wiemers", versuchte es Büttner erneut, „Sie haben verstanden, was ich gerade gesagt habe?"

Eike gab ein unbestimmtes Geräusch von sich, wartete mit seiner Antwort aber, bis Linus den frisch aufgebrühten Tee in die Tassen geschenkt hatte. „Ein zweiter Verdächtiger", sagte er dann emotionslos. „Und wer soll das sein?"

„Wir haben erfahren, dass ein Investor, der in Visquard ein Hotel errichten möchte, Interesse an Ihren Ländereien bekundet hat", antwortete Büttner ausweichend.

„Ist nicht meine Baustelle." Eike machte eine Kopfbewegung in Richtung seines Bruders, der die beiden Polizisten nun neugierig ansah.

„Das ist richtig, ja", nickte Linus. „Aber ich habe ihm gesagt, dass wir kein Interesse an einem Verkauf haben." Er schürzte die Lippen, bevor er hinzufügte: „Also, genau genommen hatte mein Vater kein Interesse. Und über seinen Kopf hinweg wollte ich es nicht machen."

„Wissen Sie etwas davon, dass ein gewisser Herr – Hasenkrug?"

„Michael Ipsen."

„Ja. Dass ein Herr Ipsen aufdringlich oft mit Ihrem Vater telefoniert hat?"

„Michael Ipsen?" Oma Erna zog die Stirn in tiefe Falten. „Ist das nicht der Junge, mit dem du früher immer gespielt hast, Eike? So 'n blasser Kerl, der sich heute den Hintern im Amt plattsitzt?"

„Ja, genau, Oma", antwortete Eike. „Und was ist jetzt mit Michael?", wollte er von Büttner wissen.

„Sagen wir mal, er hatte ein ganz persönliches Interesse

daran, dass der Deal zwischen dem Investor und Ihrem Bruder beziehungsweise Ihrem Vater zustande kam."

„Ein persönliches Interesse? Was meinen Sie damit? Was sollte Michael für ein Interesse an unserem Land haben?", fragte Linus.

„Nicht an Ihrem Land. Aber an der mit dem Deal verbundenen Provision."

„Provision? Aber Michael ist doch Beamter. Der kriegt doch gar keine …" Nun schien bei Linus der Groschen zu fallen, und auch Eike richtete sich kerzengerade auf. „Sie meinen, Michael hat sich bestechen lassen?"

„Sieht so aus. Er scheint enorme finanzielle Probleme zu haben."

„Emily", sagten Linus und Eike wie aus einem Mund.

„Emily? Wer ist Emily?", fragte Hasenkrug verdutzt.

„Seine Freundin", antwortete Linus. „Er merkt nicht, dass sie ihn nur ausnutzt. Hat sich von ihm schwängern lassen und lässt sich von ihm aushalten. Teure Reisen und so. Aber der Idiot glaubt immer noch, dass sie ihn wirklich liebt. Aber was hat das alles mit Simone zu tun?"

„Wir wissen von Herrn Habermann, dass Herr Ipsen Ihre Schwägerin auf der Kutterfahrt um Unterstützung gebeten hat. Sie sollte Ihrem Vater den Verkauf der Ländereien schmackhaft machen."

„Der muss ja ziemlich verzweifelt sein", brummte Linus. „Als hätte Simone da irgendeinen Einfluss."

Büttner nickte. „So hat sie es ihm wohl auch gesagt."

„Und deswegen soll er sie über Bord …?" Linus ließ den Rest des Satzes in der Luft hängen, als er sah, wie Eike bei seinen Worten zusammenzuckte.

„Es ist nur ein vager Verdacht. Deshalb wollten wir von Ihnen wissen, ob Sie etwas beobachtet haben." Büttner blickte Eike fragend an, während er an seinem Tee nippte.

„Nein. Nichts."

„Hm. Ist es richtig, dass Ihr Schwager Alex den Kutter gesteuert hat, während Sie die Leute unter Deck brachten?"

„Ja, das stimmt."

„Können Sie mir schildern, wie das vonstatten ging? Ich meine, hatten Sie alle Gäste jederzeit im Blick, bis sie in der Kajüte waren?"

„Das kann ich nicht genau sagen. Es war ein einziges Tohuwabohu. Ich weiß nur, dass ich sie gebeten hatte, backbords zu gehen, weil die See von Steuerbord kam."

Auch das deckte sich mit der Aussage von Alex Habermann, stellte Büttner fest.

„Und haben sich alle daran gehalten?"

Eike zuckte mit den Schultern. „Ich dachte es. Aber jetzt, wo Sie so fragen …"

„Ja?"

Eike kniff die Augen zusammen und sagte dann: „Ich meine, gesehen zu haben, dass eine Person zeitverzögert von Steuerbord ums Steuerhaus herum kam und sich in die Gruppe zwängte, als sich alle vor dem Niedergang zur Kajüte drängelten."

„Haben Sie erkennen können, wer es war?", fragte Hasenkrug.

„Nein. Ich hab es nur aus dem Augenwinkel registriert. Vielleicht hab ich mich auch getäuscht. Ich kann es wirklich nicht mehr genau sagen. Ich war nur froh, als ich alle unter Deck … also, bis auf Simone …" Eike brachte den Satz nicht zu Ende und presste gequält die Lippen aufeinander.

„Können Sie sich erinnern, ob diese Person eine Regenjacke trug? Und wenn ja, in welcher Farbe?"

„Wir alle hatten Regenjacken an. Hm. Blau. Ja. Um die Ecke kam eine Person in blauer Jacke. Vielleicht war sie aber auch schon die ganze Zeit bei den anderen und es sah nur so aus. Wie gesagt, ich weiß es nicht so genau. Alle trugen irgendwie rote oder blaue Regenjacken."

„Ihre Frau auch?"

„Ja. Simones Jacke ist – war rot."

Büttner trank seine Tasse leer und stand auf. „Ich danke Ihnen, dass Sie sich die Zeit genommen haben."

„Was ist denn jetzt mit Michael Ipsen? Meinen Sie wirklich, dass er was mit Simones Verschwinden zu tun hat?", wollte Linus wissen.

„Die Ermittlungen laufen. Mehr kann ich leider nicht dazu sagen. Falls wir noch Fragen haben, melden wir uns wieder bei Ihnen."

„Und ich dachte immer, Michael ist dein Freund, Eike. Und nun bringt er einfach deine Frau um. Das tut man aber nun wirklich nicht, wenn man befreundet ist", hörten die Polizisten Oma Erna empört sagen, als sie das Haus verließen.

13

Das laute Dröhnen des Rotors wirkte in der morgendlichen Stille des Wattenmeeres völlig deplatziert und schreckte ganze Kolonien von Seevögeln auf, die nun zeternd und kreischend davonstoben. Hauptkommissar David Büttner legte zum Schutz vor dem unaufhörlich fallenden Regen die Hand über die Augen und sah dem sich langsam absenkenden Helikopter abwartend entgegen, bis dieser hinter den Dünen verschwand. Nur wenige Minuten später kamen vier in reflektierende Schutzanzüge gekleidete Personen über den sich durch die Dünen schlängelnden hölzernen Weg auf ihn zugelaufen.

Ihn selber hatte man gleich nach Sonnenaufgang aus dem Haus geklingelt, und rund zwanzig Minuten später hatte er mit Hasenkrug einen Polizeihubschrauber bestiegen, der sie durch Sturm und Regen auf die Insel Norderney fliegen sollte. Von dem ständigen Geschaukel war ihm kreuzübel geworden, und er hatte die ganze Zeit über befürchtet, dass er seinen Mageninhalt nicht mehr lange würde bei sich behalten können. Den ostfriesischen Herbststürmen konnte er nur so lange etwas abgewinnen, wie er in seinem trockenen und warmen Zuhause im Sessel saß und eine Tasse Tee oder ein Glas Rotwein in seiner Hand hielt. Eingepfercht in einen Helikopter oder gar in die Kajüte eines

Schiffes aber konnte er auf diese Laune der Natur ganz gut verzichten.

Genauso wie hier draußen im Wattenmeer, dachte er schlecht gelaunt, als ihm nun eine heftige Windböe die Kapuze seines Regenmantels vom Kopf blies und ihm daraufhin prompt ein Rinnsal Wasser den Nacken hinunterlief. „Na prima", drehte er sein Gesicht aus dem Wind, um die Kapuze wieder zu richten, „da hatte ich beim Aufwachen endlich das Gefühl, die beknackte Erkältung würde langsam, aber sicher den Rückzug antreten, da schickt man mich bei diesem Scheißwetter mitten ins Watt, um mir endgültig den Garaus zu machen."

„Die Leiche muss mit der letzten Flut hier angespült und bei ablaufend Wasser liegengeblieben sein", hörte Büttner eine dunkle Stimme neben sich, als er sich wieder umdrehte. Ein Mann in wetterfester Kleidung deutete auf die See hinaus, als wäre die Flut dort noch irgendwo zu finden. Tatsächlich aber war weit und breit kaum noch Wasser zu sehen, die Ebbe erreichte laut Gezeitenkalender in diesen Minuten ihren Tiefstand. Und doch wirkte der schlüpfrige Wattboden erstaunlich lebhaft, wenn die Windböen aus Nordwest über ihn hinwegfegten und das wie ausgefranst wirkende Wasser aus den Prielen über die geriffelte Fläche drückten.

„Und wer sind Sie?", fragte die Gerichtsmedizinerin Dr. Anja Wilkens, die zum Team des zweiten Helikopters gehörte, und sah den Mann neugierig an.

„Das ist Renko Tatjes. Er hat die Leiche gefunden", antwortete an dessen Stelle Sebastian Hasenkrug. „Er lebt hier auf Norderney."

„Und was führt Sie so früh am Morgen und bei diesem Wetter hier raus?", hakte Dr. Wilkens nach.

„Ich lauf hier jeden Tag bei Ebbe raus", antwortete Renko Tatjes, „schon seit ich in Rente bin. Seit fast zehn Jahren nun. Das hält jung und gesund."

„Gesund! Pah!", knurrte Büttner mehr zu sich selbst und zog reflexartig seinen Mantel enger um sich. Er fror erbärmlich. Der peitschende Regen malträtierte sein Gesicht wie zahllose Nadelstiche. Selbst seine Füße fühlten sich bereits ganz klamm an, obwohl sie in hohen Gummistiefeln steckten. Aber bei seinem Glück, so dachte er, hatten sie bestimmt ein Loch, durch das das eiskalte Nordseewasser in sie eindrang. „Ich gehe davon aus, dass es sich bei der Leiche um die vermisste Simone Wiemers handelt", sagte er dann deutlich lauter, um den Wind, der ihm steif ins Gesicht blies, zu übertönen. „Ach Hasenkrug", forderte er dann seinen Assistenten auf, der ihm im Kreis, den die Anwesenden um die Leiche gebildet hatten, genau gegenüber stand, „tauschen Sie doch mal Ihren Platz mit mir."

„Aber dann bläst mir der Wind mitten ins Gesicht!", empörte sich dieser.

„Ich weiß gar nicht, wo Ihr Problem ist!", rief Dr. Wilkens gegen eine erneute Windböe an und machte eine ausladende Bewegung mit ihren Armen. „Hier ist doch nun wirklich genügend Platz für alle. Oder gibt es irgendeine Vorschrift, die besagt, dass wir hier unbedingt im Kreis stehen müssen?"

„Da hat sie wohl recht", nickte Renko Tatjes und trat ein paar Schritte beiseite, um eine Lücke für Büttner zu schaffen.

„Also, wie ich schon sagte", knurrte Büttner, als er sich aus dem Wind gedreht hatte, „ich nehme an, dass es sich bei der Leiche um Simone Wiemers handelt. Auch wenn sie ein paar Tage im Wasser war, deuten doch einige Merkmale darauf hin." Er zeigte auf die Tote. „Die rote Regenjacke zum Beispiel, die sie laut Augenzeugen zum Zeitpunkt ihres Verschwindens trug."

„Sollt mich wundern, wenn wir an der noch irgendwelche Spuren sicherstellen können", bemerkte ein Mann von der Spusi, während er die Tote aus allen Richtungen fotografierte.

„Haben Sie denn noch nicht in ihren Taschen nachgesehen?", fragte Dr. Wilkens vorwurfsvoll. „Vermutlich trägt sie doch irgendwas bei sich, was zur Feststellung ihrer Identität beitragen kann." Sie beugte sich hinunter, tastete die Leiche von oben bis unten ab und nestelte schließlich ein Portemonnaie aus deren Jackentasche. Sie kramte eine Weile darin herum, dann zog sie einen Ausweis hervor. „Ja", sagte sie dann und hielt ihn in die Höhe, „der lautet auf Simone Wiemers."

„Wenigstens können die Wiemers sie jetzt beerdigen", stellte Hasenkrug fest und schaute seinen Chef betreten an. „Trotzdem graut es mir davor, der Familie Bescheid zu geben."

„Wird uns wohl nichts anderes übrig bleiben", seufzte Büttner. „Gibt es irgendwelche Hinweise, ob ihr vor dem Sturz ins Wasser Verletzungen zugefügt wurden?", fragte er dann an die Gerichtsmedizinerin gewandt.

„Ihr ganzer Kopf weist Hämatome und Abschürfungen auf, wie Sie sehen. Aber das kann von allem Möglichen kommen. Vielleicht kann ich es nach der Obduktion mit größerer Gewissheit sagen, vielleicht auch nicht. Mal sehen, was ich sonst noch so entdecke. Ist Ihnen eigentlich aufgefallen, dass sie keine Schwimmweste trägt?"

„Ja. Das hatten wir schon fast vermutet", nickte Hasenkrug.

„Na gut, dann können wir ja jetzt gehen", beeilte sich Büttner zu sagen, dessen Füße in den Gummistiefeln inzwischen unheilvoll knatschende Geräusche von sich gaben. So schnell es eben ging, lief er die paar hundert Meter zum Strand zurück, wobei seine Stiefel immer mal wieder im Schlick stecken zu bleiben drohten. Als er die Dünen erreichte, war nicht nur die Ebbe, sondern auch seine Laune endgültig auf dem Tiefpunkt angekommen. Sie steigerte sich auch nicht, als plötzlich ein paar Sonnenstrahlen durch die dunklen Wolken brachen und der Wattboden wie ein Meer aus tausenden glitzernden Sternen zu funkeln begann.

„Ganz prima", knurrte er mit Grabesstimme, „das war ja klar! Hauptsache ich bin noch mal so richtig nass geworden!"

14

Annegret hatte die ganze Nacht keine Auge zugetan. Kaum, dass sie für kurze Zeit in einen unruhigen Schlaf gefallen war, hatte sie wieder Bernhards hämisch grinsendes Gesicht vor Augen gehabt, das blitzende Messer, ihren blutenden Arm. Immer wieder war sie mit einem Schrei hochgeschreckt und hatte am ganzen Leib angefangen zu zittern. Um ihren Mann Oliver nicht zu stören, war sie schließlich mit ihrem Bettzeug ins Gästezimmer umgezogen.

Lange hatte Oliver am Abend zuvor versucht, sie zu beruhigen. Natürlich hatte er wissen wollen, was ihr so sehr auf der Seele brannte, dass sie Stunde um Stunde in Tränen aufgelöst in ihrem Sessel saß und nicht einmal mehr in der Lage war, einen ganzen Satz zu formulieren, ohne sich zigmal zu verhaspeln.

Doch was hätte sie ihm denn sagen sollen? Niemals durfte er erfahren, dass Bernhard sie bedrohte, sie mit ihrer Vergangenheit erpresste. Denn das hätte zweifelsohne zur Folge, dass sie ihn für immer verlieren würde. Ihn und auch ihre Kinder. Dessen war sie sich ganz sicher. Warum auch sollten ausgerechnet ihre Lieben, für die die Wahrheit womöglich traumatische Folgen hätte, Verständnis für ihr Verhalten aufbringen oder ihr gar verzeihen, wenn sie es nicht einmal selbst konnte!?

Noch nie in ihrem ganzen Leben, nicht mal in dieser schrecklichen Nacht vor neununddreißig Jahren, hatte sich Annegret so elend gefühlt wie in den letzten Stunden. Und noch nie hatte sie so viel zu verlieren gehabt.

„Willst du mir wirklich nicht sagen, was dich bedrückt? Ich glaube kaum, dass ich heute konzentriert arbeiten kann, wenn du mir nicht sagst, was los ist." Annegret zuckte zusammen, als sie nun direkt hinter sich Olivers Stimme vernahm. Ganz langsam drehte sie sich zu ihm um und schüttelte den Kopf. „Ich kann nicht, Oliver, wirklich nicht. Es ist – ähm – ein Frauenproblem." Wie, um sich selbst von der Richtigkeit ihrer Worte zu überzeugen, nickte sie heftig und wiederholte dann entschieden: „Ja, genau, die Wechseljahre. Da kommen so Stimmungsschwankungen schon mal vor. Bestimmt geht es mir heute Abend schon viel besser." Sie strich ihm mit einer fahrigen Geste die Haare aus der Stirn und versuchte dabei ein Lächeln, das ihr jedoch gründlich misslang.

„Schade", zuckte er müde mit den Schultern. „Und ich dachte immer, dass wir keine Geheimnisse voreinander haben." Sichtlich enttäuscht griff er nach seiner Tasche und verschwand zur Tür hinaus.

Annegret ging mit schleppenden Schritten in die Küche und setzte einen Kaffee auf. Durch das Fenster sah sie Oliver kurz mit dem Nachbarn reden. Doch obwohl er freundlich lächelte, verriet seine Körpersprache, wie verletzt er war. Noch nie hatte sie ihn mit solch hängenden Schultern zu seinem Auto gehen sehen. Sein Anblick zerriss ihr schier das Herz.

Ob er wohl die Kinder anrufen würde, schoss es ihr plötzlich durch den Kopf? Ob er ihnen von ihrer Verhaltensänderung erzählen und sich mit ihnen beratschlagen würde, was in einem solchen Fall zu tun sei? Nein, vermutlich nicht, gab sie sich selbst die Antwort. Oliver hatte schon immer versucht, alle Probleme von den Kindern fernzuhalten. So würde es auch diesmal sein. Sicherlich musste sie sich keine Sorgen machen, dass nun auch noch ihre Söhne und Töchter in die Sache mit hineingezogen wurden. Nur gut, dass ihr Sohn Arne sich mit seiner Familie erst für das übernächste Wochenende zum Mittagessen angekündigt hatte. Bis dahin hatte sie bestimmt eine Lösung für ihr Problem gefunden.

Als der Kaffee fertig war, schenkte Annegret sich eine Tasse ein und überlegte kurz, ob sie sich auch eine Scheibe Weißbrot dazu rösten und diese mit Butter und Marmelade bestreichen sollte, wie sie es sonst so gerne tat. Doch alleine der Gedanke ans Essen löste bei ihr einen Brechreiz aus, sodass sie lieber darauf verzichtete.

Nachdem sie ihre Tasse zur Hälfte geleert hatte, stand sie auf, um ihren Pyjama gegen einen bequemen Hausanzug zu tauschen. Außerdem musste sie im Büro anrufen und sich krankmelden. Doch gerade, als sie ihren begehbaren Kleiderschrank betrat, klingelte es an der Haustür. Nervös an einer Haarsträhne drehend schielte sie zum Fenster hinaus zur Haustür. Voller Panik erwartete sie, Bernhards ekelerregende Gestalt vor der Tür stehen zu sehen, aber zu ihrer Überraschung war es Eike, der Sohn ihres Schulfreundes Hermann. Was nur konnte der von ihr wollen? War vielleicht etwas mit ihrer Mutter Ebeline, die sich heute mit seiner Großmutter Erna hatte treffen wollen? Aber war es dafür nicht noch viel zu früh am Tag?

Eike klingelte erneut. Anscheinend ging er davon aus, dass sie noch nicht bei der Arbeit war. Annegret zuckte mit den Schultern. Was soll's, dachte sie, er wird schon nichts Wichtiges haben und gleich wieder verschwinden. Sie warf einen schnellen Blick in den Spiegel und bemerkte, dass sie einfach grauenhaft aussah. Aber das war ihr egal.

„Moin, Eike", lächelte sie schwach, als sie wenig später die Haustür öffnete. „Was für eine Überraschung! Wir haben uns ja ewig nicht gesehen! Was führt dich denn zu mir, so früh am Morgen?"

„Moin, Annegret", nickte er kaum merklich und sah sie mit einem seltsamen Blick an. Vermutlich war er irritiert, weil er sie noch nie in einem solch erbärmlichen Zustand gesehen hatte, überlegte sie. Dann fiel ihr Blick auf das ausgebleichte blaue Heft, das er in den Händen hielt und das er ein paar Mal zusammenrollte, um es sogleich wieder auseinanderfallen zu lassen. So unaufgeräumt kannte sie ihn gar nicht. Doch nach dem, was er in den letzten Tagen hatte durchmachen müssen, war seine Nervosität auch nicht wirklich verwunderlich. „Tut mir Leid, wenn ich – ich müsste kurz – ich hab Papas Sachen – also, da ist etwas …", stammelte er und senkte den Blick.

„Komm erstmal rein, Eike", sagte sie und lief ihm voraus ins Wohnzimmer. „Also, was ist los? Ist was mit meiner Mutter?"

„Nein", schüttelte er den Kopf, „nein, nein. Alles in Ordnung. Ich wollte nur – ich verstehe da was nicht, und ich dachte, du könntest es mir vielleicht erklären. Es ist –

seit ich es gesehen habe – ich weiß nicht, ob es vielleicht nur eine Geschichte ist. Etwas, was Mama sich vielleicht ausgedacht hat. Ich meine, sie hatte ja immer viel Fantasie. Ich – ach, verdammt!"

Eike streckte Annegret mit einer unsicheren Bewegung das Heft entgegen. Sie nahm es an sich, ohne dabei jedoch sein angespanntes Gesicht aus den Augen zu lassen. „Was ist das?", fragte sie heiser, und sie spürte ein unheilverkündendes Gefühl in sich aufsteigen.

„Es ist Mamas Tagebuch."

„Elskes Tagebuch? Und du bist sicher, dass ausgerechnet ich darin lesen soll?"

Eike nickte und sagte gedämpft: „Ab da, wo der Zettel rausguckt."

„Möchtest du vielleicht erstmal einen Kaffee, bevor ich anfange zu lesen?" Annegret sah Eike fragend an, der aber zeigte keinerlei Reaktion, sondern stierte nur mit glasigen Augen vor sich auf den Boden. Also zog sie den kleinen roten Zettel heraus und begann zu lesen, während Eike sie jetzt von unten herauf beobachtete und jede ihrer Reaktionen genau verfolgte.

Je weiter Annegret im Text vorankam, desto bleicher wurde sie. Ihr Mienenspiel wechselte von Ungläubigkeit über Fassungslosigkeit bis hin zu purem Entsetzen. Mit weit aufgerissenen Augen ließ sie das Heft sinken und starrte Eike an, als hätte er sich vor ihren Augen in ein menschenfressendes Monster verwandelt. Doch noch bevor sie es schaffte, entsetzt die Hände vor den Mund zu schlagen, sackte sie in einer gnädigen Ohnmacht in sich zusammen.

15

„Es ist wie verhext", stellte Hasenkrug fest, als sein Chef am Mittag mit einer Thermoskanne unter dem Arm wieder im Büro erschien. Gleich im Anschluss an den Flug im Helikopter war Büttner zunächst nach Hause gefahren und hatte sich ein Erkältungsbad gegönnt. „Zu jedem vernünftigen Mord gibt es auch den einen oder anderen Tatverdächtigen mit Motiv. Nur bei Hermann Wiemers tappen wir völlig im Dunkeln."

„Vergessen Sie diesen Bauamtsmenschen nicht", gab Büttner zu bedenken und goss sich einen Salbeitee aus der Thermoskanne in die Tasse. „Wie hieß der noch gleich?"

„Michael Ipsen. Ja, das ist aber auch der Einzige, der zumindest eine Art Motiv hatte. Aber bringt man wegen eines geplatzten Immobiliendeals gleich jemanden um?"

„Ausgeschlossen ist das jedenfalls nicht. Der Herr schien ziemlich verzweifelt zu sein. Und da kann man, wenn man keinen Ausweg mehr sieht oder richtig sauer wird, schon mal zu drastischen Mitteln greifen, um sein Ziel zu erreichen. Vielleicht hatte Ipsen sich nach dem ergebnislosen Telefonterror dazu entschlossen, Hermann Wiemers persönlich aufzusuchen. Es kam zum Streit, ein Wort ergab das andere und – wuppsdich! – kriegte der Bauer von Ipsen eins über die Rübe gezogen."

„Ja. Könnte sein. Nur haben wir für diese Theorie keinerlei Beweise und noch nicht mal die Tatwaffe. Im Prinzip kann es jeder gewesen sein."

„Wie sieht es in Wiemers' Familie aus? Was sagen die Schwestern? Gibt es irgendjemanden, der von seinem Tod profitiert? Autsch!" Büttner hatte sich die Zunge an dem heißen Tee verbrannt. „Himmel, da geht's einem sowieso schon so schlecht und dann auch noch so was!"

„Es gibt nichts, was die Familienmitglieder auch nur ansatzweise verdächtig macht", ignorierte Hasenkrug das Gejammer seines Chefs. „Bauer Wiemers schien mit seinen Schwestern eine recht harmonische Beziehung zu pflegen. Zu erben gibt's da auch nichts mehr. Als Hermann Wiemers den Hof von seinem Vater übernahm, wurden die drei Schwestern ordnungsgemäß abgefunden. Seit ein paar Jahren gehört der Hof Linus Wiemers, sein Bruder Eike wurde ausbezahlt. Der hat sein Erbe in das Geschäft mit den Touristenkuttern gesteckt und verdient damit ein gutes Geld. Nein, es gibt kein Motiv für einen Mord. Zumindest nicht in der Familie."

„Nun, dann muss es eben woanders liegen", stellte Büttner nüchtern fest. Er fixierte seine Tasse misstrauisch, nahm sie dann jedoch erneut in die Hand und blies ein paar Mal kräftig hinein, bevor er einen Schluck nahm. „Und es wäre mir sehr unangenehm, wenn wir den Fall ergebnislos zu den Akten legen müssten. Das hat diese nette Familie nicht verdient."

„Wäre äußerst unbefriedigend, ja", nickte Hasenkrug.

„Gibt es wenigstens neue Erkenntnisse im Fall Simone Wiemers?"

„Ich habe nur kurz mit ihrem Mann Eike gesprochen und ihm mitgeteilt, dass wir seine Frau tot im Watt gefunden haben. Er schien mir ziemlich abwesend zu sein. Zumindest hat er kaum auf das reagiert, was ich ihm sagte, sondern starrte mich die ganze Zeit nur ganz seltsam an. Fast so, als würde er mich gar nicht wahrnehmen, sondern durch mich hindurchgucken. Ich glaube, dass der durch die ganzen Ereignisse völlig durch den Wind ist. Na ja, wenigstens ist er dann aber gleich in die Gerichtsmedizin gefahren und hat die Tote zweifelsfrei als seine Frau Simone identifiziert."

„Was sagt Frau Dr. Wilkens?"

„Sie konnte nichts entdecken, was eindeutig darauf hindeutet, dass Simone Wiemers bereits vor ihrem Sturz ins Wasser verletzt oder getötet wurde. Aber ausschließen will sie es auch nicht. Jetzt wollte sie noch gucken, ob vielleicht Gift oder Ähnliches im Spiel gewesen ist."

„Hm. Weiß man denn, wer gegebenenfalls von ihrem Tod profitiert?"

Hasenkrug hob ein paar Zettel in die Luft, bevor er antwortete: „Tja, da sind die Verhältnisse gar nicht so uninteressant. Die Eltern von Simone Wiemers und Alex Habermann waren recht wohlhabend, der Vater entstammte einer Dynastie von Reedern. Und auch die Mutter kam aus gut situierten Verhältnissen. Als die Kinder noch klein waren, wurde ihr Erbe treuhänderisch verwaltet, mit ihrer Volljährigkeit aber konnten sie darüber verfügen. Nur hatte wohl keiner von beiden so recht ein Interesse daran, die Reederei weiterzuführen. Wie wir wissen, fährt Alex Habermann lieber zur See, bald sogar als Kapitän auf großer Fahrt. Diese Angaben stimmen, das habe ich überprüft. Simone hatte Journalismus und Kunstgeschichte studiert, malte selbst und war bis zu ihrer Hochzeit Inhaberin einer sehr renommierten Galerie in Kiel, deren Leitung sie dann jedoch – man höre und staune! – an ihren Ex Tobias Rüttgers übergab, der ebenfalls im Kunsthandel tätig ist."

„Die Leitung? Heißt das, er wurde Geschäftsführer?", fragte Büttner mit gerunzelter Stirn.

„Ja. Die Galerie gehörte zwar nach wie vor ihr, aber Rüttgers wurde von ihr als geschäftsführender Teilhaber mit ins Boot geholt. Und als Erbe."

„Als Erbe?" Büttner hätte sich vor lauter Überraschung beinahe an seinem Tee verschluckt. „Heißt das, diese Galerie geht jetzt komplett in den Besitz von Tobias Rüttgers über?"

„Das heißt es wohl, ja."

„Na, das nenne ich mal ein sauberes Motiv! Sagten Sie nicht, dieser Rüttgers käme heute zum Verhör?"

Hasenkrug verzog sein Gesicht zu einer Fratze. „So war es zumindest geplant, ja. Nun aber lässt er sich entschuldigen. Er ist wohl kurzfristig nach Amsterdam gereist. Irgendeine Kunstauktion, die er sich unmöglich entgehen lassen konnte. Das sagt zumindest seine Sekretärin."

Büttner beugte sich über seinen Schreibtisch und sah Hasenkrug aus zusammengekniffenen Augen an. „Sagen Sie das noch mal! Dieser Kerl ignoriert einfach unsere Vorladung und fährt nach Amsterdam?"

„So sieht's aus."

Büttner schnaubte. „Dann richten Sie seiner Sekretärin

bitte aus, dass wir ihn international zur Fahndung ausschreiben, wenn er bis morgen früh um neun Uhr seinen Hintern nicht auf einem unserer Stühle platziert hat. Zeitung, Rundfunk, Fernsehen. Das volle Programm."

„Und Sie meinen, dass Rüttgers diese Drohung ernst nimmt?", fragte Hasenkrug zweifelnd.

„Er wird es nicht darauf ankommen lassen", grinste Büttner breit. „Ein Fahndungsaufruf wegen Mordverdachts wäre sein geschäftlicher Ruin."

„Wird erledigt", grinste Hasenkrug zurück.

„Gut. Was ist denn jetzt mit der Reederei?", wollte Büttner wissen, nachdem er sich das soeben Gehörte noch mal durch den Kopf hatte gehen lassen. „Gehört sie immer noch der Familie Habermann?"

„Ja. Haupteigentümer der Aktiengesellschaft sind nach wie vor Alex und Simone. Sie halten die Mehrheit der Anteile. Allerdings kümmern sie sich nicht um das Tagesgeschäft."

„Da gibt es doch bestimmt Interessenten, die die Anteile der beiden gerne hätten", mutmaßte Büttner und schürzte die Lippen.

„Natürlich. Die gab es immer mal wieder. Aber die Geschwister haben nie verkauft."

„Und wer erbt jetzt Simones Anteile? Ihr Bruder oder ihr Mann?"

„Ihr Bruder. Das hatte der Vater der beiden bereits testamentarisch so festgelegt, und daran ist nie gerüttelt worden."

„Womit auch der Bruder ein Mordmotiv hätte."

„Allerdings kein sehr starkes. Er schwimmt auch ohne

die Anteile seiner Schwester bereits in Geld. Ich habe seine finanzielle Situation überprüft. Da gibt es keinerlei Auffälligkeiten. Dem geht's einfach nur gut."

„Na schön. Dann warten wir in dieser Sache mal ab, was uns Tobias Rüttgers morgen zu sagen hat. Vielleicht war es ja doch nur ein Unfall. Aber es bleibt uns wohl nichts anderes übrig, als dranzubleiben." Büttner klopfte einmal laut mit der Faust auf den Schreibtisch und stand auf. „Ich fürchte fast, dass wir heute nicht mehr viel ausrichten können. Daher werde ich mich jetzt mal meiner Gesundung widmen."

„Ein Spaziergang mit dem Hund?", fragte Hasenkrug.

„Ein Grog vor dem Kamin", antwortete Büttner und hob die Hand zum Gruß.

16

Oliver Engler tupfte seiner Frau Annegret, die leise vor sich hin stöhnend auf dem Sofa lag, in unregelmäßigen Abständen mit einem kalten Lappen über die Stirn. Er tat es fast mechanisch, denn seine Gedanken kreisten beständig um das blaue Heft, das vor ihm auf dem Tisch lag und dessen Inhalt das heile Leben seiner Familie bedrohte. Das alles musste doch eine Verwechslung sein, dachte er sich zum wiederholten Male. Ja, Elske Wiemers musste sich getäuscht haben, als sie diese Tagebuchaufzeichnung niederschrieb. Schließlich war es dunkel gewesen in dieser Nacht. Da hatte sie nicht wirklich viel sehen können. Andererseits schrieb sie von einem hellen Vollmond, der die Szenerie in ein kaltes, fast unwirkliches Licht tauchte. Hatte sie Annegret also tatsächlich erkannt?

Diese Vorstellung jagte Oliver unwillkürlich einen kalten Schauer über den Rücken, und er spürte eine Gänsehaut seinen Körper hinaufziehen.

Annegret linste kurz unter ihren zuckenden Lidern hervor und hauchte: „Ist er weg? Ist er weg?"

Oliver strich ihr über die fiebrige Wange und nickte. „Ja, Annegret, er ist weg."

„Er – er darf nicht wiederkommen. Hörst du!" Wie von Sinnen richtete sie sich plötzlich auf und krallte ihre Fingernägel so fest in Olivers Arm, dass er einen Schmerzens-schrei ausstieß. „Er darf nicht wiederkommen! Niemals!" Ihr flackernder Blick wanderte rastlos durch den Raum, als befürchtete sie, dass sich ihr vermeintlicher Widersacher noch irgendwo im Haus versteckt hielt.

„Beruhige dich, Annegret! So beruhige dich doch!" Mit sanftem Druck schob Oliver seine Frau in die Kissen zurück. „Ich werde dafür sorgen, dass Eike nicht zurück-kommt, okay!?"

„Ja." Scheinbar beruhigt schloss Annegret für einen kurzen Moment die Augen, doch nur Sekunden später schoss sie wieder hoch und rief in schrillem Ton: „Das Messer! Er tut ihnen was an!"

„Welches Messer?" Oliver runzelte die Stirn. „Von welchem Messer sprichst du denn, um Gottes Willen? Eike hatte doch gar kein Messer dabei!"

Annegret legte den Kopf schief und sah ihren Mann aus unnatürlich glänzenden Augen an. Dann sagte sie mit rauer Stimme: „Bernhard. Er wird uns alle töten."

„Bernhard?", fragte Oliver verwirrt und strich seiner Frau eine Haarsträhne aus dem Gesicht, die an ihrer schweiß-feuchten Wange klebte. „Bernhard Jakobs? Wie kommst du denn jetzt auf diesen Trunkenbold? War der denn auch hier?"

Als Annegret nicht antwortete, sondern sich nur mit einem tiefen Seufzer zurücksinken ließ, fiel Oliver wieder ein, wie aufgelöst seine Frau am Abend zuvor gewesen war. Konnte das irgendetwas mit Bernhard zu tun haben? Oder fantasierte sie sich da was zusammen? Wie auch immer, dachte er, auf jeden Fall war ihr besorgniserregender Zustand der Grund gewesen, warum er, kaum dass er vor wenigen Stunden im Büro angekommen war, auf dem Absatz wieder kehrtmachte und beschloss, sie nicht alleine zu lassen! Und natürlich hatte er automatisch Eike für den Grund ihrer Niedergeschlagenheit gehalten, denn, als er zu Hause ankam, hatte der auf dem Parkettboden des Wohnzimmers gesessen und Annegret in kurzen Abständen mit der flachen Hand ins Gesicht geschlagen.

Außer sich vor Wut hatte Oliver ihn am Arm gepackt und ihn angeschrien: „Was machst du da mit meiner Frau, du Bastard!" Nach einer kurzen Rangelei hatte Eike sich losgerissen und war so schnell zur Tür hinausgerannt, als wäre eine Meute wilder Tiere hinter ihm her.

Als Oliver dann seine inzwischen wieder leidlich zu sich gekommene Frau angehoben hatte, um sie auf das Sofa zu tragen, war sein Blick auf das blaue Heft gefallen, das sie beim Fallen offenbar unter sich begraben hatte.

„Lies es nicht", hatte Annegret ihm zugeraunt, als er es in die Hand nahm, „bitte, Oliver, lies es nicht!"

Fast wünschte er jetzt, er hätte auf sie gehört.

Und doch war es wie ein Zwang, als er das Heft nun erneut an sich nahm und sich ein weiteres Mal in die von Elske Wiemers in steilen Buchstaben und einfacher Sprache niedergeschriebene Geschichte vertiefte, die, sollte sie wahr sein, sein Leben mit Annegret für immer verändern würde:

„Die Nacht war lau und ich sagte zu Hermann, dass ich noch ein wenig spazieren gehe. Den ganzen Tag über hatte ich am Schreibtisch über der Buchhaltung gesessen, und ich wollte mich noch ein bisschen bewegen, bevor ich ins Bett gehe. Also

bin ich zum Kanal runtergelaufen, wie ich es oft mache, denn das ist mein Lieblingsweg.

Plötzlich habe ich am anderen Ufer ein Geräusch gehört und dachte zuerst, das ist ein Tier. Dann aber habe ich gesehen, dass da ein Mensch steht, ein pummeliges Mädchen mit langen Haaren. Ich hab sie nicht gleich erkannt, aber später dann, als der Mond hinter den Wolken wegkam, habe ich gesehen, dass es Annegret ist, Ebeline Bleekers Tochter. Sie konnte mich im Schutz der Böschung nicht sehen. Ich hab mich gefragt, was die so spät am Abend alleine am Kanal will. Ich wollte ein Stück näher zu ihr hingehen, um sie zu fragen. Aber dann hab ich plötzlich einen Laut gehört. Es hat sich so angehört, als wenn ein junger Hund winselt. Dann aber wurde das Geräusch lauter und ich habe gemerkt, dass es ein Baby ist, was da schreit. Was macht denn Annegret mit einem Baby am Kanal, habe ich mich gefragt. Und plötzlich macht sie was ganz Schlimmes: Sie legt das schreiende Baby in ein kleines Boot. Dann stößt sie das Boot vom Ufer ab, guckt ihm ein bisschen hinterher und rennt dann weg. In einem Buch habe ich mal gelesen, dass „der helle Vollmond die Szenerie in ein kaltes, ja fast unwirkliches Licht tauchte". Und genauso war es jetzt.

Das Boot ist in meine Richtung getrieben, aber es war zu weit vom Ufer weg. Das Baby schrie immer lauter. Ich bin dann ein Stück weiter ins Wasser gegangen, wo der Kanal nur bis zu den Hüften geht. Das Boot mit dem schreienden Baby kam direkt auf mich zu. Ich hab es dann gestoppt und ans Ufer gezogen. Im Boot lag ein kleiner Junge. Er war völlig nackt und die Nabelschnur und alles war noch dran. Ich hab ihn auf den Arm genommen und in meinen Schal gewickelt.

Da wurde der Kleine gleich ruhiger. Ich hab überlegt, was ich nun machen sollte. Ob ich zu Annegret gehe und sie zur Rede stelle. Aber dann hat mich der kleine Junge plötzlich so angeguckt und es sah aus, als würde er mich anlächeln. Da wusste ich, dass ich ihn nie wieder hergebe.

Also hab ich ihn mit nach Hause genommen und zu Hermann gesagt, dass ich das Kind gefunden hab, in einem Boot, einfach so ausgesetzt auf dem Kanal. Hermann meinte, wir müssen den Jungen zur Polizei bringen, die würden sich dann drum kümmern. Aber ich hab Hermann gesagt, dass ich das Baby behalten will. Schon so lange hatten wir uns ein Kind gewünscht und es hatte nicht geklappt. Ich hab ihm gesagt, dass wir, wenn wir ihn behalten, doch endlich auch einen Erben für unseren Hof haben.

Hermann hat den Jungen dann hochgehoben und ihn genau angeguckt. So, wie er nach der Geburt ein Kalb anguckt, ob auch alles dran ist. Dann hat er genickt und ist rausgegangen. Ich hab im Schrank nach Babysachen gesucht, die ich von meiner Mutter gekriegt hatte, als ich schwanger war. Aber das Kind war dann ja eine Fehlgeburt gewesen.

Aber nun konnte ich die Sachen gut gebrauchen und hab sie dem Kind angezogen. Und seitdem lebt der kleine Eike bei uns. Er ist jetzt zwei Monate alt und macht uns nur Freude.

Natürlich haben sich alle gewundert, wo das Kind auf einmal herkommt. Aber ich hab gesagt, dass wir es adoptiert haben, weil ich doch keine Kinder kriegen kann. Lange Zeit hatte ich Angst, dass Annegret dahinter kommt, dass ich nun ihr Kind habe und dass sie es wiederhaben will. Aber sie hat dann bald Abitur gemacht und ist weggezogen.

Vielleicht bestraft mich der liebe Gott eines Tages dafür,

dass ich Eike einfach so behalten habe. Aber noch nie war ich so glücklich wie mit diesem Kind. Das kann doch eigentlich keine Sünde sein."

Oliver ließ das Heft auf den Tisch zurücksinken und rieb sich mit den Händen ein paar Mal über das Gesicht. Er fühlte sich plötzlich unendlich müde. Verstohlen warf er einen Blick auf Annegret, die in einen unruhigen Schlaf gefallen war. Ihr Gesicht wirkte angespannt, ihre Arme und Beine zuckten, als würde sie im Traum vor irgendetwas weglaufen. Und vermutlich tat sie das auch.

Oliver ging in die Küche, um sich einen starken Kaffee zu machen. Er dachte an Eike. Wie mochte es ihm gehen, jetzt, nachdem er die Wahrheit kannte? Wie fühlte er sich, nachdem er erfahren hatte, dass die Menschen, die er zeitlebens für seine Eltern gehalten hatte, ihn in Wirklichkeit nur als Findelkind aus dem Kanal gezogen hatten? Ja, wie ging es ihm in dem Bewusstsein, dass ihn seine leibliche Mutter einfach ausgesetzt und damit seinen Tod in Kauf genommen hatte?

Und vor allem: Was würde Eike jetzt tun? Es stand zu befürchten, dass es etwas Unüberlegtes sein würde, nach allem, was er in den vergangenen Tagen hatte durchmachen müssen.

Oliver drückte auf den Knopf der Espressomaschine, und nur Sekunden später waberte der herrlich würzige Duft erlesenen Kaffees durch die Küche. Mit der Tasse in der Hand setzte er sich an den Tisch und überlegte, was nun zu tun sei. Auf gar keinen Fall durfte Eike sein Wissen dazu nutzen, Annegret in aller Öffentlichkeit an den Pranger zu stellen, denn das wäre unweigerlich das Ende von allem, was Annegret und er sich in den letzten Jahrzehnten so mühsam aufgebaut hatten.

Und Bernhard? Oliver wusste nicht, welche Rolle genau der Sohn von Greta Jakobs in diesem Spiel spielte. Ob auch er von der Sache mit Eike wusste?

Nun, dachte Oliver, er würde es herausbekommen. Denn auch, wenn er die genauen Zusammenhänge noch nicht so ganz durchschaut hatte, so war er sich in einem doch ganz sicher: Weder Eike noch Bernhard würden nie auch nur ein Wort über die Angelegenheit verlieren. Denn dafür würde er, Oliver, schon sorgen.

17

Normalerweise hätte Bernhard Jakobs großen Spaß daran gehabt zu sehen, wie die arrogante Annegret endlich einmal von ihrem hohen Ross gestoßen wurde und so richtig tief in ihrem eigenen Morast versank. Denn genau das war doch sein Plan gewesen, als er beschloss, sie mit dem dunkelsten Kapitel ihrer Vergangenheit zu konfrontieren.

Jahrzehntelang hatte sie auf seinen Gefühlen herumgetrampelt wie auf einem abgelatschten Fußabtreter. Bis zu der Abfuhr, die sie ihm gegeben hatte, war er der Meinung gewesen, dass er ebenso ihre große Liebe war wie sie die seine. Dann aber war dieser Kerl, Oliver Engler, dazwischengekommen und hatte alles kaputt gemacht. Ja, dieser verdammte Emporkömmling hatte Annegret mit klugen Sprüchen und seinem fantastischen Aussehen den Kopf verdreht und ihr dann ein Kind nach dem anderen gemacht, obwohl dies doch eigentlich ihm, Bernhard, zugestanden hätte.

Sein ganzes Leben lang hatte Bernhard ihr nachgetrauert. Seine Ehe mit Erika war allenfalls eine Notlösung gewesen. Genau genommen hatte sie nur dem Zweck gedient, Annegret eifersüchtig zu machen; aber zu seinem Verdruss war es ganz anders gekommen. *Das freut mich aber, dass du nun auch die Liebe deines Lebens gefunden hast!* hatte ihn Annegret bei seiner Hochzeit angestrahlt und ihm viel Glück gewünscht. Falsche Schlange! Am liebsten hätte er sie in diesem Moment gepackt und geschüttelt, damit sie endlich begriff, welch großen Fehler sie gemacht hatte.

Nein, er hatte sie nie vergessen können. So viele Nächte hatte er von ihr geträumt und sich nach ihr verzehrt. Er aber war ihr völlig gleichgültig gewesen, und das hatte sie ihm durch Worte und Gesten auch immer wieder zu verstehen gegeben.

Für diese Schmach wollte er sie am Boden sehen. Voller Verachtung sollten die Leute mit dem Finger auf sie zeigen und ihr klarmachen, wie man mit so armseligen Kindsmördern, wie sie es war, umging. Sie würden sie am Boden zerquetschen.

Nach dem Besuch bei ihr hatte er die ganze Nacht Annegrets von Panik verzerrtes Gesicht vor sich gesehen. Ihr zu eröffnen, dass er über Eikes Herkunft Bescheid wusste, war ihm eine echte Genugtuung gewesen. Ganz bestimmt würde sie nun alles tun, damit die Öffentlichkeit nichts von ihrer Jugendsünde erfuhr. Und ihm, Bernhard, ging es dabei ganz bestimmt nicht um das verdammte Geld. Nein. Das Geld war allenfalls der erste Schritt, der es ihm erlaubte, seine Wettschulden zu begleichen. Nach wie vor aber war es eigentlich nur sie, die er wollte. Und wenn er nur genug Druck auf sie ausübte, würde sie schließlich doch noch zustimmen, seine Frau zu werden, so wie es das Schicksal schon vor Jahrzehnten für sie beide bestimmt hatte. Und kein Mensch schlug doch dem Schicksal solch ein niederträchtiges Schnippchen, ohne dafür irgendwann einmal bestraft zu werden!

Doch nun schien alles ganz anders zu kommen als er es sich in seinen Träumen so schön zurechtgelegt hatte.

Eigentlich hatte er an diesem Morgen noch mal bei Annegret vorbeisehen wollen, um ihr zu zeigen, dass er seine Drohung wirklich ernst meinte. Doch dann – er hatte gerade vorgehabt, bei ihr zu klingeln – hatte er Eike die Straße entlangkommen und geradewegs auf Annegrets Haus zusteuern sehen. Bernhard hatte sich daraufhin schnell in die Büsche verdrückt und sich dann, als Eike das Haus betreten hatte, zur Terrassentür begeben, um zu beobachten, was drinnen geschah. Zu seinem Glück war eines der Fenster gekippt gewesen, so dass er jedes Wort hatte verstehen können, das die beiden miteinander sprachen.

Und mit jedem Satz, den Eike von sich gab, war ihm, Bernhard, deutlicher geworden, dass er verloren hatte. Wenn Eike über seine Herkunft Bescheid wusste und nichts Besseres zu tun hatte, als sogleich zu seiner leiblichen Mutter zu rennen, um – ja, um was eigentlich? Was versprach sich Eike von seinem Treffen mit Annegret?

Leider war es Bernhard nicht vergönnt gewesen, dies zu erfahren, denn im entscheidenden Moment fiel Annegret plötzlich in Ohnmacht. Mit ein paar festen Schlägen ins Gesicht hatte Eike sofort versucht, sie wieder ins Leben zurückzuholen. Doch dann war dieser verdammte Bastard von Ehemann plötzlich auf der Bildfläche erschienen und dazwischen gegangen, und Eike hatte fluchtartig das Haus verlassen.

Das Schlimmste aber war, dass dieser Bastard das blaue Heft gefunden und in ihm gelesen hatte. Und nach Annegrets hysterischer Reaktion zu urteilen, stand auch in diesem Heft die Wahrheit über Eikes tatsächliche Herkunft. Was auch hätte Eike sonst zu ihr treiben sollen? Nein, Bernhard war sich absolut sicher, dass nun nicht nur er, sondern auch noch Eike und Oliver über das große Geheimnis, das Annegret seit ihrer Jugendzeit mit sich herumtrug, Bescheid wussten.

Als wäre das nicht schon ärgerlich genug, hatte Annegret im Zusammenhang mit den Geschehnissen plötzlich auch noch seinen, Bernhards, Namen genannt!

Es war ein Fiasko. Denn nach Oliver Englers Gesichtsausdruck zu urteilen, war er nicht bereit, die Sache einfach auf sich beruhen zu lassen.

Bernhard, der nach wie vor an die Hauswand gepresst auf Annegrets Terrasse stand, nahm einen großen Schluck aus der Whiskeyflasche, die er bei sich trug. Jetzt kam es also nur noch darauf an, wer von ihnen beiden schneller war, dachte er.

18

Tobias Rüttgers gehörte zu den Menschen, die David
Büttner vom ersten Moment an unsympathisch waren.
Dabei konnte er noch nicht einmal sagen, was genau ihn
an dem Ex-Freund von Simone Wiemers störte. Das äußere
Erscheinungsbild konnte es nicht sein, denn mit seinen
verwuschelten Haaren, den leicht abstehenden Ohren und
der eher nachlässigen Kleidung gehörte Rüttgers eigentlich
in das obere Drittel der Büttnerschen Sympathieskala.

Vermutlich, so dachte der Hauptkommissar, war es
dieser leicht spöttische Blick, mit dem Rüttgers seine Mitmenschen musterte. Aus irgendeinem Grund schien er sich
ihnen überlegen zu fühlen. Nun ja, da wollte er, Büttner,
doch mal sehen, wie lange dieses Gefühl der Überlegenheit
hier im Vernehmungsraum noch anhielt.

„Herr Rüttgers", begann er mit der Befragung, nachdem
Frau Weniger ihnen drei Tassen Kaffee auf den Tisch gestellt und den Raum wieder verlassen hatte, „wir hätten uns
gefreut, Sie bereits zum ersten angesetzten Termin hier in
unseren heiligen Hallen begrüßen zu dürfen. Ich nehme an,
Sie haben für Ihr Fernbleiben eine gute Entschuldigung?"

Der Zug um Tobias' Mundwinkel wechselte von
spöttisch auf arrogant, bevor er erwiderte: „Im Gegensatz
zu euch Beamten haben andere Menschen auch ab und zu

mal zu arbeiten. Und da ist es eben nicht immer möglich, gleich überall dort anzudackeln, wo die Obrigkeit einen zu diesem Zeitpunkt gerne hätte."

„Aha." Büttner sah sein Gegenüber lange an, bevor er lächelnd sagte: „Dann können wir uns ja geehrt fühlen, dass Sie heute trotz all Ihrer Verpflichtungen Zeit für uns gefunden haben. Ich werde diese großzügige Geste für den Rest meines Lebens voller Dankbarkeit tief in meinem Herzen bewahren."

Als Tobias auf diese Bemerkung hin irritiert zu Hasenkrug hinübersah, der jedoch nur scheinbar unbeteiligt seine Fingernägel betrachtete, fügte Büttner immer noch lächelnd hinzu: „Aber so richtig viel Arsch scheinen Sie dann ja doch nicht in der Hose zu haben, wenn Sie wegen der Androhung eines schlappen Fahndungsaufrufes gleich den Schwanz einkneifen und sich der Obrigkeit als höriger Staatsbürger andienen."

„Ähm …" Rüttgers Gesicht lief rot an, doch ganz offensichtlich fiel ihm keine passende Erwiderung ein. „Also – ähm – worum geht's denn jetzt eigentlich?", fragte er schließlich.

„Wir haben Grund zu der Annahme, dass Sie Ihre Ex-Freundin Simone Wiemers ermordet haben", antwortete Hasenkrug ohne Umschweife und erntete für diesen ungeschminkten Vorstoß einen anerkennenden Blick seines Chefs.

Hatte sich Tobias Rüttgers gerade noch bemüht, seine Fassung wiederzugewinnen, so entgleisten ihm jetzt endgültig die Gesichtszüge. „Das – das ist nicht Ihr Ernst!", stammelte er und sah entgeistert von einem zu anderen.

„Ist es nicht?", fragte Büttner an Hasenkrug gewandt.

„Doch", sagte der knapp, „ist es."

„Sehen Sie, Herr Rüttgers, da haben wir's!", nickte Büttner. „Manchmal passieren einem Dinge, die glaubt man gar nicht!"

„Aber wie kommen Sie denn auf die Idee, ich könnte mit Simones Tod irgendetwas zu tun haben? Ich soll mordverdächtig sein? Aber das ist doch – infam!", schnaubte Tobias empört.

„Nun, das kann schon mal passieren, wenn man sich bei den Leuten nicht so beliebt macht", erwiderte Büttner ungerührt. „Wir haben Augenzeugen, die beobachtet haben wollen, dass Sie sich während der Kutterfahrt am achtundzwanzigsten Oktober heftig mit Simone Wiemers gestritten haben."

„Das mag ja sein. Aber deswegen bringe ich sie doch noch lange nicht um!"

„Es wird behauptet, dass Sie es immer noch nicht verwunden hätten, dass sich Frau Wiemers von Ihnen getrennt und einen anderen geheiratet hat", meinte Hasenkrug.

„Wir hatten uns auseinandergelebt. Mir hat es nichts ausgemacht, als Simone ging", behauptete Tobias und verschränkte abwehrend die Arme vor seinem Körper.

„Deswegen haben Sie sich vermutlich auch so dermaßen die Birne vollgedröhnt, dass Sie kaum noch geradeaus gucken konnten", bemerkte Büttner spöttisch.

„Das ist doch gar nicht wahr!", fuhr Tobias auf und funkelte die Polizisten wütend an.

Büttner musterte ihn abschätzig, dann sagte er: „Sollten Sie Ihre Ex-Freundin tatsächlich über Bord gestoßen haben, dann würde ich die Behauptung, dass Sie volltrunken übers Deck gestolpert seien, an Ihrer Stelle lieber bestätigen. Denn in diesem Fall könnte Ihnen ein besoffener Kopf noch zugute kommen." Er räusperte sich, bevor er mit gerunzelter Stirn hinzufügte: „Was ich übrigens noch nie verstanden habe. Wenn es nach mir ginge, würde jeder, der sich besäuft und hinterher eine Straftat begeht, dafür noch mal ein paar Jahre mehr bekommen."

„Ich habe mit Simones Tod nichts zu tun", sagte Tobias gepresst.

„Hm. Das wirft die Frage auf, wer es sonst gewesen sein könnte."

„Vielleicht fragen Sie mal ihren Ehemann, diesen – Fischer!" Das letzte Wort hatte Tobias förmlich ausgespien.

„Ja, ich merke schon, Eifersucht scheint Ihnen tatsächlich völlig fremd zu sein", seufzte Büttner.

„Und warum sollte Eike Wiemers seine eigene Frau umbringen?", wollte Hasenkrug wissen. „Die beiden hatten gerade erst geheiratet und waren, so wird allgemein berichtet, sehr glücklich."

„Glücklich! Pah! Anscheinend haben Sie keine Ahnung, welches Spiel Simone mit ihrem ach so geliebten Eike gespielt hat!"

„Ein Spiel? Was meinen Sie damit?" Alarmiert sah Büttner Tobias aus schmalen Augen an.

Tobias lachte höhnisch auf. „Sie glauben also wirklich, dass das zwischen Simone und Eike die große Liebe gewesen ist? Machen Sie sich doch nicht lächerlich!"

„Und was war es dann?"

„Sag ich doch: ein verdammtes Spiel!" Tobias beugte sich

über den Tisch und sah Büttner fest in die Augen. „Es war kein Zufall, dass Simone und Eike sich am Kutterhafen in Greetsiel getroffen haben."

„Am Kutterhafen in Greetsiel? Wovon sprechen Sie?"

Tobias ließ sich wieder in seinen Stuhl zurückfallen. „Na, Simone und Eike haben doch jedem, der es wissen wollte, erzählt, dass sie sich zufällig am Kutterhafen von Greetsiel getroffen und sich gleich ineinander verliebt haben."

„Und das war nicht so?"

„Quatsch! Simone war alles andere als zufällig da. Ich sehe sie noch vor mir, als sie morgens aus dem Haus ist. *Die Story schnapp ich mir!* hat sie gesagt und dabei lachend den Daumen in die Luft gestreckt.

„Welche Story?", hakte Hasenkrug nach.

„Sie hat die große Story gewittert. Wissen Sie, das mit der Kunstgalerie war nie wirklich Simones Ding. Sie hat immer davon geträumt, als Journalistin ganz groß rauszukommen. Und irgendwie ist sie bei ihrem ständigen Geschnüffel auf ein angebliches Familiengeheimnis der Wiemers gestoßen."

„Was für ein Familiengeheimnis?"

Tobias machte eine unbestimmte Handbewegung, bevor er sagte: „Worum es genau ging, wollte sie nicht sagen. Sie hatte immer Angst, ihr würde irgendwer die Story vor der Nase wegschnappen."

„Aber warum hat sie Eike Wiemers dann geheiratet? Das wäre doch für diesen Zweck gar nicht nötig gewesen", gab Hasenkrug zu bedenken.

„Was weiß denn ich!" Tobias starrte für eine Weile mit einem so bohrenden Blick an die Wand, als wolle er sie

125

zum Einsturz bringen. Dann sagte er: „Kann ja sein, dass die beiden sich ineinander verliebt haben. Aber das hat Simone nicht davon abgehalten, weiter an ihrer Story zu arbeiten."

„Woher wollen Sie das wissen?"

„Weil sie mir am Telefon ganz aufgeregt erzählt hat, dass sie auf etwas Interessantes gestoßen sei."

„Wann genau war das?", fragte Büttner.

„Drei, vielleicht vier Wochen vor dieser verdammten Kutterfahrt. Sie hat gesagt, dass ich unbedingt kommen müsse, dann werde sie mir was zeigen."

„Und was hat sie Ihnen gezeigt?"

„Nichts. Als ich da war, meinte sie plötzlich, dass sie sich getäuscht habe."

„Haben Sie sich deswegen auf dem Achterdeck gestritten?"

„Wer sagt denn, dass wir uns auf dem Achterdeck gestritten haben?" Tobias sah Büttner wachsam an.

„Augenzeugen."

„Aha. Die schon wieder. Ja, wir haben uns gestritten, aber nicht deswegen."

„Weswegen dann?"

„Privatsache."

„In einem Mordfall ist nichts Privatsache", stellte Hasenkrug fest.

„Ich werde es hier dennoch nicht haarklein erzählen."

„Aber ..."

„Ist gut, Hasenkrug", winkte Büttner ab. „Nun mal zurück zu diesem Familiending. Wissen Sie, von wem Simone Wiemers von diesem ominösen Geheimnis erfahren hat?"

„Irgendein Spacko von irgendeinem Amt."

„Geht es etwas genauer?"

Tobias überlegte kurz. „Der Kerl hat irgendwas mit Bauen und Grundstücken und so zu tun. So was Trockenes eben."

„Hat sie mal einen Namen genannt?"

„Puh." Tobias griff sich mit den Fingern an die Stirn. „Matthias, Manfred, Michael, Martin. Keine Ahnung. Auf jeden Fall irgendwas Gängiges mit M."

„Nachname?"

„Hicksen oder so ähnlich."

„Könnte es auch Ipsen gewesen sein?"

„Ipsen? Ja. Ja, ich glaube, so hieß der. Der war übrigens auch bei der Kutterfahrt dabei."

Büttner und Hasenkrug sahen sich bedeutungsvoll an und nickten.

„Okay, Sie halten sich dann bitte zu unserer Verfügung, Herr Rüttgers", sagte Büttner und stand auf.

„Das heißt?"

„Das heißt dass Sie sich bitte zu unserer Verfügung halten."

„Sehr witzig!"

„Sollte gar kein Witz sein", brummte Büttner, „aber ich freue mich natürlich, wenn Ihnen der Besuch bei uns Freude macht."

„Wie wär's mal mit einem Dankeschön!?", rief Tobias hinter den beiden Polizisten her, als diese den Raum verließen.

„Wie wär's mal mit ein bisschen weniger Selbstverliebtheit!?", konterte Büttner und verschwand um die Ecke.

19

War es die richtige Entscheidung gewesen? Annegret war sich nicht sicher, ob sie den Vorschlag ihres Mannes Oliver nicht doch lieber hätte zurückweisen sollen. Denn seit ihrer Abreise nach Irland ging ihr sein letzter Satz, den er ihr zum Abschied ins Ohr geflüstert hatte, nicht mehr aus dem Kopf. *Alles wird gut sein, wenn du zurückkommst, das verspreche ich dir!*

Was genau hatte er ihr damit sagen wollen? Bereits im Flugzeug, gleich nach dem Start, hatte sie ein ganz seltsames Gefühl beschlichen. Doch sie konnte es nicht greifen. War es Traurigkeit? Oder Angst? Vielleicht Trauer? Oder von allem etwas?

Auf jeden Fall war es ein Gefühl, das sie zu erdrücken drohte.

Andererseits hatte Oliver recht, wenn er sagte, dass Irland ihr guttun werde. Er wusste, wie sehr sie seit einem Studienaufenthalt vor gut dreißig Jahren an diesem Land hing. Immer wieder war sie seither in die an der irischen Westküste gelegene Stadt Galway zurückgekehrt, die ihr schon damals das Gefühl uneingeschränkter Freiheit und Lebensfreude vermittelt hatte und es noch heute tat.

Gleich nach der Ankunft in ihrem Haus, das sie in Galway gekauft hatte, war sie mit einem Mietwagen in die schroffe, von aufgehäuften Steinwällen durchzogene Landschaft des Connemara hinausgefahren und hatte sich mit ein wenig Proviant im Gepäck auf eine der steil in den Atlantik hineinragenden Klippen gesetzt. Obwohl es bereits Anfang November war, zeigte sich das Wetter an diesem Tag von seiner besten Seite. Zwar wehte von See her ein rauer Wind, doch zeigten sich am Himmel nur vereinzelte Wolken, sodass die Sonne die atemberaubende Landschaft der westirischen Halbinsel in ein Meer aus warmen Farben tauchte.

Schon immer hatte Annegret dieses unvergleichliche Farbenspiel der Natur geliebt. Sie war überzeugt davon, dass die Farben nirgendwo auf der Welt so brillant waren wie an einem Sonnentag in Irland. Fast schien es, als habe der liebe Gott sein Füllhorn ganz besonders verschwenderisch über dieser Insel ausgeschüttet. Selbst die Luft schien die Farben geradezu aufzusaugen, so, als wolle sie die so überreichlich gesegnete Landschaft ein wenig entlasten.

Annegret sog die stets so frische Luft tief in ihre Lungen. Seit sie hier in Irland war, verspürte sie erstmals den Wunsch, ihr Leben in Ostfriesland einfach aufzugeben und sich für immer hier niederzulassen. Noch nie war ihr Bedürfnis nach Veränderung so drängend gewesen wie an diesem Tag, dessen Schönheit sie beinahe alle Probleme vergessen ließ.

Aber eben nur beinahe. Denn immer wieder schoben sich die Bilder der Vergangenheit vor ihre Augen, von denen sie geglaubt hatte, sie längst erfolgreich verdrängt zu haben. Durch die Ereignisse der letzten zwei Tage aber hatten sie sich gnadenlos ihren Weg aus dem Unterbewusstsein gebahnt und quälten sie mit einer Penetranz, die ihr die Luft zum Atmen nahm.

Gerade einmal fünfzehn Jahre alt war sie gewesen, als sie bemerkte, dass sie schwanger war. Über die Möglichkeit einer Schwangerschaft hatte sie sich keinerlei Gedanken gemacht, als sie endlich den Mann bekam, nach dem sie sich schon so lange verzehrt hatte: Ihren Sportlehrer, in den sie bereits seit zwei Jahren unsterblich verliebt gewesen war.

Es war ein ungewöhnlich heißer Tag im April gewesen, als sie ihm zufällig während eines Spaziergangs über den Weg lief. Da sie sich alleine wähnte, hatte sie ihre Kleider abgestreift und war in den Kanal gesprungen, um sich eine Abkühlung zu gönnen. Doch gerade, als sie wieder aus dem Wasser stieg, hatte er plötzlich vor ihr gestanden und sie aus brennenden Augen angesehen. Er hatte kein Wort gesagt, sondern lediglich ihre Hand genommen und sie, nackt wie sie war, zu einem nahen Heuschober geführt. Dort angekommen waren sie, in wilder Leidenschaft entflammt, übereinander hergefallen, und sie hatte die Welt um sich herum vergessen.

Doch natürlich hatte es nicht lange gedauert, bis die Realität sie in aller Erbarmungslosigkeit wieder einholte. Trunken vor Glück war sie am nächsten Tag in die Schule gegangen und hatte in ihrer Naivität tatsächlich geglaubt, ihrem Lehrer müsse es genauso gehen. Doch hatte der sie einfach ignoriert, als sie sich auf dem Schulflur begegneten, und auch später im Unterricht hatte er sie kein einziges Mal auch nur angesehen.

Seine so demonstrativ zur Schau gestellte Gleichgültigkeit

traf sie bis ins Mark, dennoch bildete sie sich ein, dass er sich außerhalb der Schule zu ihrer Liebe bekennen würde. Doch als sie am Nachmittag zu dem Haus ging, in dem er lebte, sah sie ihn mit seiner Frau und seinen beiden Kindern im Garten herumalbern. Es dauerte nicht lange, bis er sie am Gartenzaun bemerkte und mit einem drohenden Gesichtsausdruck auf sie zukam. *Verschwinde!* hatte er ihr zugezischt. *Verschwinde, du hinterhältiges Flittchen, und lass dich hier nie wieder blicken! Und komm bloß nicht auf die Idee, irgendjemandem von gestern zu erzählen, denn das würde böse für dich enden! Es war ein bedauerliches Versehen, verstehst du? Ein mehr als bedauerliches Versehen!*

Ohne dass sie auch nur ein Wort hatte erwidern können, war er zu seiner Familie zurückgelaufen und hatte so laut, dass sie es hören konnte, gesagt: „Eine Schülerin von mir. Sie hat irgendein Problem mit ihrer Freundin. Aber ich bin ja nun wirklich nicht für alles zuständig! Die Gören werden wirklich immer unverschämter!"

Die auf diese bittere Erfahrung folgenden Wochen und Monate waren für Annegret die Hölle gewesen. Als sie bemerkte, dass sie schwanger war, hatte sie sich nicht getraut, sich ihrer Mutter anzuvertrauen. Sie fürchtete, dass sie sie windelweich prügeln und aus dem Haus jagen würde, wenn sie von der Schande erfuhr. Und auch ihren Freundinnen wollte sie nichts sagen, zu groß war die Gefahr, dass sich eine von ihnen irgendwo verquatschte.

Also hatte Annegret angefangen zu essen. Immer und immer mehr. Keiner sollte sehen, wie sich ihr Bauch mit der Zeit auswölbte, tausendmal lieber nahm sie es in Kauf, als Fettkloß beschimpft zu werden. *Himmel*, hatte ihre

Mutter Ebeline nach einigen Wochen ausgerufen und die Hände über dem Kopf zusammengeschlagen, *was du in dich reinstopfst, Kind! Du siehst ja aus wie eine von Bauer Wiemers' trächtigen Sauen! So fett, wie du bist, kriegste nie einen Mann ab, das kann ich dir sagen! Du warst doch früher ein so hübsches Kind!*

Immer wieder hatte sie sich in ihrer Einsamkeit vorgenommen, ihrer Mutter von der Schwangerschaft zu erzählen. Doch irgendwie war dazu nie der richtige Zeitpunkt gewesen. Und dann, nach langen Monaten voller Angst und Tränen, hatten bei ihr ein paar Wochen zu früh die Wehen eingesetzt. In ihrer Panik, den bohrenden Blick ihrer Mutter in ihrem Rücken spürend, hatte sie sich in einen alten, seit geraumer Zeit ungenutzten Schuppen unweit des Dorfes geflüchtet und binnen weniger Stunden ihr Kind zur Welt gebracht.

Vielleicht war es gut, dass ihr in all den Monaten ihrer Schwangerschaft nie der Gedanke gekommen war, irgendetwas könne bei der Entbindung schiefgehen. Natürlich schlotterte sie in dieser Nacht vor Angst und vor Schmerzen, und doch war sie auch unter den Wehen, die sie schier zu zerreißen drohten, immer davon überzeugt gewesen, dass sie es alleine schaffen würde. Und so war es dann auch gekommen. Irgendwann hielt sie einen kleinen, erbärmlich schreienden Jungen im Arm und war nur von dem einen Gedanken beseelt: Sie musste dieses Kind, dieses Geschwür, wie sie es während der Schwangerschaft genannt hatte, so schnell wie irgend möglich loswerden. Also war sie mit dem strampelnden Bündel auf dem Arm nach draußen gehetzt und hatte nahe der Stelle, an der sie damals aus dem Kanal gestiegen und ihrem Lehrer in die Arme gelaufen war, ein am Ufer befestigtes kleines Ruderboot gefunden, in das sie das Kind legte und mit einem heftigen Tritt auf seinen unbestimmten Weg über den Kanal schickte. Kurz war ihr der Gedanke gekommen, es einfach im Wasser zu ertränken, doch aus irgendeinem Grund hatte sie es dann doch nicht übers Herz gebracht.

Annegret erwachte aus ihren Tagträumen, als ihr Körper plötzlich von einer heftigen Böe erfasst wurde. Ein Blick zum Himmel sagte ihr, dass es mit dem herrlichen Sonnenschein bald vorbei sein würde, denn am Horizont zogen dunkle Wolken auf. Obwohl ihr schnelle Wetterwechsel auch aus ihrer ostfriesischen Heimat keineswegs fremd waren, so war sie sich doch sicher, dass sich das Wetter nirgendwo so rasant änderte wie in ihrem geliebten Irland.

Schnell räumte sie ihre Sachen zusammen und machte sich auf den Weg zu ihrem Auto. Doch gerade, als sie ihren Korb in den Kofferraum gestellt hatte und einsteigen wollte, klingelte ihr Handy.

„Hallo, mein Schatz", rief sie betont fröhlich, als sie die Stimme ihrer ältesten Tochter erkannte. „Ich bin in Irland, hat Papa dir das nicht gesagt?"

Mit einem Lächeln auf dem Gesicht lauschte sie der Antwort ihrer Tochter. Doch nur wenige Augenblicke später, die sie in den nächsten Jahren noch unzählige Male in ihren nächtlichen Alpträumen erleben sollte, erstarrte sie zu Stein, und ihr Telefon zersprang auf den scharfen Felsen des Connemara in tausend Stücke.

20

Wenige Stunden zuvor hatte Hauptkommissar David Büttner gerade beschlossen, bei dem draußen tobenden Sauwetter gemeinsam mit Hasenkrug den längst überfälligen Papierkram zu erledigen und nebenbei bei ein paar Tassen Salbeitee seine Erkältung auszukurieren, als Frau Weniger den Kopf zur Tür hereinsteckte und verkündete, man habe eine weitere Leiche gefunden. Und zwar an der Knock.

„Eine Leiche? An der Knock?" Büttner wischte sich mit dem Taschentuch über die Augen, die seit seinem ungemütlichen Aufenthalt im Watt vor Norderney noch mehr tränten als zuvor. Außerdem dröhnte sein Kopf, als würde ihn jemand mit einem Presslufthammer bearbeiten. „Sagen Sie bitte, dass Sie nur einen Ihrer makabren Scherze machen! Ich finde, wir haben doch nun wirklich schon Leichen genug, um die wir uns kümmern müssen, Frau Weniger!"

Die aber zuckte nur mit den Schultern, legte ihm einen Zettel auf den Schreibtisch und verschwand wieder zur Tür hinaus.

„Was für ein Mist, ausgerechnet die Knock!" Büttner knautschte den kleinen Zettel zusammen und schmiss ihn mit solcher Wucht in den Papierkorb, als könne er die

Leiche damit wieder zum Leben erwecken und die unvermeidliche Fahrt an die südwestlichste Landspitze der Krummhörn noch verhindern.

„Na, da ziehen Sie sich mal warm an, Chef", seufzte Hasenkrug mit einem Blick aus dem Fenster. Das nasskalte Novemberwetter schien in der letzten Nacht erst richtig Fahrt aufgenommen zu haben. Der Sturm pfiff, einer schon lange nicht mehr gestimmten Violine gleich, um die Häuserecken; gleichzeitig prasselte der Regen vom Himmel, als gelte es, die Straßen und Gebäude von allem Schmutz und Elend dieser Welt reinzuwaschen.

Bevor Büttner mit einem resignierten Schnaufen aufstand und nach Mantel, Schal und Wollmütze griff, nahm er noch schnell eine Tüte mit Halsbonbons aus der Schublade seines Schreibtisches und ließ sie in die Hosentasche gleiten.

„Wussten Sie, dass die Knock gemeinhin als die windigste Ecke Ostfrieslands bezeichnet wird?", fragte Hasenkrug, als sie wenige Minuten später im Auto saßen und in Richtung Rysumer Nacken abbogen.

„Erzählen Sie mal was Neues", brummte Büttner und starrte missgelaunt auf die auf höchster Stufe hin und her hetzenden Scheibenwischer, die kaum in der Lage waren, die auf die Windschutzscheibe hinabprasselnden Wassermassen zu bewältigen. „Oder was glauben Sie, welcher Tatsache meine Begeisterungssprünge im Büro geschuldet waren, als Frau Weniger mit einer neuen Leiche im Gepäck zur Tür hereinmarschierte!?"

„Stand auf dem Zettel auch, wo genau wir die Leiche finden?", ging Hasenkrug nicht auf den Sarkasmus seines Chefs ein.

„Am Schöpfwerk. Zu Füßen des Alten Fritz."

„Wer ist der alte Fritz?", fragte Hasenkrug erstaunt. „Ein Zeuge?"

Büttner kräuselte die Lippen und sah seinen Assistenten finster an. „Ja, aber ein sehr stummer Zeuge, wenn Sie mich fragen."

„Er ist stumm? Ehrlich? Woher wissen Sie das?"

„Ach, Hasenkrug", näselte Büttner nach einem heftigen Niesen, „mir scheint, Sie haben im Geschichtsunterricht nicht aufgepasst. Schon mal was von Friedrich dem Großen gehört?"

„Ja, sicher." Hasenkrug zog die Stirn kraus und schlug sich dann mit der flachen Hand an die Stirn. „Ach so, Sie meinen die Statue am Schöpfwerk!"

„Gut kombiniert, Hasenkrug."

„Frag mich nur, was die Leiche bei dem unwirtlichen Wetter da macht."

„Das fragt sie sich sicher auch", knurrte Büttner und zuckte zurück, als in diesem Moment etwas Größeres gegen die Frontscheibe donnerte, dann jedoch sogleich wieder aus seinem Sichtfeld verschwand.

„Vermutlich ein Vogel", meinte Hasenkrug. „Dürften Schwierigkeiten haben, bei dem Sturm ihren Kurs zu halten."

„Könnte ihm so gehen wie Ihnen", nickte Büttner, als ihr Wagen genau in diesem Moment von einer Windböe erfasst wurde und sein Assistent die größte Mühe hatte, ihn auf der asphaltierten Straße zu halten.

„Was machen denn die da?" Sebastian Hasenkrug stierte angestrengt mit nach vorne gebeugtem Oberkörper auf zwei Personen, die sich anscheinend einen Spaß daraus machten, beim Sturm über den Deich zu laufen.

„Können nur Touristen sein. Kein Ostfriese ist so bescheuert, sich bei diesem Orkan auf den Deich zu stellen. Hm." Büttner rieb sich die juckende Nase, bevor er hinzufügte: „Hoffentlich müssen wir die beiden Bekloppten nicht in den nächsten Tagen auch noch als ersoffene Leichen begutachten, wenn sie heute von einer Böe ins Meer gerissen werden."

Als die beiden Polizisten bei dem aus rotem Ziegel erbauten Siel und Schöpfwerk an der Knock ankamen, waren die Gerichtsmedizinerin sowie die Spurensicherung bereits vor Ort. Außerdem ließ das zuckende Blaulicht eines Streifenwagens die Regenwand schillernde Funken sprühen.

„Oh", rief Hasenkrug gegen den Wind an, als sie aus dem Auto gestiegen waren und er die Wassermassen sah, die tosend an das geschlossene Siel donnerten, „hier geht's ja ab!"

„Was für ein Blatt?", schrie Büttner zurück.

„Hä?"

Büttner machte eine wegwerfende Handbewegung. Bei diesem Sturm hatte es keinen Sinn, überhaupt etwas zu sagen, denn die Worte wurden noch im selben Moment, da sie ausgesprochen waren, vom Sturm hinweggefegt.

Die Hände tief in den Taschen ihrer Mäntel vergraben, hatten die Polizisten Mühe, sich gegen den steifen Nordwestwind zu behaupten, der ihnen den Regen gnadenlos ins Gesicht peitschte.

Nur selten war es Büttner in seiner Zeit als ostfriesischer

Kommissar passiert, dass ihm der Wind buchstäblich den Atem nahm. Nun aber erwischten ihn die Böen zum Teil so heftig, dass er nicht nur einmal das Gefühl hatte, seine Lungen versagten ihm den Dienst.

„Moin. Was 'n Schietwetter", begrüßte Hasenkrug die bereits anwesenden Personen, als er und Büttner sich unter dem rotweißen Flatterband, das quer über die Straße gespannt worden war, hindurchgebückt hatten.

„Jo", sagte ein älterer Mann, „is Wind."

Auf Büttners fragenden Blick hin, klärte ihn ein uniformierter Polizist auf: „Das ist Remmer Meints. Er hat die Leiche gefunden."

„Und was treibt Sie bei dem – Wind an die Knock?"

„Hab das Restaurant mit Backwaren beliefert. Muss ja auch sein." Remmer Meints deutete mit dem Kopf auf einen weißen Lieferwagen, auf dem der Schriftzug einer Bäckerei prangte.

„Das Restaurant *Strandlust*, nehme ich an?", hakte Hasenkrug nach.

„Wat sonst", erwiderte der Mann knapp. „Gibt ja hier sonst keins."

„Und im Vorbeifahren haben Sie die Leiche entdeckt?", schrie Büttner gegen den Wind an.

„Jo. Ich wollt dem Kerl eigentlich sagen, dass der sich mal besser vom Acker macht, sonst würd er noch weggeweht. Dacht, was sitzt denn der hier so blöd beim Alten Fritz rum, bei dem Wetter. Hab dann aber gemerkt, dass es ihm wohl egal ist, ob er nass wird."

„Hätte ich angesichts des Stichs mitten in seinem Herzen auch angenommen", nickte Büttner. „Ist er hier erstochen worden?", wandte er sich an Dr. Wilkens, deren Gesicht unter der fest zugeschnürten Kapuze kaum zu erkennen war. Der Kommissar nahm nur an, dass es die Ärztin war, weil sie sich gerade konzentriert eine offene Wunde an der Hand des Opfers betrachtete.

„Sieht eher nicht so aus. Zu wenig Blut. Allerdings", sie zeigte mit der kleinen Taschenlampe, die sie in der Hand hielt, zum Himmel hinauf, „hat es in den letzten Stunden ziemlich stark geregnet, und seiner Körpertemperatur nach zu urteilen sitzt der Mann seit mindestens sechs Stunden hier herum. Vielleicht sogar schon länger. Das Blut könnte also genauso gut weggeschwemmt worden sein."

„Möchte mal wissen, warum den überhaupt jemand hierhin gesetzt hat", überlegte Büttner. „Ich meine, was macht es für einen Sinn, ihn in sitzender Position an den Sockel der Statue zu lehnen?"

„Das müssten Sie den Mörder dann schon selber fragen", zuckte Dr. Wilkens mit den Schultern.

„Gibt es einen Hinweis, um wen es sich bei dem Toten handelt?", fragte Hasenkrug.

„Ja." Ein Polizist reichte ihm einen kleinen Plastikbeutel, in dem ein Personalausweis steckte. „Er heißt Oliver Engler, wohnhaft in Emden."

„Gut", sagte Büttner und wandte sich an Hasenkrug. „Rufen Sie die Kollegen im Kommissariat an und sagen Sie ihnen, dass ich alle Informationen, die es zu Herrn Engler gibt, auf meinem Schreibtisch haben will, wenn ich zurückkomme."

Hasenkrug nickte und schaute sich nach einem windgeschützten Platz um, von dem aus er telefonieren konnte, ohne dass er von den Geräuschen des Windes übertönt wurde. Sein Blick fiel auf das Gebäude, auf dessen schmaler Seite in großen Lettern der Schriftzug *Knock Siel und Schöpfwerk* stand. Entschlossen stemmte er sich gegen den Sturm und überquerte die Straße, um dann ein paar Treppenstufen hinunterzulaufen und hinter die dem Binnenland zugewandte Mauer zu treten, wo es angenehm windstill war und – wie er erst auf den zweiten Blick bemerkte – wo ein Mann an die Wand gekauert saß und ihm aus verquollenen Augen teilnahmslos entgegensah.

„Moin. Darf ich fragen, was Sie hier machen?" Trotz des passiven Verhaltens des Mannes verharrte Hasenkrug in Habachtstellung.

„Wer will denn das wissen?"

Hasenkrug näherte sich ihm vorsichtig und hielt ihm seine Polizeimarke unter die Nase.

Der Mann stieß einen lauten Rülpser hervor und erwiderte unwirsch: „Ich sitz hier, das siehst du doch!"

„Wie lange schon?"

„Weiß nicht, hab keine Uhr."

„Dann kommen Sie jetzt bitte mal mit."

„Wohin denn?"

„Ins Trockene. Sie sind ja bis auf die Haut nass."

Der Mann schaute an sich herunter, als müsse er diese Aussage erst noch überprüfen. „Geht dich nichts an!", knurrte er dann.

Hasenkrug hatte keine Lust auf einen längeren Dialog und trat wieder ein paar Schritte zurück, bis er das Ende der Mauer erreicht hatte und Blickkontakt zu seinen

Kollegen aufnehmen konnte, die oben auf der Straße standen. Es hätte nicht viel gefehlt und die Windböe, die ihm entgegenschlug, hätte ihn in den hinter dem Schöpfwerk liegenden Binnensee katapultiert. Nachdem er sich von seinem Schrecken erholt hatte, winkte er einem uniformierten Kollegen, zu ihm zu kommen.

„Hab hier ein Fundstück für die Ausnüchterungszelle", sagte er, als der Polizist zu ihm trat.

„Puh, das riecht man", erwiderte der, nachdem er ein paar Schritte näher an den Mann herangetreten war. „Ist dir eigentlich aufgefallen, dass seine Klamotten voller Blut sind, Sebastian?", fragte er dann.

„Was gibt's denn hier so Spannendes?", hörte Hasenkrug hinter sich plötzlich Büttners Stimme.

„Könnte sein, das ist der Mörder von Oliver Engler", antwortete der Polizist.

„Quatschkopp", knurrte der Mann.

Büttner musterte ihn aus schmalen Augen und nickte dann. „Okay, seht zu, dass ihr ihn auf die Wache kriegt. Sorgt dafür, dass er trockene Klamotten und einen klaren Kopf bekommt." Er schaute sich nach allen Seiten um und fügte hinzu: „Wenn Sie drüben mit allem fertig sind, sagen Sie Bescheid, Hasenkrug. Ich bleibe solange hier im Windschatten. Ist viel angenehmer hier als beim Alten Fritz." Er griff sich an die Nase und schniefte laut. „Sie wissen ja, meine Erkältung."

„Dann können Sie sich genauso gut ins Auto setzen, Chef. Da regnet es wenigstens nicht", schüttelte Hasenkrug verständnislos den Kopf.

„Wie recht Sie haben, Hasenkrug. Manchmal bewundere

141

ich Ihren Sinn für Logik." Büttner schlug fröstelnd seinen Mantelkragen hoch und verschwand um die Ecke.

„W-was 'n das fürn W-Warmduscher, d-dein Chef!?", lallte der Betrunkene.

„Nimm doch bitte mal seine Personalien auf", wandte sich Hasenkrug an seinen Kollegen.

„Ich heiß Bernhard. Mich kennt hier jeder", sagte der Mann, ohne dass ihn jemand hatte fragen müssen.

„Bernhard. Und wie weiter?"

„Jakobs. Bernhard J-Jakobs."

„Und wo wohnen Sie?"

„In Vis-Vis- …"

„In Visquard?"

„Jepp. Sach ich doch."

„Gut. Alles Weitere auf dem Revier", nickte Hasenkrug. „Ich guck mal, ob Frau Dr. Wilkens noch was für mich hat, ansonsten fahr ich mit dem Chef auch gleich zurück."

Der Kollege nickte zustimmend und griff Bernhard Jakobs unter den Arm. Der zuckte kurz zurück, ließ sich dann jedoch widerstandslos abführen.

21

„Oliver Engler ist ermordet worden?" Büttners Frau Susanne hob kurz die Brauen, während sie ihr Brötchen mit Käse belegte. „Nun, das wundert mich eigentlich nicht", sagte sie, bevor sie einen Bissen nahm.

„Was soll das heißen, das wundert dich nicht?" Ihr Mann sah sie erstaunt an. „Kennst du ihn etwa?" Büttner war an diesem Morgen leidlich gut gelaunt, weil er sich schon deutlich besser fühlte als tags zuvor. Anscheinend hatte ihm die kalte Seeluft an der Knock gar nicht so zugesetzt, wie er befürchtet hatte. Seine Frau war sogar der Ansicht, dass genau dieser Aufenthalt an der frischen und salzigen Nordseeluft seine Gesundung befördert habe, aber da war er sich noch nicht ganz so sicher.

Susanne nickte. „Ich kenne ihn aus der Schule. Berufsvorbereitung. Engler war schon öfter in den oberen Klassen unterwegs und hat unseren Schülern irgendwas über den Finanzmarkt und Immobilienfinanzierung erzählt."

„Und was war falsch daran?"

„Gar nichts. Die Schüler waren immer ganz begeistert. Er konnte gut mit ihnen. Hat wohl selber 'ne ganze Menge Kinder." Susanne köpfte ihr Frühstücksei und streute Salz darauf.

„Fünf an der Zahl", nickte Büttner, „davon einmal

Zwillinge. Alle erwachsen. Drei der Kinder waren gestern zusammen in der Gerichtsmedizin und haben ihren Vater identifiziert."

„Und seine Frau, die Notarin?", fragte Susanne verblüfft. „War die nicht dabei?"

Büttner schüttelte den Kopf. „Die war gestern noch in Irland. Ihre Tochter hat sie angerufen. Frau Engler nimmt heute den ersten Flieger nach Hause." Er widmete sich für einen Moment seinen Vitamintabletten, bevor er fragte: „Aber wenn er so nett war, warum sollte ihn dann jemand umgebracht haben?"

„Weil er nur privat nett war", klärte ihn seine Frau auf. „Beruflich war er ein skrupelloser Finanzhai. Möchte nicht wissen, wie viele arme Omis er um ihr kleines Häuschen gebracht hat. Wenn du mich fragst, solltest du bei seiner Kundschaft nach dem Mörder gucken. Da kommen bestimmt eine ganze Menge Leute infrage."

„Das ist nicht gerade das, was ich hören wollte", näselte Büttner hinter seinem Taschentuch hervor. Er hatte definitiv keine Lust auf irgendeinen Racheakt von betuppten Anlegern. Bei solcher Art Mörder hatte er immer das Problem, dass er so etwas wie Verständnis für sie aufbrachte. Ein Gefühl, das ihm als Hauptkommissar in der Mordkommission eigentlich fremd sein sollte und bei seinen Vorgesetzten auch auf wenig Gegenliebe stieß. Diese befürchteten dann immer, dass er seine Ermittlungen womöglich nicht ganz so entschlossen verfolgte wie in anderen Fällen. Aber, so fragte er sich dann immer, konnte man jemandem, der aufgrund von bewusst falscher Beratung sein mühsam angespartes Geld verloren hatte, wirklich ernsthaft böse sein, wenn er dem niederträchtigen Ganoven gegenüber Mordgelüste entwickelte?

„Guten Morgen, Jette", hörte Büttner seine Frau sagen und hob den Kopf. „Guten Morgen", grüßte er seine Tochter nun ebenfalls.

„Mngnngn", nuschelte Jette missmutig, schenkte sich Kaffee in die Tasse und verschwand wieder zur Tür hinaus.

„Ich möchte mal wissen, von wem sie dieses ständig Nörgelige hat", bemerkte Büttner kopfschüttelnd. „Kann einem schon auf den Keks gehen, dieses ewige Gemaule."

„Was du nicht sagst", erwiderte Susanne und verzog spöttisch den Mund, „da bin ich aber wirklich froh, dass ich mit dir so ein Ausbund an Fröhlichkeit im Haus habe, David!"

Büttner überhörte die Ironie und nickte zustimmend, war in Gedanken jedoch längst wieder bei seinem neuen Fall. „Drei Ermordete auf einmal ist nichts Schönes", sagte er, „weiß jetzt gar nicht mehr so richtig, wo ich weitermachen soll." Er nahm einen Schluck von seinem Kaffee und fuhr dann fort: „Zumindest bei Engler sieht es so aus, als hätten wir einen Hauptverdächtigen."

„Einen geprellten Anleger?", fragte Susanne mit einem hoffnungsvollen Unterton in der Stimme.

„Glaub nicht. So, wie der Kerl aussah, legt der sein Geld höchstens in Schnaps an."

„Vielleicht ja erst, seitdem Engler ihn über den Tisch gezogen hat", mutmaßte seine Frau.

„Dir scheint die Sache mit dem Racheakt irgendwie wichtig zu sein, oder?" Büttner erhob sich und drückte seiner Frau einen Kuss auf die Stirn. „Ich geh dann mal wieder Mörder suchen."

„Nun guck doch nicht so verhagelt, David", grinste Susanne und zeigte zum Fenster hinaus, durch das zum ersten Mal seit Tagen die Sonne hereinschien, „sogar das Wetter wird wieder schön!"

„Ach ja", seufzte Büttner, als er seinen Mantel anzog, „könnte doch nur alles so schön sein wie das Wetter!"

Susanne lachte. „Das Leben *ist* schön, David! Von einfach war nie die Rede."

„Hasenkrug, meine Frau sagt, Oliver Engler habe sich bei seinen Mitmenschen nicht immer beliebt gemacht. Wissen wir was darüber?", platzte Büttner mit der Tür ins Haus, als er rund eine Viertelstunde später sein Büro betrat.

„Er ist in der Finanzberatung tätig. Was erwarten Sie also?", antwortete sein Assistent lakonisch.

„Geht's auch etwas weniger allgemein?" Büttner setzte sich an seinen Schreibtisch und begann, die Post durchzublättern.

„Gleich heute Morgen bin ich in seinem Büro vorbeigefahren. Engler bezeichnete sich als unabhängiger Finanzberater. Schwerpunktmäßig war er in Immobiliengeschäften unterwegs, hat aber auch andere Finanzprodukte an den Mann gebracht. Ich hab mit seinem Kompagnon gesprochen, der war allerdings recht wortkarg. Dafür aber stellte sich der Hausmeister als angenehm gesprächig heraus."

„Engler hatte einen eigenen Hausmeister?", fragte Büttner überrascht.

„Nein, sein Büro ist Teil eines ganzen Komplexes von insgesamt acht Geschäftseinheiten. Und alle zusammen haben einen Hausmeister."

„Und was wusste der gute Mann über Engler zu berichten?"

„Der Hausmeister hat wohl so manchen Bekannten, der auf einen angeblich sicheren Deal hereingefallen ist. Empfohlen wurde ihnen dieser Deal von Engler. In Finanzkreisen würde man sagen, bei den eingesetzten Beträgen handele es sich um Peanuts. Für diese Leute aber war es viel Geld. Die Einzelbeträge lagen zumeist zwischen fünftausend und zwanzigtausend Euro. Als Engler seinen Kunden mitteilte, dass sie alles verloren hätten, habe er nicht mal ein Wort des Bedauerns übrig gehabt, sondern sei mit einem Schulterzucken zur Tagesordnung übergegangen."

„Wann war das?"

Hasenkrug warf einen Blick in seine Unterlagen. „Ist noch nicht lange her. Das Geschäft platzte vor ungefähr drei Monaten."

„Wusste der Hausmeister von irgendwem zu berichten, der besonders sauer war?"

„Nicht in diesem Zusammenhang", antwortete Hasenkrug kryptisch.

„Das heißt?"

Hasenkrug sah seinen Chef bedeutungsvoll an. „Er meinte, wir sollten insbesondere mal danach gucken, was es mit diesem Hotelbau in Visquard auf sich habe. Da habe Engler ganz tief mit im Sumpf gesteckt."

„Wow!" Büttner klatschte begeistert in die Hände. „Da kommt es uns doch entgegen, dass wir in dieser Sache schon ein paar Ansprechpartner haben. Bei denen werden wir uns gleich mal erkundigen, was sie über unser Opfer wissen. Womöglich hängen die Fälle Hermann Wiemers und Oliver Engler ja sogar miteinander zusammen."

Hasenkrug grinste. „Ist doch schön, dass wir in Ostfriesland sind. Da hängt irgendwie immer alles mit allem und jeder mit jedem zusammen. Und ich würde jede Wette abschließen, dass …"

Worauf Hasenkrug wetten würde, sollte sein Chef nicht mehr erfahren, denn in diesem Moment steckte Frau Weniger ihren Kopf zur Tür herein und kündigte Besuch an.

„Moin", drängte sich im nächsten Augenblick eine elegant gekleidete Frau an ihr vorbei. „Mein Name ist Annegret Engler und ich möchte sofort mit dem zuständigen Kommissar sprechen."

„Frau Engler? So früh hatte ich gar nicht mit Ihnen gerechnet", erwiderte Büttner und stellte sich und seinen Assistenten vor. „Ihre Tochter sagte mir, dass Sie erst am Mittag hier sein würden. Darf ich Ihnen mein herzliches Beileid zum Ableben Ihres Mannes ausdrücken!?"

„Ich hab wider Erwarten noch einen Nachtflug bekommen." Annegret nickte nur kurz und ließ sich nach Hasenkrugs Aufforderung auf einen Stuhl sinken. „Ich – es ist alles so unfassbar!" Ganz im Widerspruch zu ihrem gerade noch so forschen Auftreten, sackte sie jetzt in sich zusammen und brach in Tränen aus.

Büttner betrachtete die Frau für eine Weile ruhig. Er schätzte Annegret Engler auf Ende fünfzig. Ihr blondiertes Haar trug sie zu einer kunstvollen Frisur aufgetürmt, die hier und da jedoch die Anstrengungen der letzten Nacht erkennen ließ. Für eine Frau war sie ungewöhnlich groß. Unter einem eleganten Kostüm verbarg sich ein extrem schlanker und durchtrainierter Körper, auch ihr Gesicht war entsprechend schmal. Alles in allem fand Büttner ihre Erscheinung äußerst attraktiv.

„Ich weiß, wer meinen Mann umgebracht hat", schluchzte Annegret plötzlich. „Sie müssen ihn festnehmen! Er ist gefährlich und hat mich mit dem Messer bedroht!"

Büttner sah sie überrascht an und lehnte sich über seinen Schreibtisch. „Habe ich das richtig verstanden? Sie kennen den Mörder Ihres Mannes?"

Annegret nickte kaum merklich. „Ja. Er heißt Bernhard Jakobs und ist …"

„Ein Säufer", vollendete Büttner den Satz und ließ sich mit einem Schnauben in seinen Stuhl zurückfallen.

„Sie kennen ihn?", fragte Annegret und sah ihn aus verheulten Augen verblüfft an.

„Er sitzt bei uns in der Ausnüchterungszelle", erklärte Hasenkrug. „Und tatsächlich trieb er sich gestern an der Knock herum, als wir vor Ort waren. Unweit der Stelle, an der wir die Leiche Ihres Mannes gefunden haben."

„Gut." Plötzlich wieder ganz die elegante Dame, erhob sich Annegret von ihrem Stuhl, strich ihren Rock glatt und sagte: „Dann ist die Sache ja klar. Verhaften Sie den Mann und bringen Sie ihn vor Gericht. Er soll für das büßen, was er uns angetan hat. Auf Wiedersehen."

„Moment mal", hob Büttner die Hand, als Annegret sich der Tür zuwandte, „Sie können nicht einfach solch eine schwerwiegende Anschuldigung in den Raum stellen und dann Ihrer Wege gehen!" Er deutete auf den Stuhl. „Setzen Sie sich bitte wieder!"

„Ich wüsste nicht, was es dazu noch zu sagen gibt!", stieß Annegret trotzig hervor, kam Büttners Aufforderung aber dennoch nach.

„Sie sagten, Bernhard Jakobs habe Sie mit einem Messer bedroht. Dürften wir erfahren, wann und wo das gewesen ist?", fragte Büttner.

„Vor drei Tagen erst. Er drang in unser Haus ein und hielt mir ein Messer an die Kehle."

„Aha. Und hat er dafür auch einen Grund genannt?", fragte Büttner und sah sie aus schmalen Augen an. Der seltsame Auftritt dieser angeblich trauernden Witwe ließ in ihm alle Alarmglocken schrillen.

„Ja. Natürlich hat er das. Er wollte Geld." Annegret schien sich auf ihre Trauer zu besinnen und drückte sich ein Taschentuch auf die feuchten Augen.

„Er hat Sie erpresst?", fragte Hasenkrug. „Oder handelte es sich um einen Raubüberfall?"

Annegret sah ihn so empört an, als hätte er sie auf niederträchtigste Weise beleidigt. „Ich bitte Sie, Herr Hasenpflug", erwiderte sie schnippisch, „womit sollte man mich denn schon erpressen können!?"

„Krug. Hasenkrug."

„Vielleicht wollte sich aber auch nur einer der von Ihrem Mann übervorteilten Kunden sein Geld zurückholen?", ging Büttner in die Offensive.

Annegret schnappte hörbar nach Luft und sprang mit einer theatralischen Geste auf. „Das ist doch wirklich die größte Unverschämtheit, die mir jemals widerfahren ist!", kreischte sie erregt. „Ihnen ist doch hoffentlich klar, dass mein Mann und ich hier die Opfer sind!"

„Bei Ihrem Mann ist es offensichtlich", nickte Büttner, „bei Ihnen aber bin ich mir da noch nicht so sicher. Also, Frau Engler, wann und wie hat sich dieser angebliche Raubüberfall abgespielt? Und warum sollte Herr Jakobs ausgerechnet in Ihr Haus eingedrungen sein? Die Geschichte, die Sie uns hier auftischen, scheint mir doch ziemlich abstrus zu sein."

„Abstrus ist höchstens das, was Sie hier abziehen, Herr Kommissar! Ich werde mich an höchster Stelle über Sie beschweren! So, und jetzt werde ich gehen. Solch eine Behandlung muss ich mir von Ihnen nicht gefallen lassen!" Nur wenige Augenblicke später rauschte Annegret hoch erhobenen Hauptes zur Tür hinaus.

„Puh! Was war denn das!?" Hasenkrug strich sich mit der Hand durch das lichte Haupthaar.

„Irgendwas ist da gewaltig faul", meinte Büttner nachdenklich. „Das seltsame Auftreten von Frau Engler erinnert mich sehr an die älteren Damen und Herren aus der Seniorenresidenz *Dat witte Lücht* in Pewsum. Sie erinnern sich an diesen Fall, Hasenkrug?"

Hasenkrug verzog das Gesicht. „Sicher. Nur allzu gut. Und Sie meinen, dass Frau Engler auch …"

„So kam es mir zumindest vor", unterbrach Büttner ihn mit einer schnellen Handbewegung. „Mein Bauchgefühl sagt mir, dass die Frau etwas zu verbergen hat. Warum sonst zwingt sie uns Bernhard Jakobs als den angeblichen Mörder ihres Mannes geradezu auf, redet aber, als es um das angebliche Motiv geht, nur um den heißen Brei herum?

Seltsam. Wirklich ganz seltsam. Ich meine, die Frau ist Notarin. Etwas Formaleres als diesen Job gibt es kaum. Da redet man doch kein so wirres Zeug daher, selbst, wenn der Gatte soeben aus dem Leben geschieden ist!"

„Geschieden worden ist."

„Trotzdem." Büttner schlug mit der flachen Hand auf seinen Schreibtisch. „Konzentrieren wir uns auf die Fakten. Nach Aussage des Hausmeisters war Oliver Engler in die Visquarder Immobiliengeschäfte verstrickt. Ein weiterer Mann, der auch damit zu tun hatte, Hermann Wiemers nämlich, ist ebenfalls tot. Womöglich gibt es zwischen diesen Mordfällen einen Zusammenhang. Es liegt also nahe, dass …"

„… wir uns diese Geschäfte noch mal genauer ansehen", vollendete Hasenkrug den Satz.

„So ist es. Und deswegen fühlen wir dem Kompagnon des Herrn Engler jetzt mal ein wenig auf den Zahn. Kommen Sie, Hasenkrug, ich will jetzt wissen – Shit!" Büttner ging an sein Handy, das in diesem Moment angefangen hatte zu klingeln. „Was gibt es, Herr Kollege? – Verschwunden? – Ja, verstehe – okay – ja, danke." Büttner legte das Telefon auf den Schreibtisch zurück und presste die Lippen zusammen. „Das gibt es doch nicht!", sagte er dann und schüttelte den Kopf.

„Irgendwas Interessantes?", fragte Hasenkrug neugierig.

„Das kann man wohl sagen. Der Kollege teilte mir soeben mit, dass bei ihm jemand als vermisst gemeldet wurde."

„Und was geht uns das an?"

„Bei diesem Jemand handelt es sich um Eike Wiemers.

Keiner hat ihn seit gestern Nachmittag mehr gesehen. Und sein Kutter ist auch weg."

„Shit!"

„Sie sagen es, Hasenkrug, Sie sagen es. Also kümmern wir uns jetzt erstmal darum. Der Kompagnon muss so lange warten."

22

„Ach was, der Junge braucht nur einfach mal seine Ruhe. Der wird schon wieder auftauchen."

Hatte Büttner erwartet, dass Erna Wiemers angesichts des Verschwindens ihres Enkels zutiefst in Sorge sein würde, so hatte er sich getäuscht. Vielleicht, so dachte er sich, war die ganze Sache aber auch nur zu viel für die alte Dame und sie versuchte, den Gedanken an ein womöglich neuerliches Unglück gar nicht erst zuzulassen.

Unterstützt wurde sie dabei anscheinend von zwei weiteren betagten Damen, die bei ihr in der winzigen Wohnstube saßen und nun eifrig mit dem Kopf nickten. Der Einzige, dem man eine gewisse Besorgnis tatsächlich ansah, war Eikes Bruder Linus.

„Ich kenn Sie doch", sagte eine der alten Frauen und musterte Büttner von oben bis unten. „Sie haben damals Wübkea in Ihrem Auto mitgenommen. Einfach so, am helllichten Tag. Glauben Sie mal nicht, dass ich mich nicht daran erinnere."

Auch Büttner erinnerte sich nun an die frühere Begegnung mit der Dame. Es war in Greetsiel gewesen, und damals war bei ihm der Eindruck entstanden, als könnten sich die beiden Frauen nicht besonders gut leiden. „Entschuldigen Sie bitte", sagte er, „aber Ihr Name ist mir leider entfallen."

„Greta Jakobs. Klingelt's jetzt?"

„Frau Jakobs, natürlich, ich …", Büttner stutzte. „Jakobs, sagten Sie? Sie sind nicht zufällig mit Bernhard Jakobs aus Visquard verwandt?"

„Sie kennen meinen Sohn? Was hat der denn jetzt schon wieder ausgefressen?" Auch die anderen beiden Damen guckten ihn nun neugierig an.

„Wie kommen Sie denn darauf, dass er etwas ausgefressen haben könnte?", stellte Hasenkrug, der bis zu diesem Zeitpunkt nur schweigend auf seinem Stuhl gesessen und genüsslich eine Tasse Tee getrunken hatte, die Gegenfrage.

„Weil der Unnösel den ganzen Tag nichts anderes als Dummheiten macht", antwortete Greta mit einer wegwerfenden Handbewegung.

„Mit dem Jungen bist du aber auch wirklich gestraft", nickte die dritte Frau, und die beiden anderen taten es ihr gleich.

„Und dürften wir auch Ihren Namen erfahren?", fragte Hasenkrug freundlich.

„Ebeline Bleeker. Sie haben gerade meinen Schwiegersohn an der Knock gefunden", antwortete diese ohne Umschweife.

„Bernhard Jakobs ist Ihr Schwiegersohn?", fragte Büttner verblüfft.

„Bernhard? Nee. Wieso?", meinte Ebeline.

„Dat wär ja wat!" Greta Jakobs schüttelte den Kopf. „Nee, nee, das mit Bernhard und Annegret ist doch schon ewig vorbei. Das weiß doch eigentlich jeder."

„Moment mal", ging Büttner ein Licht auf und er blickte seinen Assistenten, der seine gerade angehobene Teetasse

155

unverrichteter Dinge wieder sinken ließ, bedeutungsvoll an, „heißt das, dass Sie die Schwiegermutter des Mordopfers Oliver Engler sind?"

„Jo. Das sagte ich doch." Wieder nickten alle drei Damen.

„Besonders erschüttert scheinen Sie über den Tod Ihres Schwiegersohns aber nicht zu sein", stellte Büttner fest.

„Oliver war ein Arschloch", ließ sich Linus vernehmen, der neben dem Hundekorb saß und Piefke, der sich anscheinend an der Pfote verletzt hatte, einen neuen Verband anlegte.

„Da hat er wohl recht", schloss sich Erna dieser unzweideutigen Meinung an.

„Und wie kommen Sie zu dieser Einschätzung?", wollte Büttner wissen.

„Für Geld hätte der seine eigene Großmutter verkauft. So einer war das. Wusste nie, was meine Annegret an dem findet", sagte Ebeline. „Aber das Kind musste ja unbedingt so 'nen Anzugträger heiraten." Sie knabberte geräuschvoll an einem Plätzchen, bevor sie hinzufügte: „Aber meine Enkelkinder, die sind gelungen. Die kommen ganz nach Annegret, alle fünf. Da haben wir Glück gehabt."

„Man hört allgemein, dass Oliver Engler privat ganz nett gewesen sein soll", wagte Büttner einen Einwand.

„Ein verdammter Schleimer war der, sonst nichts." Linus verzog das Gesicht, als wäre von einer Kanalratte die Rede. „Der wusste ganz genau, wie der an seine Kunden kommt, um sie dann hinterhältig übers Ohr zu hauen. Ein echter Widerling, das können Sie mir glauben."

„Und haben Sie auch eine Vorstellung, wer ein Motiv gehabt haben könnte, ihn zu ermorden?", fragte Hasenkrug.

„Wenn Sie einen Schreibblock und mindestens drei Stunden Zeit haben, dann kann ich Ihnen die Liste gerne diktieren." Linus schaute die Polizisten herausfordernd an.

„Hm. Verstehe. Dann mal zurück zu Ihrem Bruder Eike", wechselte Büttner das Thema. „Wann haben Sie ihn denn zum letzten Mal gesehen?"

„Gestern Nachmittag. Er wirkte völlig verstört." Linus zögerte und musterte die drei alten Damen, die ihn jedoch nur teilnahmslos ansahen. „Vermutlich wegen der Sache mit Annegret", sagte er dann kaum hörbar. Auf Büttners fragenden Blick hin bedeutete er den Polizisten durch eine Geste, dass er seine Bemerkung lieber nicht in Anwesenheit der drei Frauen näher erläutern wolle. „Wir sind mal kurz draußen", sagte er dann so laut, dass auch die schwerhörigen alten Frauen es hören konnten.

„Ja, ja, geht ihr nur", nickte Erna mit einem Blick aus dem Fenster, „ist ja auch so schönes Wetter heute."

„Also, was meinten Sie damit, dass Ihr Bruder womöglich wegen Annegret Engler verschwunden ist?", fragte Büttner, während er die Ärmel seines Pullovers hochschob. In der Sonne war es tatsächlich ungewöhnlich warm für einen Novembertag.

„Eike ist Annegrets Sohn", bemerkte Linus ohne Umschweife, woraufhin sich Büttner heftig an seinem Plätzchen verschluckte, das er sich soeben in den Mund gesteckt hatte. „Fie pidde!?!", keuchte er vom Husten geschüttelt.

Linus sah von einem Polizisten zum anderen und sagte dann: „Eike hat in den letzten Tagen die Unterlagen unseres Vaters sortiert. Dabei ist er auf das Tagebuch unserer Mutter gestoßen, die darin exakt beschreibt, wie sie Eike damals aus dem Kanal gefischt hat."

„Aus dem Kanal gefischt?" Hasenkrug sah ihn aus großen Augen an, während Büttner, dessen Hustenanfall unvermindert anhielt, sich mit einem Taschentuch den Schweiß von der Stirn wischte.

„Ja. Sie schreibt, Annegret habe das neugeborene Kind in einem kleinen Boot auf dem Kanal ausgesetzt und sie habe sie dabei beobachtet. Sie hat Eike dann einfach mit nach Hause genommen und als ihren Sohn ausgegeben."

„Was es alles gibt!" Büttner konnte kaum glauben, was er da hörte. „Und die ganzen Jahre über hat das keiner bemerkt?"

„Nein. Wie denn auch? Anscheinend wussten nur meine Eltern und Annegret davon."

Hasenkrug deutete auf die kleine Kate. „Aber Annegrets Eltern, Ebeline Bleeker und ihr Mann, die müssen doch was gemerkt haben. Ich meine, man sieht doch, wenn die Tochter schwanger ist." Er überlegte kurz, dann fügte er hinzu: „Annegret muss damals noch sehr jung gewesen sein."

Linus zuckte mit den Schultern und stieß mit dem Fuß immer wieder gegen einen größeren Stein, der an der Einfahrt zur Kate lag. „Ihr Vater lebte damals schon nicht mehr. Alles andere kann Ihnen nur Annegret sagen.

„Oder Ebeline Bleeker", machte Hasenkrug eine Kopfbewegung zum Haus hin.

„Ich weiß nicht, ob wir die alte Dame jetzt dermaßen unter Druck setzen sollten", bemerkte Büttner. „Nachher weiß sie von nichts und bekommt vor unseren Augen einen

Herzinfarkt oder Ähnliches. Nein. Ich denke, dass wir uns zunächst mal an Annegret Engler halten. Die muss es ja auch am besten wissen. Hm. Jetzt wüsste ich nur noch gerne, warum Sie gesagt haben, Eikes Verschwinden hinge womöglich mit Annegret zusammen. Hat er sie mit seinem Wissen denn persönlich konfrontiert?"

„Ja. Eike ist zu ihr gefahren. Er meinte, ich solle mitkommen, aber irgendwie – nee, das sollte er mal alleine machen. Ungefähr eine Stunde später kam er völlig aufgelöst wieder zurück, faselte irgendwas von Ohnmacht und dass Oliver ihn habe verprügeln wollen."

„Oliver Engler war dabei?"

„Er kam dann wohl dazu, als Eike gerade versuchte, Annegret wieder aus ihrer Ohnmacht zu holen."

„Mannomann!" Büttner strich sich müde über das Gesicht. „Der Kerl muss aber auch was aushalten, in den letzten Tagen!"

Hasenkrug setzte zu einer Erwiderung an, wischte diese dann jedoch unausgesprochen mit einer knappen Handbewegung beiseite. Stattdessen sagte er: „Wissen Sie, in welchem Verhältnis Annegret Engler zu Bernhard Jakobs steht?"

„Annegret und Bernhard?" Linus blinzelte kurz. „Da war wohl mal was, als die beiden jung waren. Aber seit Annegret mit Oliver verheiratet war, herrschte zwischen ihnen meines Wissens Sendepause." Er stieß ein gequältes Lachen hervor. „Annegret und Bernhard! Die beiden stelle man sich heute mal als Paar vor! Schon der Gedanke ist einfach lächerlich, finden Sie nicht!?"

„Aber wenn sie mal ein Paar waren, wäre es da nicht

möglich, dass Bernhard Jakobs Eikes Vater ist?", warf Hasenkrug ein.

Für einen kurzen Moment fixierte Linus ihn aus wachen Augen, dann erwiderte er leise: „Das wäre ja 'n Ding! Mein Gott, der arme Eike!"

„Sie wissen es aber nicht", stellte Büttner fest.

„Nein. Von dem Vater des Kindes war in Mamas Tagebuch nicht die Rede."

„Gut", nickte Büttner, „dann muss uns das erstmal genügen. Sie haben uns sehr geholfen, Herr Wiemers, vielen Dank dafür!"

Linus zuckte die Schultern. „Ich habe keine Lust mehr auf all die Scheiße. Ich will, dass endlich wieder Ruhe in unser aller Leben kommt, vor allem in Eikes. Wenn ich Ihnen helfen kann, mache ich das gerne."

Hasenkrug wandte sich zum Gehen, wurde jedoch sogleich von seinem Chef zurückgewunken. „Nun seien Sie doch nicht so unhöflich, Hasenkrug! Wir sollten den drei Damen wenigstens noch Auf Wiedersehen sagen."

Als er wenig später die Wohnstube betrat, waren auch Ebeline Bleeker und Greta Jakobs gerade dabei, sich von ihrer Freundin Erna zu verabschieden. Büttner und Hasenkrug gaben allen dreien die Hand und wandten sich zum Gehen. Doch kurz, bevor Büttner die Tür hinter sich zuzog, drehte er sich nochmals zu den Frauen um und sagte. „Ach übrigens, bevor ich's vergesse: ein Zeuge sagte uns, Simone habe kurz vor ihrem Tod etwas von einem Familiengeheimnis der Wiemers gesagt, das für die Öffentlichkeit ganz interessant sein könne. Wissen Sie, was sie damit gemeint haben könnte?"

Die angespannte Stille sowie die erschrockenen Gesichter, die dieser Frage folgten, waren Büttner zu diesem Zeitpunkt Antwort genug.

23

Der Bürokomplex in der Emder Innenstadt genügte höheren Ansprüchen. Büttner ließ, die Augen zum Schutz vor der Sonne mit der Hand abgeschirmt, seinen Blick an der verglasten Fassade hochschweifen, dann betrachtete er die Firmenschilder auf der beleuchteten Tafel im Eingangsbereich. Bei den ansässigen Unternehmen schien es sich in erster Linie um Dienstleister aus der Finanzbranche und dem Versicherungsgewerbe zu handeln.

Das Unternehmen von Oliver Engler firmierte unter dem schlichten Namen *Finanzberatung Engler & Kubicek.*

Zwischen Büttners Augen erschien eine steile Falte. „Der Name kommt mir irgendwie bekannt vor", stellte er fest.

„So heißt unser Mordopfer", erwiderte Hasenkrug knapp.

„Ich bewundere Ihre Auffassungsgabe", sagte Büttner säuerlich, „aber eigentlich meinte ich den Namen Kubicek."

„Kubicek?" Hasenkrug überlegte. „Hm. Ja, jetzt wo Sie's sagen, da war was. Ist mir heute Morgen gar nicht aufgefallen." Er blätterte hektisch in seinem Notizblock und tippte Augenblicke später auf eine der Seiten. „Dieser Amtsmensch, Michael Ipsen, erwähnte den Namen Ewald Kubicek."

„Und gab ihm welche Funktion?"

„Kubicek war derjenige, der mit Ipsen die fette Provision ausgehandelt hat."

„Aha. Also hatte der Hausmeister recht mit seinem Tipp, dass wir in Sachen Mordfall Engler mal das Immobilienprojekt in Visquard unter die Lupe nehmen sollten. Hm", Büttner rieb sich das Kinn und fügte hinzu: „Wenn ihnen das Projekt wirklich wichtig war, dann hatten sowohl Engler als auch Kubicek ein Mordmotiv, als Hermann Wiemers den Verkauf seiner Ländereien verweigerte. Daraufhin sollten wir Kubicek jetzt mal gründlich abklopfen. Bei Engler macht das ja keinen Sinn mehr."

Hasenkrug bediente den Klingelknopf, nannte auf Nachfrage ihre Namen, und kurz darauf schwang die gläserne Tür mit einem Summen auf. Anscheinend hatte die Empfangsdame gleich bei ihrem Chef Alarm geschlagen, denn als die beiden Polizisten im ersten Stock des Gebäudes ankamen, schlenderte ein untersetzter, in teuren Zwirn gekleideter Herr von vielleicht sechzig Jahren auf sie zu und stellte sich Büttner sogleich als Ewald Kubicek vor. „Wir kennen uns ja schon", nickte er Hasenkrug mit einem gezwungenen Lächeln zu. „Darf ich fragen, was Sie erneut zu mir führt?"

„Kann es sein, dass unsere Kollegen von der Wirtschaftskriminalität sich bereits mit Ihnen in Verbindung gesetzt haben?", redete Büttner nicht lange um den heißen Brei herum.

Mit Genugtuung registrierte er, dass er Kubicek, der sie in sein Büro geführt hatte, mit dem Frontalangriff für einen kurzen Moment aus der Fassung gebracht hatte.

„Ich wüsste nicht, was das mit der Mordkommission

zu tun hat", erwiderte Kubicek schmallippig, nachdem er seinem Besuch bedeutet hatte, in den protzigen Ledersesseln der Sitzecke Platz zu nehmen.

„Oh", antwortete Büttner, „wenn Sie den Zusammenhang noch nicht selbst erkannt haben, dann will ich Ihnen gerne auf die Sprünge helfen." Er tat so, als würde er nach den richtigen Worten suchen, dann sagte er: „Sie werden sicherlich nicht leugnen, dass Sie versucht haben, dem Grundstücksdeal in Visquard mit einer, sagen wir mal, großzügigen Gratifikation an einen Mitarbeiter der Krummhörner Gemeindeverwaltung ein wenig Starthilfe zu leisten."

„Ich sagte bereits, dass ich nicht weiß, was das mit der Mordkommission zu tun hat", ließ sich Kubicek nicht beirren.

„Ich war ja auch noch gar nicht fertig", entgegnete Büttner. „Wie auch Ihnen bekannt sein dürfte, wurde der Inhaber der Ländereien in Visquard, auf denen Sie mit Ihren Geschäftspartnern einen Hotelkomplex errichten wollten, unlängst ermordet aufgefunden. Ebenso erging es nun Ihrem Kompagnon Oliver Engler. Man könnte an einen Zufall glauben. Muss man aber nicht."

„Ihnen ist tatsächlich kein Klischee zu billig, Herr Kommissar." Kubicek lachte höhnisch auf und begann nervös, auf dem Stift eines Kugelschreibers herumzuklicken. „Böser Immobilienhai erschlägt unschuldigen Bauern, weil der sich weigert, sein Land für ein Luxus-Bauprojekt herauszurücken. Wird in jedem minderwertigen Vorabendkrimi immer wieder gerne genommen. Wusste nicht, dass die Polizei sich auch in der Realität solcher Plattitüden bedient."

„Nun, inwieweit es sich bei dieser Annahme um eine Plattitüde handelt, muss sich erst noch herausstellen", konterte Büttner. „Erfahrungsgemäß ist kein Klischee zu flach, als dass in ihm nicht ein Funken Wahrheit steckt."

„Und warum hätte ich dann auch noch meinen Kompagnon um die Ecke bringen sollen?" Kubicek verzog angewidert das Gesicht. „Ich finde Ihre Unterstellungen einfach nur widerlich, Herr Kommissar! Können Sie sich eigentlich vorstellen, was es für ein Unternehmen wie das unsere bedeutet, wenn so mir nichts, dir nichts einer der Hauptakteure ausfällt?" Er beugte sich in seinem Sessel vor und linste Büttner aus schmalen Augen an. „Dass Oliver tot ist, ist eine einzige Katastrophe. Für uns alle. Und ich hab keinerlei Ahnung, wie es ohne ihn hier weitergehen soll. Aber so was kann ein Beamter natürlich nicht nachvollziehen. Ihr landet doch immer weich, egal wer von euch welche Scheiße baut."

„Auch ein nettes Klischee", lächelte Büttner dünn. „Ich würde sagen, Sie fragen mal Ihren Kumpel Michael Ipsen, wie weich das Sprungtuch ist, auf das er dank Ihrer großzügigen Zuwendung gerade zu fallen droht."

„Wer sich bestechen lässt, ist wohl kaum ein Opfer", knurrte Kubicek. „Aber auch das ist so typisch für euch Beamte. Wenn was schiefläuft, sind immer die anderen schuld."

„Um uns geht es hier aber gar nicht", mischte sich nun Sebastian Hasenkrug ein, der den Schlagabtausch mit unbewegter Miene verfolgt hatte. „Können Sie mir sagen, wer die Firmenanteile von Oliver Engler nun erbt?"

„Seine Frau. Annegret."

„Sie wird sich hier aber nicht in die tägliche Arbeit einbringen", nahm Hasenkrug an.

„Wohl kaum. Annegret ist als Notarin voll und ganz ausgelastet."

„Das heißt Sie müssen sich einen neuen Partner suchen", stellte Büttner fest.

„So sieht's aus."

„Können Sie mir sagen, wo Sie in der Nacht waren, als Oliver Engler ums Leben kam?", wollte Hasenkrug wissen.

„Ich habe bis spät in die Nacht gearbeitet. Als ich nach Hause fuhr, war es ungefähr Mitternacht. Ich bin dann gleich ins Bett, um am nächsten Morgen wieder fit zu sein."

„Kann das jemand bezeugen?"

„Nein. Ich war alleine. Meine Lebensgefährtin ist derzeit beruflich verreist." Kubicek grinste süffisant. „Es gab also keinen Grund, früher nach Hause zu fahren, wenn Sie verstehen, was ich meine." Als die beiden Polizisten daraufhin keine Miene verzogen, sagte er: „Ich hab noch einen Tipp für Sie. Die Frau meines Kompagnons ist unlängst von einem Herrn namens Bernhard Jakobs mit dem Messer bedroht worden. Anstatt ehrenwerte Bürger zu belästigen, könnten Sie sich ja mal mit solchen Subjekten befassen."

„Und woher haben Sie diese Info?", fragte Büttner scheinbar ungerührt, wunderte sich insgeheim jedoch, dass Kubicek über diesen Vorfall Bescheid wusste.

„Oliver hat es mir selbst erzählt. Er war ganz aufgebracht, hat irgendwas gefaselt von *Den Kerl mache ich kalt, der belästigt meine Frau kein zweites Mal.* Sie sollten sich also um diesen Kerl kümmern, Herr Kommissar, anstatt mir meine wertvolle Zeit zu stehlen."

„Gut, Herr Kubicek, das war's dann fürs Erste." Büttner hatte nicht vor, auf diese Provokation irgendetwas zu erwidern und stand auf. „Ich nehme an, dass die Kollegen von der Wirtschaftskriminalität Ihnen bereits gesagt haben, dass Sie sich bis auf Weiteres zu unserer Verfügung halten sollen?"

Ewald Kubicek schnaubte kurz, erwiderte jedoch nichts. Als Büttner und Hasenkrug zur Tür hinaus waren, ließ er sich mit finsterem Blick in seinen Chefsessel fallen, griff nach dem Telefon und wählte Annegrets Nummer.

„Es hat Streit gegeben." Die Stimme kam praktisch aus dem Off, und Hauptkommissar David Büttner brauchte einen Moment, um sie einer Person zuordnen zu können. Erst als sich jemand aus dem Schatten eines Garagenhofes löste, erkannte er einen Mann mittleren Alters in grauem Hausmeisterkittel, der ihnen mit Zange und Hammer in der Hand entgegenschlenderte. An seinem Gürtel klapperte ein riesiger Schlüsselbund.

„Ach, Herr Gerdes", bemerkte Sebastian Hasenkrug und nickte dem Mann zu. „Wir hatten ja heute Morgen schon das Vergnügen. Herr Gerdes ist der Hausmeister hier", erklärte er dann seinem Chef.

„Moin." Büttner machte eine knappe Begrüßungsgeste und kam dann gleich zur Sache. „Wenn ich Sie gerade richtig verstanden habe, dann sagten Sie etwas von einem Streit."

„Jo. Es war am Nachmittag, bevor Engler ermordet wurde. Ich war da im Büro. Hatten da 'n Problem mit der Elektrik."

„Und wer hat mit wem gestritten?"

„Engler mit Kubicek natürlich."

„Warum natürlich? Kam das öfter vor?"

„Jo. Das kann man wohl sagen. Die konnten in den letzten Tagen kaum noch 'n Schritt aneinanner vorbeigehen, ohne sich anzublaffen. Egal ob aufm Flur oder inner Kantine."

„Und wissen Sie auch, worum es bei diesem Streit ging?", fragte Hasenkrug.

Dieter Gerdes schob die Unterlippe vor und kratzte sich am Kopf. „Nee", meinte er dann, „so genau nicht. Versteh da ja nix von. Von all dem Finanzkram und so. Aber Engler sagte irgendwas von Betrug." Er zögerte kurz, bevor er fortfuhr: „Und irgendwie gab's wohl auch Stress wegen Englers Frau."

„Wegen Annegret Engler?"

„Jo. Hab gehört, dass immer wieder ihr Name fiel."

„Hat Frau Engler denn irgendwas mit den Geschäften ihres Mannes zu tun gehabt?"

„Das weiß ich nicht. Glaub aber nicht. Die war ja fast nie hier. Na ja, ist alles nix für mich. Ich mach lieber 'ne ehrliche Arbeit." Zur Unterstreichung hob Gerdes kurz Hammer und Zange in die Höhe.

„Sie haben keine gute Meinung von Engler und Kubicek", stellte Büttner fest.

Gerdes gab einen grunzenden Laut von sich, bevor er sagte: „Bescheißen tun die, wo die nur können. Auf uns kleine Leute haben die's abgesehen." Er spuckte auf den Boden. „Dreckiges Pack ist das, sonst nichts."

„Wie viel Geld haben denn Sie durch die beiden verloren?", wagte Büttner einen Schuss ins Blaue.

„Ich?", druckste Dieter Gerdes herum, während er seinen Schlüsselbund am Hosenbund hin und her schwingen ließ, „wieso denn ich?" Sein Gesicht hatte die Farbe einer reifen Tomate angenommen.

„Also?"

„Ich hab doch mit so was nix zu tun." Gerdes senkte den Kopf und zog mit den Schuhen die Linien des Straßenpflasters nach.

„Und wie viel waren es nun tatsächlich?", ließ Büttner nicht locker.

„Zwanzigtausend Euro", sagte Gerdes nach längerem Zögern tonlos. Doch schon im nächsten Moment schien ihn eine unbändige Wut zu übermannen, und er rief hörbar erregt aus: „Die haben mich um mein ganzes Erbe gebracht! Ich wollte es anlegen, für meine Kinder, damit die sich mal 'ne ordentliche Ausbildung leisten können. Und nu? Wat is? Alles futsch! Ist alles absolut sicher, hat dieser Schweinehund gesagt. Und nu!? Nicht mal entschuldigt hat der sich! Umbringen sollte man das Pack! Alle miteinander!"

„Nun, bei Engler ist Ihnen das ja schon gelungen", erwiderte Büttner trocken.

„Wat?" Dieter Gerdes brauchte einige Augenblicke, bis er den Sinn von Büttners Worten erfasst hatte, dann aber schaute er ihn entgeistert an und seine Gesichtsfarbe wechselte innerhalb kürzester Zeit von rot nach bleich. „Ich soll …? Ach wat! Nee! Das sagt man doch nur so daher. Weil man eben so sauer ist. Nee, Mann. Ich mach mir doch an denen nicht die Finger schmutzig. Im Leben nicht!" Er machte eine raumgreifende Armbewegung.

„Kann hier jeder gewesen sein. Sind doch alle von den Schweinen verarscht worden."

„Und wie kamen Sie auf die Idee, Ihr Geld ausgerechnet Engler anzuvertrauen?", wollte Hasenkrug wissen.

„Ach der!" Gerdes spuckte auf den Boden. „Hat uns alle eingeladen. Ganz schick bei Bier und Schnittchen und so. Und dann hat er uns was erzählt von wegen in kurzer Zeit viel Geld machen und so. Hat sich alles gut angehört. Ich dacht, das ist genau das Richtige, wenn meine Kinder mal studieren wollen oder so."

„Und wer war außer Ihnen noch bei dieser – Informationsveranstaltung?" Für Büttner hörte sich das alles ein wenig nach Kaffeefahrt an. Nur dass es hier nicht um den Verkauf von Heizdecken ging.

Gerdes deutete auf den Bürokomplex. „Der hat alle angequatscht, die hier arbeiten. Und wir sollten unsere Freunde und Bekannten mitbringen, von denen wir wissen, dass sie 'n büschen Geld übrig haben." Dieter Gerdes guckte für eine ganze Weile mit starrem Blick geradeaus, bevor er hinzufügte: „Sind dann gute Freundschaften dran zerbrochen, als alles schiefging. Keine schöne Sache das."

„Und trotzdem glauben Sie, dass Kubicek etwas mit dem Mord an Engler zu tun hat?", hakte Büttner nach. „Ich meine, nach allem, was Sie uns jetzt erzählt haben, hätten doch eine ganze Menge Leute ein Motiv. Kann es sein, dass Sie sich mit diesem Hinweis einfach nur an Kubicek rächen wollen?"

Dieter Gerdes fixierte ihn aus schmalen Augen. „So 'n Quatsch! Ich sach nur, was ich gehört hab. Aber war ja klar, dass uns kleinen Leuten wieder keiner glaubt", erwiderte er eingeschnappt und wandte sich mit einem Schulterzucken zum Gehen. „Ist mir doch scheißegal, dass Engler tot ist. Sollen die doch alle verrecken, die Drecksäcke", hörte Büttner den Hausmeister noch sagen, als der wieder in den dunklen Gängen des Garagenhofes verschwand.

„Sie meinen, Gerdes war nur auf ein Ablenkungs-manöver aus?", fragte Hasenkrug seinen Chef, als die beiden Polizisten wenig später wieder in ihrem Auto saßen.

„Ich meine, dass wir aufpassen müssen, dass man uns nicht in eine bestimmte Richtung drängt und wir darüber vielleicht die einen oder anderen Hinweise übersehen. Wäre ja nicht das erste Mal, dass jemand versucht, uns bewusst auf eine falsche Fährte zu locken", erwiderte Büttner.

„Von der Grundstückssache in Visquard hat er nun gar nichts mehr erwähnt", stellte Hasenkrug fest.

„Sehen Sie, genau das meine ich. Heute hü und morgen hott. Ist mir momentan alles noch ein wenig zu unüber-sichtlich. Und deswegen fragen Sie jetzt am besten mal bei den Kollegen der Wirtschaftskriminalität nach, ob die schon mehr über dieses ominöse Unternehmen wissen. Vielleicht sind wir dann ja schon ein gutes Stück weiter."

„Wird gemacht. Und dann würde ich vorschlagen, dass wir uns die trauernde Witwe noch mal vornehmen. Ihre Rolle in der ganzen Geschichte scheint mir immer ver-worrener zu werden."

„Sie meinen Annegret Engler?" Büttner nickte. „Ja, nach allem, was wir jetzt von ihr wissen, ist ein erneutes Ge-spräch dringend geboten. Am besten wird sein, wir statten ihr sehr bald mal einen Besuch ab. Zunächst aber", Büttner steckte sein Handy wieder in die Tasche, nachdem er mit gerunzelter Stirn eine frisch eingetroffene SMS gelesen hatte, „kümmern wir uns um Bernhard Jakobs, bevor er wieder auf freiem Fuß ist."

„Er wird entlassen?", fragte Hasenkrug verdutzt.

„Ja. Der Richter hat beschlossen, dass keine ausreichenden Haftgründe vorliegen."

„Er sitzt an der Knock praktisch noch neben der Leiche, seine Klamotten sind blutbesudelt und dann liegt kein Haftgrund vor?" Hasenkrug machte ein Gesicht, als zweifelte er an der Zurechnungsfähigkeit des Haftrichters.

„Das ist genau der Punkt. Das Blut an seinem Pullover passt nicht zur Leiche."

„Und zu wem passt es dann?"

„Zu ihm selbst. Er hat wohl eine frische Verletzung am Oberbauch."

„Und woher hat er die?"

„Das werden wir ihn wohl am besten gleich selbst fragen."

24

In den letzten Stunden der nasskalten Nacht hatten sich immer mehr Schneeflocken in den beharrlich fallenden Regen gemischt. Der Verkehrsfunk im Radio meldete gefährliche Straßenglätte, denn erstmals in diesem Herbst gab es auch leichten Bodenfrost. Ganz vereinzelt huschten ein paar gebückte Gestalten an dem Haus der Englers vorbei, doch Annegret nahm sie nicht wahr.

Bereits seit dem späten Nachmittag saß sie wie festgenagelt auf einem Küchenstuhl und starrte jetzt bereits seit etlichen Stunden mit leerem Blick in die Nacht hinaus. Normalerweise hätte sie Spaß daran gehabt zu beobachten, wie die Schneeflocken im Lichtkegel der Straßenlaternen durcheinanderwirbelten und dann lautlos zur Erde fielen. Sie liebte diese Jahreszeit, in der sich nach den geschäftigen Sommerabenden eine beschauliche Stille über die Straßen der Stadt zu legen schien. Nun aber war ihre Welt aus den Fugen geraten, und in ihr machte sich eine alles erdrückende Schwermut breit.

All ihre Kinder hatten sich im Laufe des letzten Tages bei ihr eingefunden, die Gesichter von der tiefen Trauer um ihren Vater gezeichnet. Doch anstatt sich durch ihre Anwesenheit getröstet zu fühlen, waren sie Annegret mit ihren ständigen Erinnerungen an Oliver, die stets mit der

Formulierung *Weißt du noch, als Papa damals ...* begannen, minütlich mehr auf die Nerven gegangen, und sie hatte sie schließlich aus dem Haus komplimentiert.

Mit einem frisch aufgebrühten Kaffee hatte sie sich in die Küche gesetzt, doch getrunken hatte sie während der sich endlos dahinschleichenden Nacht nicht einen Schluck. Irgendwann am Abend hatten die beiden Kommissare an ihrer Haustür geklingelt, doch alleine der Gedanke daran, jetzt aufstehen und ihre bleischweren Beine zur Tür schleppen zu müssen, hatte Annegret bereits so viel Kraft gekostet, dass sie das mehrfache Läuten geflissentlich überhörte, bis es schließlich ausblieb.

Nein, sie wollte mit niemandem sprechen, wollte nichts und niemanden sehen. Ihr geliebter Mann war tot, und kein Mensch auf der Welt würde ihn jemals ersetzen können. Nie wieder würde Oliver am Abend nach Hause kommen und ihr einen Kuss auf die Wange drücken. Nie wieder würde er sie nachts in seinen Armen halten und mit seinen zarten und gleichzeitig festen Berührungen ein wildes Verlangen in ihr auslösen. Nie wieder würde sie sein sonores Lachen hören, nie wieder seine tiefe Stimme, die es auch nach mehr als dreißig Jahren Ehe noch schaffte, ihr wohlige Schauer der Erregung durch den Körper zu treiben.

Und das alles nur, weil sie in dieser einen Nacht zu feige gewesen war, die Sache einer unwiderruflichen Lösung zuzuführen. Neununddreißig Jahre lang hatte sie geglaubt, das Problem aus der Welt geschafft zu haben. Niemals wäre sie auf den Gedanken gekommen, dass diese leidige Jugendsünde sie nach so langer Zeit wieder einholen würde.

Natürlich hatten ihre Kinder an diesem Nachmittag nach Gründen gesucht, warum ihr Vater auf so brutale Weise hatte sterben müssen. Doch Annegret hatte es nicht übers Herz gebracht, ihnen die Wahrheit zu sagen. Wie hätte sie es denn auch formulieren sollen? Euer Vater starb, weil ich es nicht fertig gebracht habe, euren Bruder gleich nach seiner Geburt zu ersäufen? Nein, jeder musste einsehen, dass diese zwar die einzig richtige, aber auch die undenkbarste aller möglichen Antworten gewesen wäre.

Und doch war das Problem mit diesem Schweigen nicht aus der Welt geschafft. Zu viele wussten jetzt von ihrer Missetat. Und Annegret hatte keine Ahnung, was Eike und Bernhard nun unternehmen würden. Ein wenig wunderte sie sich, dass sie seit diesem furchtbaren Tag, an dem ihre Vergangenheit sie so unerwartet einholte, nichts mehr von den beiden gehört hatte. Gut, Bernhard saß im Gefängnis; da hatte er natürlich keinerlei Möglichkeiten, mit ihr in Kontakt zu treten. Aber würde er deswegen die Klappe halten? Was war, wenn er sein Wissen an die Polizei weitergab? Als sie am Morgen im Kommissariat gewesen war, hatte sie nicht den Eindruck gehabt, dass die beiden Polizisten bereits Bescheid wussten. Aber das konnte sich natürlich längst geändert haben. Hatten sie womöglich deswegen am Abend vor ihrer Tür gestanden?

Und Eike? Über ihre Mutter Ebeline hatte Annegret inzwischen in Erfahrung gebracht, dass er mitsamt seinem Kutter verschwunden war. Stand dieses Verschwinden womöglich in Zusammenhang mit dem Mord an ihrem geliebten Oliver?

Alles wird gut sein, wenn du zurückkommst, das verspreche

175

ich dir! Diese Abschiedsworte ihres Mannes hatten sich wie eine Zecke in ihrem Kopf festgesaugt und schienen sie zu verhöhnen. Gar nichts war gut – und würde es auch nie wieder sein.

Annegret stieß einen tiefen Seufzer hervor. Was nur war passiert in der Nacht, als Oliver starb? Hatte er sich selbst mit seinem späteren Mörder verabredet? Und warum wurde seine Leiche an der Knock gefunden? Es passte so gar nicht zu ihrem Mann, sich zu einem konspirativen Treffen an einem einsamen Ort zu verabreden. Wenn Oliver sagte, alles werde gut werden, dann regelte er die Dinge in der Regel mit Geld. Mit viel Geld. Denn der Wunsch der Menschen nach finanziellem Wohlstand war in seinem Beruf eine stets verlässliche Größe gewesen. Ja, erfahrungsgemäß konnte man von den meisten Menschen verlangen, was man wollte, wenn man ihnen nur eine angemessene finanzielle Entlohnung dafür versprach.

Diese Theorie hatte sich erst unlängst wieder in der Praxis bestätigt, als sich ein Mitarbeiter der Gemeindeverwaltung Krummhörn üppig dafür hatte entlohnen lassen, den Grundstücksdeal mit Hermann Wiemers zum Erfolg zu führen. Nur leider waren die Kontakte zwischen diesem Michael Ipsen und der Landwirtsfamilie wohl doch nicht so eng gewesen, wie Ersterer zunächst behauptet hatte. Sehr zum Ärgernis von Oliver, den Annegret selten so außer sich erlebt hatte wie an dem Tag, als Ipsen seinem Kompagnon Kubicek gebeichtet hatte, dass aus dem lukrativen Hotelprojekt in Visquard wohl nichts werden würde und er dieses betrügerische Geschäft dann auch noch vor der Polizei zugegeben hatte. Wie ein Berserker war Oliver an diesem Abend in ihrem Haus auf- und abgerannt und hatte immer wieder gebrüllt, dass er diesen Michael Ipsen zerquetschen werde, wenn er ihn in seine Finger bekäme.

Und dann war auch noch die Sache mit Eike hinzugekommen und hatte das Fass zum Überlaufen gebracht. Noch heute stellten sich bei Annegret die Nackenhaare hoch, wenn sie an den seltsamen Gesichtsausdruck ihres Mannes dachte, als sie ihm mit kleinlauter Stimme beichtete, dass der Tagebucheintrag von Elske Wiemers der Wahrheit entsprach. Zunächst hatte Oliver sie nur ungläubig angeglotzt, dann aber hatte sich ein so eigentümliches Funkeln in seine eisblauen Augen geschlichen, dass ihr angst und bange geworden war.

Immer wieder fragte sich Annegret seither, ob sie den Mord an Oliver womöglich hätte verhindern können, wenn sie alles geleugnet hätte. Schließlich wäre es doch ein Leichtes gewesen, alles abzustreiten und zu behaupten, Elske Wiemers habe sich damals in der Dunkelheit einfach nur geirrt und das junge Mädchen, das sie damals am Ufer des Kanals gesehen habe, sei selbstverständlich nicht sie, Annegret, gewesen.

Aber hätte Oliver ihr diese Lüge geglaubt? War es nicht viel wahrscheinlicher, dass sich ein gewisses Misstrauen in ihm festgesetzt und er die Sache weiter verfolgt hätte? Annegret hatte lange darüber nachgedacht, wie sie sich an seiner Stelle verhalten hätte und war sich sicher, dass sie alle Hebel in Bewegung gesetzt hätte, um herauszufinden, wer die Wahrheit sagte und wer nicht. Schließlich war es heutzutage keine große Sache mehr herauszufinden, wer zu wem in welchem Verwandtschaftsverhältnis stand. Und wenn man noch dazu über einschlägige Kontakte zu entsprechenden Labors verfügte, wurde eine DNA-Analyse zum Kinderspiel.

Annegret vergrub stöhnend ihren schmerzenden Kopf in den Armen und ließ ihn auf die Tischplatte sinken. Stets war sie der Überzeugung gewesen, dass es für alle Probleme immer auch eine Lösung gab, wenn man sich nur ausreichend anstrengte, diese zu finden. Diesmal aber schien selbst sie, die noch nie in ihrem Leben klein beigegeben hatte, an ihre Grenzen zu stoßen. Denn ganz egal, in welche Richtung ihre Gedanken auch gingen, musste sie sich letztlich doch immer eingestehen, dass die Lösung des Problems diesmal nicht in ihrer Hand lag.

Vielmehr liefen da draußen zwei Männer herum, die womöglich ein großes Interesse daran hatten, sie zu vernichten. Bei Bernhard war sie sich sicher, dass er diese Gelegenheit, die sich ihm bot, genüsslich auskosten würde, sollte er das Gefängnis wieder verlassen können. Zu sehr fühlte er sich von ihr verletzt. Sie musste also gewappnet sein. Und Eike? Sie kannte ihn zu wenig, um zu wissen, wie er jetzt handeln würde. Nur eines wusste sie: Wenn sie sich in seiner Situation befunden hätte, würde sie alles daran setzen, dass die Welt von dem Unrecht erfuhr, das ihr als hilflosem kleinen Menschen von der eigenen Mutter zugefügt worden war. Zu verlieren hatte er schließlich nichts.

Annegret zuckte hoch, als sie von der Haustür her plötzlich ein blechernes Geräusch vernahm. Erschrocken starrte sie zum Fenster hinaus. Wer mochte das sein, zu so früher Stunde? Schlich womöglich jemand um ihr Haus herum und beobachtete sie?

Plötzlich aber entfuhr ihr ein heiseres Lachen, als sie sah, wie der Zeitungsausträger vor sich hin pfeifend den Weg zum Gartentor zurücklief. Sie warf einen schnellen Blick zur Uhr. Halb fünf. Der neue Tag war nicht mehr weit.

Bei dem Gedanken, was der kommende Tag bringen würde, durchlief unwillkürlich ein Zittern ihren Körper. Was sollte er schon für sie bereit halten, dachte sie sich, außer noch mehr Kummer und noch mehr Sorgen?

Mühsam quälte sie sich aus ihrem Stuhl hoch, um sich ihre warme Stola von der Garderobe zu holen. Sie hatte das Gefühl, jetzt dringend etwas zu brauchen, das sie wärmte. Die durchwachte Nacht und der Mangel an Essen und Schlaf forderten ihren Tribut.

Auf dem Weg zum Flur beschloss sie, auch gleich die Tageszeitung aus dem Briefkasten zu fischen, um zu schauen, ob und vor allem was über den Mord an ihrem Mann in der Presse stand.

Die Frage klärte sich in dem Moment, als sie, die Wollstola eng um sich geschlungen, einen Blick auf die Titelseite warf: *Bekannter Emder Finanzberater fiel einem brutalen Mord zum Opfer* stand da in großen, fettgedruckten Lettern. Annegrets Blick fiel auf das beigefügte Foto ihres Mannes, und sofort füllten sich ihre Augen wieder mit Tränen. Ja, das war ihr Oliver! Wie toll er aussah und wie fröhlich! Sie konnte sich noch gut an den Tag erinnern, als dieses Foto, auf dem er so strahlend in die Kamera lachte, aufgenommen worden war. Es war vor rund drei Jahren gewesen. Sie hatten mit der ganzen Familie im Garten gesessen, während ein dreiköpfiges Fotografenteam für mehrere Stunden um sie herumsprang und sie bei allen möglichen Tätigkeiten ablichtete. Weder ihr noch Oliver hatte dieses Shooting besonders viel Spaß gemacht, und auch die Kinder, die zu diesem Zeitpunkt bereits nicht mehr zuhause wohnten, hatten immer wieder motiviert werden müssen, ihr Lächeln über die Dauer von Stunden beizubehalten und den Fotografen nicht irgendwann den Mittelfinger entgegenzustrecken. Aber was tat man nicht alles, um bei seinen potenziellen Kunden einen guten und seriösen ersten Eindruck zu hinterlassen!? Ein paar private Fotos vom Familienglück waren da Gold wert.

Noch ganz in die Erinnerungen an dieses längst vergangene Ereignis versunken, bahnten sich die Wörter der Unterüberschrift nur ganz langsam ihren Weg in Annegrets Bewusstsein. Dann aber, als sie schließlich realisierte, was genau da stand, schien sich der Nachthimmel plötzlich auf sie herabzusenken, um sie innerhalb von nur wenigen Sekunden mit seinen schwarzen Armen fest in seine Krallen zu ziehen.

25

Da hatten die beiden Bullen ihm aber mal blöd hinterhergeglotzt! Bernhard rekelte sich genüsslich auf dem abgewetzten Sofa in seiner verdreckten Küche und spuckte den Kronkorken, den er soeben von der Flasche gebissen hatte, auf den Fliesenboden. Er hatte ihren dummen Gesichtern angesehen, dass sie ihn nach wie vor für den Mörder von Oliver Engler hielten. Genau genommen hatte der Kommissar ihm das auch so gesagt und dann mit einem bedauernden Blick hinzugefügt, dass ihnen leider noch die Beweise fehlten, um ihn endgültig hinter Gittern versauern zu lassen.

Nun, dachte er hämisch, dann sollten sie mal schön weiter danach suchen. Solange waren die Jungs wenigstens beschäftigt. Hauptsache war doch, dass er nun erstmal nicht mehr wie ein Kamel im Zoo gegen Gitterstäbe stierte, sondern wieder schalten und walten konnte, wie er wollte.

Und er konnte sich in aller Ruhe um Annegret kümmern.

Fast zärtlich strich er über die auf seinen Beinen liegende Zeitungsseite. Sie hatten es tatsächlich gebracht. Er lachte grunzend auf. Natürlich hatten sie das, die Hyänen von der Presse. Solch eine Gelegenheit ließen sie sich um keinen Preis der Welt entgehen. Vor allem, wenn man mit ein paar Argumenten noch ein wenig nachhalf.

Als Bernhards Blick auf das Foto von Annegrets Mann fiel, verzog er spöttisch das Gesicht und spuckte darauf, so dass nun sein Sabber über Olivers Wange lief. Bernhard verspürte bei diesem Anblick eine kribbelnde Erregung in sich aufsteigen. Wie oft hatte er sich in all den Jahren ausgemalt, diesem arroganten Fatzke wieder und wieder in die Fresse zu spucken. Entsprechend hatte es ihn in einen Zustand beseelter Genugtuung versetzt, als er in der stürmischen Nacht an der Knock endlich die Gelegenheit dazu bekam.

Und nun schon wieder. Wie zur Bestätigung spuckte er erneut aus und lachte.

Annegret war frei! Wie lange schon hatte er darauf gewartet! Jetzt musste er sich nur noch geschickt anstellen, und sie würde ihm gehören. Das dürfte nicht allzu schwierig sein. Denn sie würde schon sehr bald selbst herausfinden, dass er der Einzige war, der sie jetzt noch retten und sie vor dem gesellschaftlichen Absturz und einem langjährigen Gefängnisaufenthalt bewahren konnte.

Rein prophylaktisch hatte er den Bullen schon mal erzählt, dass Annegret selbst ihren Mann auf dem Gewissen hatte, auch wenn sie ihnen die trauernde Witwe vorspielte. Natürlich waren sie ihm daraufhin mit einer gewissen Skepsis begegnet, und er hatte ihnen angesehen, dass sie seiner Aussage keinen Glauben schenkten. Aber dennoch konnten sie diese Anschuldigung nicht einfach ignorieren. Für ihn hingegen dürfte es ein Leichtes sein, die Aussage beizeiten zu widerrufen. Ob er es aber tun würde, hing nun ganz alleine davon ab, wie zugänglich Annegret sich ihm gegenüber verhielt.

Doch nicht nur der Polizei, sondern auch der Presse hatte er schon mal ein paar Häppchen vor die Füße geworfen. Und mit großem Vergnügen hatte er festgestellt, dass sie sie geschluckt hatte. Die Reporter würden nun mit Sicherheit danach gieren, mehr zu erfahren. Ja, dachte er vergnügt, Annegret würde keine ruhige Minute mehr haben, solange nicht er, der gute alte Bernhard, die weiteren Häppchen zurückhielt und seine große Liebe vor der Meute in Schutz nahm. Doch damit er das tat, musste sie ihm selbstverständlich entgegenkommen. So nah es eben ging.

Bernhard las sich den Zeitungsartikel zum wiederholten Male durch. Er kannte ihn schon fast auswendig. Für seinen Geschmack hatten sie dem Tod von diesem Widerling Oliver viel zu viel Platz eingeräumt. Plötzlich wurde er als einer der angesehensten und erfolgreichsten Männer Ostfrieslands bezeichnet. Noch vor wenigen Monaten hatte genau diese Presse ihn einen *Armeleuteschlächter* genannt. Es war schon interessant, wie schnell sich in dieser Branche ein akuter Gedächtnisschwund breitmachte.

Egal. Eigentlich interessierte Bernhard in dem halbseitigen Artikel sowieso nur ein einziger Satz:

Wie aus einer der Redaktion bekannten Quelle verlautete, könnte das Motiv für den Mord an Oliver Engler in einem lange gehüteten Geheimnis eines engen Familienmitglieds des Finanziers liegen.

Von diesem Familiengeheimnis war auch schon in der Unterüberschrift die Rede. Wie gut, wenn man alte Freunde, die einem noch etwas schuldeten, an den richtigen Stellen sitzen hatte, dachte Bernhard mit einem Grinsen. Die Saat war gesät. Nun hieß es abzuwarten, ob und wann sie aufging.

Wenn da nur nicht Annegrets verdammter Bastard wäre, der ihm noch in die Suppe spucken konnte. Was würde denn zum Beispiel geschehen, wenn Eike nun plötzlich zur Polizei ginge und die ganze Geschichte erzählte? Annegret hätte zwar auch in diesem Fall jede Menge Ärger, aber er, Bernhard, könnte seinen schönen Plan, der sie für immer an ihn ketten würde, bereits im nächsten Moment in die Tonne treten.

Soweit durfte er es also nicht kommen lassen, wenn er mit Annegret noch ein wenig Spaß haben wollte. Doch wo steckte dieser verfluchte Kerl? Anscheinend war er mit seinem Kutter auf und davon. Das konnte gut für Bernhard sein. Oder schlecht. Denn wenn Eike sich aus dem Staub gemacht hatte, dann hatte er womöglich derzeit gar kein Interesse daran, irgendetwas in dieser Sache zu unternehmen. Aber was, wenn er an der frischen Seeluft zu der Einsicht gelangte, sein Wissen mit der Welt teilen zu müssen? Und sei es nur, um wie Bernhard selbst Rache an der Frau zu nehmen, die ihm, kaum dass er auf der Welt war, so übel zugesetzt hatte. Sollte das der Fall sein, würde ihm Eike damit gründlich die Laune verderben.

Bernhard öffnete eine neue Bierflasche. Es gab nur eine Lösung, dachte er, während der kühle Inhalt der Flasche seine Kehle hinunterrann: Er musste Eike finden und ihn ausschalten. Für immer. Und zwar schnell. Denn Spielverderber konnte er so kurz vor der Zielgeraden nun wirklich nicht gebrauchen.

26

„Macht denn hier eigentlich jeder, was er will!?" Hauptkommissar David Büttner durchbohrte die Haustür der
Englers mit seinen Blicken, als würde sie sich dadurch von
selber öffnen. „Man sollte doch meinen, dass Frau Engler
wenigstens dann den Anstand hat, zu Hause zu bleiben,
wenn ihr Mann soeben ermordet wurde. Aber nein, jetzt
fährt sie einfach so mir nichts, dir nichts nach Irland!? Ich
fasse es einfach nicht!"

Büttners Stimme war mit jedem Wort lauter geworden,
so dass die in einen Bademantel und Pantoffeln gekleidete
Nachbarin der Englers unwillkürlich die Schultern einzog und einen Schritt zurücktrat. „Aber dafür kann ich
doch nichts", jammerte sie. „Ich wollte Ihnen doch nur Bescheid sagen, weil ich gesehen hab, dass Sie an ihrer Haustür klingeln." Sie hielt einen Haustürschlüssel in die Höhe.
„Den hab ich heute Morgen in meinem Briefkasten gefunden. Frau Engler muss ihn in der Nacht eingeworfen
haben. Sie weiß ja, dass ich immer zuhause bin und mich
um alles kümmern kann. Mein Mann ist ja bettlägerig, das
Herz, wissense. Er kann gar nicht mehr aufstehen. Der Arzt
meint, er braucht eine Transplantation. Aber das mit den
Organen ist ja nicht mehr so doll. Spendet ja keiner mehr.
Und da sitzen wir nur dumm rum und warten, dass ..."

„Wenn Sie etwas von Frau Engler hören, dann sagen Sie uns doch bitte Bescheid", unterbrach Büttner die Frau brüsk und wandte sich dem Gartentor zu. Doch kurz, bevor er auf die Straße trat, drehte er sich nochmals um und fragte: „Woher wissen Sie eigentlich, dass Frau Engler in Irland ist, wenn Sie gar nicht mit ihr gesprochen haben?"

„Sonst hätte sie mir einen Zettel dazugelegt, wo die Adresse und so draufsteht. Wenn sie keinen Zettel dazulegt, weiß ich, dass sie in ihrer Wohnung in Irland ist. Das haben wir mal so vereinbart. Hm. Sie war ja gerade erst in Irland. Ist ja schon komisch, dass sie schon wieder dort ist. Und das unter diesen schrecklichen Umständen. Erst gestern habe ich zu meiner Nachbarin gesagt, dass ..."

„Was können Sie denn über die Ehe der Englers sagen?", mischte sich nun Sebastian Hasenkrug ins Gespräch, während nun auch Büttner wieder näherkam. „Ich meine, unter Nachbarn kriegt man da doch sicherlich so einiges mit."

Die Frau druckste eine ganze Weile herum und schielte über die Schulter zurück, als ob sie befürchtete, von irgendwoher belauscht zu werden. Dann aber trat sie einen Schritt näher an Hasenkrug heran und sagte mit leiser Stimme: „Also, über Tote soll man ja nichts Schlechtes sagen. Aber ..." Sie hielt inne und sah sich erneut nach allen Seiten um.

„Aber?", hakte Büttner nach.

„Na ja, so richtig gewundert hat mich das ja nicht, als ich das mit dem Familiengeheimnis gerade in der Zeitung las."

„Welches Familiengeheimnis denn?", fragte Büttner lauernd und ahnte Böses. Da würde doch nicht jemand die Geschichte mit dem ausgesetzten Kind in der Presse breitgetreten haben!

„Sie haben heute noch keine Zeitung gelesen?" Ihrem Tonfall nach zu urteilen schien die Frau diese Möglichkeit ganz besonders empörend zu finden.

„Nein. Aber wenn Sie uns diesen Artikel mal zeigen könnten, wäre ich Ihnen sehr verbunden", antwortete Büttner betont freundlich, auch wenn seine Laune inzwischen auf dem Tiefpunkt angelangt war. Es fehlte ihm gerade noch, dass nun die ganze Öffentlichkeit anfing, über das Motiv von Englers Mörder zu diskutieren. Bestimmt liefen im Kommissariat schon die Telefone heiß und die Kollegen kamen zu nichts anderem mehr. „Ich nehme ja an, dass Sie die Zeitung noch haben, Frau …"

„Koopmann. Gesine Koopmann. Aber ja", nickte die vielleicht siebzigjährige Frau so heftig, dass ihre in Dauerwellen gelegten Haare munter auf und ab wippten, „ich kann sie Ihnen wohl eben holen." Mit wichtiger Miene lief sie zu ihrem Haus zurück und rief ihrer recht fülligen Nachbarin, die sich bereits die ganze Zeit in ihren morastigen, wenn auch säuberlich abgesteckten Beeten herumdrückte, über den Gartenzaun zu: „Ich muss der Polizei in einer wichtigen Sache behilflich sein, Hanna. Natürlich darf ich dir nicht sagen, worum es geht. Ist ja ein Dienstgeheimnis. Aber weißt ja, dieser schreckliche Mord an Engler. Was für eine furchtbare Sache!"

„Püh! Interessiert mich doch gar nicht, was du mit der Polizei zu schaffen hast", erwiderte die Frau namens Hanna pikiert und fuhr hektisch darin fort, ein paar vergilbte Pflanzenreste aus den herbstlichen Beeten zu rupfen.

„Wie aus einer der Redaktion bekannten Quelle verlautete, könnte das Motiv für den Mord an Oliver Engler in einem lange gehüteten Geheimnis eines engen Familienmitglieds des Finanziers liegen“, murmelte Büttner vor sich hin, als er die Zeitung wenig später in der Hand hielt. Er warf Hasenkrug einen bedeutsamen Blick zu. Zweifelsohne bezog sich dieser Satz auf Eike Wiemers. Aber wie, um alles in der Welt, hatte die Presse von dieser Geschichte Wind bekommen? Er reichte seinem Assistenten die Zeitung, der sich daraufhin den Artikel konzentriert durchlas.

„Also, wenn Sie mich fragen, waren die Englers ja schon immer ein bisschen komisch“, bemerkte Gesine Koopmann mit Grabesstimme.

„Inwiefern komisch?“ Büttner wunderte sich immer wieder, wie sehr die Leute das, was in der Zeitung stand, für bare Münze nahmen und sofort auf irgendwelche Stories ansprangen, auch wenn sie noch so hanebüchen waren.

„Zum Beispiel neulich. Da guck ich zufällig aus dem Fenster und sehe, wie Herr Engler nach Hause kommt. Und kurz darauf springt ein junger Mann aus dem Haus, als wäre der Teufel hinter ihm her. Ich dachte noch, dass das bestimmt ein Einbrecher war, so wie der aussah.“

„Aha.“ Auch hierbei konnte es sich nur um Eike Wiemers handeln, dachte Büttner, sprach es jedoch nicht laut aus.

„Haben Sie ihn denn verhaftet?“, fragte Gesine Koopmann in seine Gedanken hinein.

„Wen?“

„Na, den Einbrecher!“

„Davon weiß ich nichts.“

„So." Die Frau schien mit dieser Antwort nicht zufrieden zu sein und runzelte die Stirn, während sie ihre Nachbarin Hanna beobachtete, die inzwischen mit ihrem ganzen Gewicht gegen den Gartenzaun gelehnt dastand, sodass zu befürchten war, dass dieser mitsamt seiner Fracht in nicht allzu langer Zeit in Richtung Englers Garten umkippen würde.

„Und dann war da ja auch noch dieser besoffene Penner bei den Englers", redete Gesine Koopmann weiter. „Ich dachte ja noch, was der wohl bei der feinen Frau Engler will. Der passte doch gar nicht zu ihr. Aber als der wieder aus dem Haus kam, sah der ganz zufrieden aus. Bestimmt hat Frau Engler ihm ein paar Euros gegeben. Sind ja so eigentlich keine schlechten Menschen, die Englers. Nun ja." Sie stieß einen tiefen Seufzer hervor, als würde sie angesichts der Geschehnisse in ihrer unmittelbaren Nachbarschaft an der Welt verzweifeln. Ihre Augen jedoch, die die beiden Polizisten sensationslüstern musterten, sprachen eine andere Sprache.

„Kennen Sie vielleicht irgendjemanden, der bei den Finanzspekulationen Oliver Englers Geld verloren hat?", wechselte Hasenkrug das Thema.

Gesine Koopmann nickte. „Oh ja, natürlich kenne ich da jemanden. Und nicht nur einen. Ich selbst hab ja gar kein Geld übrig. Wissense, die Pflege von meinem Mann kostet ja so viel. Die Kasse zahlt ja nichts mehr. Nur, wenn man sowieso schon Geld hat, dann kriegt man von denen alles hinten und vorne reingeschoben. Ist wie bei den Banken. Haste Geld, halten sie den Schirm über dich, haste keins, lassen sie dich im Regen stehen."

„Ja. Aber das ist ein anderes Thema. Und wie war das jetzt mit den Finanzgeschäften von Herrn Engler?", fragte Büttner gereizt.

„Ach so. Also drüben im Supermarkt, da gab's damals tagelang nur das eine Thema. Wo man auch hinhörte, überall haben die Leute durch Engler Geld verloren. Ich sach ja, ein richtiger Ganove war das. Und nun wundert der sich, dass er tot ist. Also mich wundert das ja nicht. Meine Freundin zum Beispiel hatte ja hinterher schon Manschetten, sich ein paar Brötchen fürs Frühstück zu kaufen, weil Engler ihr den letzten Spargroschen weggenommen hatte. Sachte, sie hat alles verloren. Man so. Alles auf einen Schlach."

„Und können Sie sich vorstellen, dass einer von diesen Menschen deswegen zum Mörder geworden ist?", fragte Hasenkrug.

Gesine Koopmann hob die Schultern und ließ sie schwer wieder fallen. „Ach, wer weiß das schon. Passieren kann doch alles, wenn Menschen so richtig verzweifelt sind. Meine Freundin zum Beispiel, die war ja so richtig verzweifelt. Nicht mal mehr Brötchen konnte sie sich kaufen. Sie …"

„Sie meinen, Ihre Freundin könnte die Mörderin von Herrn Engler sein?", unterbrach Büttner sie schnell.

„Taalke? Eine Mörderin?" In Gesine Koopmanns Augen stand nun das nackte Entsetzen. „Aber nein, wie kommen Sie denn nur auf sowas!? Also das finde ich ja jetzt nicht richtig, dass Sie mir das Wort im Mund umdrehen, nur weil Sie unbedingt einen Mörder brauchen. Ich …"

„Na gut, Frau Koopmann", hob Büttner beschwichtigend

die Hand, „Sie haben uns sehr geholfen. Und, wie gesagt, wenn Ihnen noch was einfällt, dann melden Sie sich bitte bei uns." Er drückte ihr seine Visitenkarte in die Hand und beeilte sich sichtlich, zu seinem Auto zu kommen, als er sie hinter sich herrufen hörte: „Und Annegret Engler? Suchen Sie sie jetzt so richtig über Interpol und so?"

„Die Geschichten von Linus Wiemers und Annegret Engler scheinen zu stimmen", stellte Hasenkrug fest, als sie sich mit ihrem Wagen wieder in den Emder Stadtverkehr einfädelten. „Eike Wiemers und Bernhard Jakobs waren im Haus der Englers."

„Und genau deswegen hätte ich es begrüßt, wenn wir Frau Engler auch zuhause angetroffen hätten", erwiderte Büttner. Er stieß einen grunzenden Laut hervor, bevor er hinzufügte: „Wir haben jetzt bereits zwei Tote, von denen sich die Partner und damit wichtige Zeugen einfach aus dem Staub gemacht haben. Außerdem kommen wir auch im Fall Hermann Wiemers keinen Schritt weiter. Ich glaube wirklich so langsam, dass ich hier im falschen Märchen bin." Büttner schlug wütend mit der Faust aufs Lenkrad. Er konnte es nicht leiden, Stunde um Stunde mit irgendwelchen Leuten zu verplempern, die im Grunde nicht viel Neues zu sagen hatten. Und nichts anderes hatten sie soeben getan.

„Und was machen wir jetzt?", wollte Hasenkrug wissen.

„Das wüsste ich auch gerne", seufzte Büttner. „Am besten wird sein, wir fahren ins Kommissariat und schauen mal, ob die Kollegen die Unterlagen von Simone Wiemers schon herbeigeschafft haben."

„Welche Unterlagen?"

„Ich hab heute Morgen einen Trupp in die Wiemersche Wohnung geschickt. Mich hat die Aussage von diesem – wie hieß der Ex von ihr noch gleich?"

„Tobias Rüttgers."

„Ja, genau. Also, dessen Aussage, Simone Wiemers habe da in irgendeinem alten Familiengeheimnis gegraben, hat mich nicht mehr losgelassen. Und wenn die Geschichte stimmt, dann hat sie als professionell arbeitende Journalistin mit Sicherheit auch irgendwelche Aufzeichnungen dazu."

„Sie meinen, bei diesem Geheimnis geht es auch um den angeblich ausgesetzten Eike Wiemers?"

„Kann sein. Oder da ist noch etwas anderes im Busch. Bei diesen alten Bauernfamilien weiß man das ja nie so genau."

„Hat nicht jede Familie ihre Leichen im Keller, ganz egal, ob Bauer oder nicht?", zuckte Hasenkrug mit den Schultern.

„Vermutlich. Aber in diesem Fall sagt mir mein Bauchgefühl, dass uns dieses ominöse Familiengeheimnis auf die Spur des Mörders bringen wird. Oder der Mörder, wenn es denn mehrere davon gibt. Und ich hoffe inständig, dass Simone Wiemers' Unterlagen irgendetwas dazu hergeben. Denn ansonsten weiß ich auch nicht mehr weiter."

Für einige Minuten saßen die Polizisten schweigend im Auto, als plötzlich Büttners Handy anfing zu klingeln. „Was will der denn?", hörte Hasenkrug seinen Chef sagen, der im nächsten Moment auch schon wieder auflegte.

„Hat sich was mit Geheimnissen", brummte Büttner. „Da hat doch gerade jemand im Kommissariat angerufen und meint, etwas zu dem Familiengeheimnis der Englers sagen zu können, von dem heute in der Zeitung die Rede war."

„Bestimmt ein Wichtigtuer", meinte Hasenkrug. „Ich hatte schon befürchtet, dass es von denen nun nur so wimmeln würde."

„Gut möglich. Trotzdem fahren wir gleich mal hin. Bevor es womöglich zu spät ist."

„Zu spät? Warum denn das?"

„Weil der Zeuge im Sterben liegt. Er hat es wohl sehr dringlich gemacht. Er muss auf den Zeitungsartikel heute sehr heftig reagiert haben, wie er selbst meinte. Er lebt übrigens in Manslagt. Das klingt zumindest so, als könne seine Aussage wichtig sein."

Hasenkrug nickte stumm und wendete den Wagen.

27

Alex Habermann saß auf der Küchenbank und beobachtete durch die Tür hindurch die uniformierten Polizisten, die dabei waren, das Arbeitszimmer seiner Schwester Simone auf den Kopf zu stellen. Er hatte inständig gehofft, dass Tobias die Sache mit dem angeblichen Familiengeheimnis der Wiemers wenigstens nach Simones Tod auf sich beruhen lassen würde, doch ganz offensichtlich hatte er bei der Polizei mal wieder die Klappe nicht halten können.

Alex verwunderte das nicht wirklich. Denn schließlich war Tobias schon immer darauf bedacht gewesen, sich selbst als erstes aus dem Spot zu ziehen, wenn Schwierigkeiten auftraten. Das galt sowohl für berufliche als auch für private Angelegenheiten.

Von Anfang an hatte Alex seine Schwester davor gewarnt, sich auf Tobias einzulassen. Aber sie hatte natürlich nicht auf ihn hören wollen, sondern war von den Liebesbeteuerungen, die Tobias ihr ins Ohr säuselte, ganz berauscht gewesen. *Tobias ist der Mann meiner Träume, genau das, was ich immer wollte!* hatte sie jedesmal aufgebracht ausgerufen, wenn Alex sie zur Besonnenheit mahnte, und in ihrer Wut hatte sie ihrem Bruder übertriebene Eifersucht vorgeworfen.

Erwartungsgemäß hatte es dann doch nicht allzu lange

gedauert, bis Simone wieder in der Realität angekommen war, doch da war es für vieles schon zu spät gewesen. Tobias hatte sich in dem Nest, das Simone ihm gebaut hatte, behaglich eingerichtet und dachte gar nicht daran, sein Luxusleben, das sie ihm finanzierte, wieder aufzugeben. Selbst, als Simone ihm gesagt hatte, dass sie sich wegen Eike von ihm trennen würde, hatte er sich wie eine Klette an den Besitztümern festgekrallt, bereit, sie bis aufs Blut zu verteidigen.

Alex wusste nicht, was daraufhin genau zwischen Tobias und Simone vorgefallen war. Er wusste nur, dass seine sonst so fröhliche Schwester nach einer Auseinandersetzung mit ihrem Ex-Freund tagelang nur noch ein Schatten ihrer selbst gewesen war. Bleich und abwesend war sie durchs Leben gewandelt, hatte an nichts und niemandem Interesse gezeigt. Selbst Eike hatte Simone zu diesem Zeitpunkt nicht erreichen, geschweige denn aufmuntern können.

Als sie ihrem Bruder dann schließlich verkündete, dass sie ihrem Ex-Freund im Todesfall die Galerie vererben würde, hatte er sie nur entsetzt angestarrt und sich dann auf dem Weg zu Tobias gemacht, um ihm mal ordentlich den Kopf zu waschen.

Doch hatte auch das nichts genutzt. Aus irgendeinem Grund, den Alex bis zum heutigen Tage nicht kannte, war Tobias sich seiner Sache ganz sicher gewesen und dachte gar nicht daran, auch nur einen Fingerbreit nachzugeben. Ganz im Gegenteil. Aufgeplustert wie ein Pfau hatte er dagesessen und ihm selbstgefälliger denn je ins Gesicht gegrinst. *Wenn deine Schwester mir die Galerie überschreibt, dann wird sie schon wissen, was sie tut* hatte er in einem

195

so überheblichen Tonfall gesagt, dass Alex ihn am liebsten windelweich geprügelt und in der Ostsee ertränkt hätte.

Doch anstatt nach Simones Entgegenkommen einfach Ruhe zu geben, war Tobias auch in der Folgezeit überall dort aufgetaucht, wo seine Ex-Freundin zu finden war. Fast hätte man ihn für einen Stalker halten können, aber dafür war er dann doch zu geschickt gewesen und hatte seine Präsenz nur dort wohldosiert eingesetzt, wo er wusste, dass Simone nichts dagegen unternehmen konnte.

Alex hatte sich in den letzten Wochen mal ein wenig umgehört, wie sich Tobias als frisch gebackener, geschäftsführender Teilhaber der Galerie denn so machte. Die Antworten, die er auf diese Frage von Leuten bekam, die es wissen mussten, waren alles andere als vielversprechend gewesen. Vielmehr herrschte allgemein die Meinung vor, dass *der Neue*, machte er so weiter, den Laden in nicht allzu ferner Zukunft vor die Wand fahren würde.

Der Einzige, der das nicht sehen wollte, war natürlich Tobias. Ein klarer Fall von Selbstüberschätzung.

Auch Simone hatte gewusst, dass ihr Risiko kaum höher hätte sein können, wenn sie beispielsweise einen gelernten Dachdecker zum Geschäftsführer bestellt hätte. Doch hätte der – wohlwissend, dass er für einen solchen Job keinerlei Qualifikation mitbrachte – vermutlich noch alles ihm Mögliche aus dem Laden herausgeholt. Im Gegensatz zu Tobias, der von jeher davon überzeugt gewesen war, dass es für diesen Job keine bessere Wahl geben konnte als ihn und er somit per se alles richtig machte – wenn er sich denn überhaupt mal dazu herabließ, selber im Büro zu erscheinen. Dementsprechend würde er auch für das vorhersehbare Scheitern jeden anderen verantwortlich machen, nur nicht sich selbst. Er war und blieb eine egozentrische Null.

Was also hatte sich Simone bei alledem gedacht? Über welches Wissen verfügte Tobias, dass sie sich nicht mehr gegen ihn hatte zur Wehr setzen können?

„So, wir sind dann mal soweit", sagte ein mit einer Kiste voller Aktenordner beladener Polizist in Alex' Gedanken hinein und schob ihm ein Blatt Papier über den Tisch. „Wenn Sie mir die Bescheinigung hier bitte unterschreiben könnten. Da steht alles drauf, was wir mitgenommen haben."

„Die Richtigkeit kann ich auf die Schnelle wohl kaum kontrollieren", knurrte Alex ungehalten, kritzelte dann jedoch in seiner schwungvollen Handschrift seinen Namen auf den Zettel. „Wonach genau suchen Sie denn eigentlich?", fragte er dann.

Der Polizist zuckte mit den Schultern. „Darüber kann ich natürlich keine Auskunft geben. Wenn Sie was wissen wollen, fragen Sie am besten Hauptkommissar Büttner."

Alex überlegte kurz, dann sagte er: „Richten Sie dem Herrn Kommissar bitte meine Grüße aus und sagen Sie ihm, dass sich die Story für Simone längst erledigt hatte. Schon Wochen vor ihrer Hochzeit hatte sie mir mitgeteilt, dass sie kein Interesse mehr an den Recherchen habe."

„Von welchen Recherchen sprechen Sie denn?", fragte der Polizist verdutzt.

„Wenn Sie was wissen wollen, fragen Sie am besten Hauptkommissar Büttner", erwiderte Alex mit einem angedeuteten Grinsen.

„Gut gekontert, junger Mann", grinste der Polizist zurück und verschwand dann mit dem Zettel winkend zur Tür hinaus.

Nachdem die Polizisten das Haus verlassen hatten, wurde sich Alex erneut der bleiernen Stille bewusst, die seit Simones Tod schwer auf den Räumen lastete und alles Leben zu ersticken schien. Selbst als Eike noch hier gewesen war, hatte Alex das Gefühl gehabt, nicht mehr atmen zu können. Doch seinem Schwager zuliebe war er geblieben.

Wo mochte Eike nun sein? Alex glaubte nicht daran, dass er einem Verbrechen zum Opfer gefallen war. Denn warum sollte dann auch sein Kutter verschwunden sein? Nein, vermutlich war Eike alles zu viel geworden, und er hatte sich ganz einfach eine Auszeit genommen. Oder? Alex weigerte sich, den Gedanken, der sich ganz hinten in seinem Gehirn zu einem Bild formierte, zuzulassen. Er wusste, dass auch die Polizei ein drittes Szenario nicht ausschloss. Das gehörte zu ihrem Job. Und auch Linus hatte ihm diese Frage, die er gar nicht hören wollte, mit blecherner Stimme gestellt: „Was ist, wenn Eike das alles nicht mehr ertragen und sich umgebracht hat, Alex? Was, wenn er wieder bei Simone sein wollte?" Linus' größte Sorge hatte dabei gleich nach Eike seiner Großmutter Erna gegolten. Für die alte Frau war es schon schlimm genug, auf so brutale Weise ihren Sohn zu verlieren, nachdem gerade erst Simone gestorben war. Allen Beteiligten musste also eines bewusst sein: Der Tod ihres Enkels würde auch sie das Leben kosten.

Alex schlich in Simones Arbeitszimmer, das trotz der fehlenden Aktenordner und Laptops noch so aussah, als habe seine Schwester es gerade erst verlassen. Mit bebenden Fingern fuhr er über die Kante ihres Schreibtisches, von dem aus man einen herrlichen Blick über die Wiesen und Felder der Krummhörn hatte. Er nahm eine kleine Holzfigur in die Hand und lächelte. Wie hatte Simone sich gefreut, als er ihr dieses Andenken von einer Chinareise mitgebracht hatte! Der kleine Reisbauer mit dem flachen, kegelförmigen Hut aus Bambus erinnere sie, so ihre Behauptung, an ihren Vater, der ihr häufig chinesische Märchen vorgelesen hatte, als sie klein war.

Alex stellte die Figur auf den Schreibtisch zurück, und sein Blick fiel auf ein Aquarell an der Wand, das seine Schwester von einer ihrer Freundinnen zur Hochzeit bekommen hatte. Es zeigte einen Krabbenkutter auf hoher See. An der Reling am Bug des Kutters stand ein Liebespaar, das sich engumschlungen hielt und damit unweigerlich an die vielleicht berühmteste Szene im Film *Titanic* erinnerte.

Beim Anblick dieses Bildes füllten sich Alex' Augen mit Tränen. Wie glücklich Simone an diesem besonderen Tag gewesen war! Bis tief in die Nacht hinein hatte sie gelächelt wie angeknipst, und immer, wenn ihr Blick auf ihren frisch angetrauten Ehemann gefallen war, hatte sie ihn fast ungläubig angesehen, so, als könne sich ihr Glück im nächsten Moment wieder in Luft auflösen.

Ein schauriger Gedanke schob sich so plötzlich in Alex' Kopf, dass er ihn nicht mehr verhindern konnte: Ob Simone an diesem Tag bereits geahnt hatte, dass ihr Glück mit Eike nur kurze Zeit währen würde? Hatte diese Ahnung womöglich etwas mit Tobias zu tun gehabt?

Alex wusste, dass seiner Schwester das Verhalten ihres

Ex-Freundes mehr zu schaffen gemacht hatte, als sie es zugeben wollte. Doch was genau steckte dahinter? Und warum nur hatte sie ihren Bruder nicht ins Vertrauen gezogen? Schließlich hatten sie doch nie irgendwelche Geheimnisse voreinander gehabt!

Erschöpft ließ er sich in einen Sessel sinken und starrte zum Fenster hinaus, ohne jedoch etwas wahrzunehmen. Nahm die Polizei seinen Hinweis auf Tobias eigentlich wirklich ernst, fragte er sich zum wiederholten Male. Oder besser gesagt: Gab man sich bei der Polizei überhaupt noch Mühe, den Mörder von Simone zu finden, oder hatten die beiden Kommissare ihren Tod womöglich längst als Unfall deklariert und ad acta gelegt?

Der Gedanke, dass er womöglich als Einziger noch an einen gewaltsamen Tod Simones glaubte, grub sich in den nächsten Stunden so tief in Alex' Seele ein, dass er glaubte, den Schmerz über diese vermeintliche Ungerechtigkeit fast körperlich zu spüren. Und plötzlich, als draußen bereits die Dämmerung einsetzte, war er sich sicher, dass es nur einen gab, der den Mörder seiner Schwester überführen konnte: Ihn selbst.

28

Schon als sie zur Haustür hereintraten, schlug ihnen dieser alles durchdringende Geruch nach Desinfektionsmittel, abgestandenem Essen, Urin und, ja, Verwesung entgegen. Hauptkommissar David Büttner musste sich beherrschen, nicht angewidert das Gesicht zu verziehen. Schon oft hatte er während seiner Tätigkeit in der Mordkommission solche absonderlichen Gerüche ertragen müssen, doch gewöhnen würde er sich wohl nie daran.

„Moin", grüßte er die Frau, die ihnen bedeutete, in den Flur zu treten, „mein Name ist Büttner, das hier ist mein Assistent Hasenkrug. Ihr Mann hatte im Kommissariat angerufen?"

„Ja. Er hat es mir gesagt. Er wurde plötzlich sehr aufgeregt, als ich ihm aus der heutigen Zeitung vorlas", sagte sie mit leiser Stimme. „Ich kann Ihnen nicht sagen, warum. Mit mir wollte er nicht darüber reden."

„Kommt es denn häufiger vor, dass Ihr Mann sich derart aufregt, Frau – ähm …"

„Ach, entschuldigen Sie bitte", hob die Frau entschuldigend die Hand, „ich hatte mich ja noch gar nicht vorgestellt. „Mein Name ist Verena Adams." Sie deutete auf eine geschlossene Tür. „Mein Mann heißt Berend Adams."

„Ja. Das hatte man mir im Kommissariat gesagt. Ich

hatte Ihren Namen nur schon wieder vergessen. Tut mir Leid." Büttner musterte die Frau. Sie sah unendlich müde aus. Dunkle Schatten lagen unter ihren Augen, ihre Gesichtshaut war beinahe durchscheinend und hatte die Farbe von hellem Kerzenwachs. Die Anstrengungen der Pflege eines Schwerstkranken waren ihr deutlich anzusehen. Als sie nicht antwortete, sondern ihn nur aus trüben Augen ansah, wiederholte er seine Frage: „Kommt es häufiger vor, dass Ihr Mann sich derart aufregt, Frau Adams?"

„Nein", schüttelte sie den Kopf, „ganz und gar nicht. Deswegen hat er ja auch gleich bei Ihnen angerufen. Es scheint ihm wirklich wichtig zu sein." Sie senkte den Blick, bevor sie hinzufügte: „Wissen Sie, er äußert nicht mehr viele Wünsche."

„Verstehe." Büttner schluckte. Er verspürte wenig Lust, jetzt einem Sterbenden zu begegnen. Aber auch das gehörte nunmal zu seinem Job. Er warf einen schnellen Blick auf Hasenkrug. Ihm schien es ähnlich zu gehen. Zumindest zeugte sein Gesichtsausdruck nicht gerade von Begeisterung.

Auf dem Weg zum Zimmer ihres Mannes deutete Verena Adams auf die Küche. „Möchten Sie vielleicht einen Kaffee oder Tee?"

„Nein. Nein, danke", sagten beide Polizisten wie aus einem Mund.

„Gut. Dann bringe ich Sie jetzt mal zu Berend." Bevor sie die Tür öffnete sagte sie leise: „Bitte haben Sie Geduld mit ihm. Das Sprechen fällt ihm schwer."

„Darf ich fragen, woran er erkrankt ist?", wollte Hasenkrug wissen.

„Krebs. Darmkrebs im Endstadium."

„Moin, Herr Adams", sagte Büttner mit ruhiger Stimme, als sie wenig später das Zimmer betraten. Das Bett des Kranken stand in einem großzügig geschnittenen und hell eingerichteten Raum vor der Terrassentür. Zur warmen Jahreszeit musste der Ausblick in den weitläufigen Garten ganz herrlich sein. Nun aber lagen Beete und Rasen unter einer Nebeldecke, die die Trostlosigkeit des Anblicks verwelkter Blumen und Gräser noch einmal verstärkte. November eben, dachte Büttner bei sich, der Sterbemonat.

„Das sind die Herren von der Polizei", sagte Verena Adams, als sie den fragenden Blick ihres Mannes bemerkte.

Sofort wurde dieser merklich nervöser, und seine Lider über den in tiefen Höhlen liegenden Augen fingen an zu flattern. Der Körper des Mannes war bis auf die letzten Reserven abgemagert, seine Knochen überspannte eine an Pergamentpapier erinnernde, dünne Hautschicht. Sein Gesicht und seine Augäpfel hatten eine gelbliche Farbe angenommen, was darauf hindeutete, dass die todbringenden Metastasen auch vor der Leber nicht haltgemacht hatten. Seine beinahe schwärzlich verfärbten Handrücken waren mit dutzenden Einstichen übersät, in seiner Nase steckte eine Sauerstoffkanüle.

„Ich – Verena, lass uns – alleine – bitte", keuchte Berend Adams.

„Aber, ich …"

„Bitte!"

Die Frau schien nicht wirklich glücklich darüber zu sein, den Raum jetzt verlassen zu müssen, aber sie fügte sich dem Wunsch ihres Mannes und schloss Sekunden später leise die Tür hinter sich.

„Anne-gret", krächzte der Mann. „Anne-gret, sie …" Der Rest des Satzes ging in einem Hustenanfall unter, für den Adams kaum noch die Kraft aufbrachte. Für eine ganze Weile lag er nur da und versuchte, seinen rasselnden Atem wieder unter Kontrolle zu bekommen. Auf seiner Stirn bildeten sich kleine Schweißperlen.

„Sie wollen mit uns über Annegret Engler sprechen?", fragte Büttner in die Stille des Raumes hinein. Aus schmalen Augen warf er einen Blick auf die Zimmertür, hinter der es ab und zu verdächtig raschelte. Er war sich sicher, dass Verena Adams an der Tür lauschte.

„Anne-gret – sie – das Kind …"

„Annegret Engler hat fünf Kinder. Welches meinen Sie?"

Berend Adams schüttelte kaum merklich den Kopf. „Damals – ich – es war – meins."

Büttner war für einen Moment so perplex, dass er Mühe hatte, die Worte des Mannes richtig einzuordnen. Und auch Hasenkrug guckte für einen langen Augenblick nur belämmert aus der Wäsche. Dann aber schien ihm ein Licht aufzugehen. „Sie wollen uns sagen, dass Eike Wiemers Ihr Sohn ist?", fragte er fast euphorisch.

Nun war es an dem Kranken, ein irritiertes Gesicht zu machen. „Wer – ist – Eike?"

„Herr Adams, ich erkläre Ihnen nun einfach mal, was wir über das erstgeborene Kind von Annegret Engler wissen", beeilte Büttner sich zu sagen, dem der Mann in seiner Hilflosigkeit leidtat. „Liege ich richtig, dass Frau Engler damals ungefähr fünfzehn Jahre alt gewesen sein musste, als sie schwanger wurde?"

„Sie – wissen – davon?", krächzte Adams kaum verständlich. Sein abgemagerter Körper war nur noch ein einziges Zittern.

„Ja. Im Rahmen unserer Ermittlungen hat uns ein Zeuge davon berichtet", erklärte Hasenkrug sachlich.

„Das Kind – es lebt?"

„Ja. Es wurde gefunden, nachdem seine Mutter es auf einem Kanal ausgesetzt hatte", nickte Büttner. Er sah den Mann aus schmalen Augen prüfend an. „Sie wussten also von der Schwangerschaft und sind all die Jahre davon ausgegangen, dass das Kind tot war?"

Berend Adams schloss die Augen und öffnete sie gleich wieder. Büttner nahm es als Zeichen der Bestätigung.

„Warum haben Sie dem Mädchen nicht in seiner Not beigestanden, als Sie bemerkten, dass sie schwanger war?"

„Ich – Familie – die Schule – ich – ging doch nicht …", röchelte Adams.

„Sie waren der Lehrer von Annegret?", schlussfolgerte Hasenkrug messerscharf.

„Ja."

„Darf ich davon ausgehen, dass Sie das Kind vergewaltigt haben?", fragte Büttner eisig. Sein Mitleid mit dem Mann war plötzlich wie weggeblasen. Vielmehr meldete sich in ihm nun der Vater einer Tochter zu Wort.

Adams machte so große Augen, dass Büttner für einen Augenblick dachte, sie würden aus ihren Höhlen fallen. „Nein – sie – mich – verführt."

Büttner stieß ein heiseres Lachen hervor. „Das Mädchen war fünfzehn Jahre alt. Sie aber waren ein erwachsener Mann in verantwortungsvoller Position. Also, für mich klingt das weniger nach einer Verführung als nach bewusst herbeigeführtem Geschlechtsverkehr mit einer Minder-jährigen." Als Adams nur mit einer unbestimmten Geste seiner Hand reagierte, fragte er: „War das Mädchen verliebt in Sie?"

„Ja. Ich – glaube."

„Also doch. Sie haben die Situation schamlos ausgenutzt."

„Ich – Annegret – entschuldigen." Mit letzter Kraft hatte sich der Kranke aufgebäumt, fiel aber sofort wieder kraft-los in seine Kissen zurück. Seine Atmung hörte sich an wie ein stotternder Dieselmotor.

„Wir werden es Frau Engler ausrichten", meinte Büttner. „Da sie aber derzeit außer Landes ist, könnte es eine Weile dauern, bis wir sie erreichen."

„Ich – entschuldigen." Adams Stimme klang nun wie ein verzweifeltes Wimmern.

„Wir werden tun, was in unserer Macht steht", sagte Hasenkrug, dem die harsche Reaktion seines Chefs an-scheinend unangenehm war.

„Mutter – Geld – sie …"

„Was meinen Sie damit?", fragte Büttner lauernd.

„Mutter – Geld …"

„Soll das heißen, Sie haben Annegrets Mutter damals Geld gegeben, damit sie keinen Skandal machte?", half ihm Hasenkrug auf die Sprünge.

„Ja. Viel – Geld."

„Mein Gott", bemerkte Büttner kopfschüttelnd, „das eigene Kind, verraten und verkauft. Ich glaube, mit dieser Ebeline Bleeker muss ich noch mal ein Wörtchen reden."

„Es tut – so Leid."

„Na, Hauptsache, Ihnen ging es die letzten vierzig Jahre

gut damit", erwiderte Büttner säuerlich und kassierte dafür von seinem Assistenten einen anklagenden Blick.

„Anne – leid." Berend Adams Kopf fiel zur Seite. Er war vor Erschöpfung eingeschlafen.

Büttner räusperte sich. „Gut, dann gehen wir mal wieder." Als er die Zimmertür öffnete, wich Verena Adams, die tatsächlich an der Tür gelauscht hatte und aussah, als wäre ihr der Leibhaftige begegnet, erschrocken zurück. Büttner ließ sie ohne ein weiteres Wort im Flur stehen, während Hasenkrug einen knappen Abschiedsgruß murmelte.

29

„Sie waren ziemlich hart zu dem kranken Mann", stellte Sebastian Hasenkrug fest, als er wieder an seinem Schreibtisch saß und durch die Glaswand hindurch die Kollegen beobachtete, die diverse Kisten im Besprechungsraum abstellten. Er nahm an, dass es sich dabei um die beschlagnahmten Unterlagen von Simone Wiemers handelte.

„Und ich finde, er war ziemlich hart zu dem Mädchen", knurrte Büttner. „Wer weiß, wie oft er seine Position noch ausgenutzt hat. Haben Sie das Foto an der Wand seines Zimmers gesehen?"

„Welches Foto?"

„Es zeigte ihn glücklich strahlend im Kreise seiner Familie. Die Kinder waren noch klein. Jeder, der das Bild sieht, muss ihn für einen vorbildlichen Familienvater halten. Vermutlich hat er nach außen hin auch alles dafür getan, diesem Ruf gerecht zu werden. Dazu kommt, dass er fantastisch aussah. Genau der Typ, dem junge Schülerinnen gleich dutzendweise hinterherschmachten."

„Und Sie meinen, dass er sich an noch mehr Mädchen vergriffen hat?"

„Zumindest sollte es mich nicht wundern. Vielleicht tue ich ihm unrecht, und Annegret Engler war tatsächlich die Einzige. Aber alleine dieser Fall reicht doch aus, diesen

Adams nicht unbedingt zu seinen besten Freunden zählen zu wollen."

„Viele Freunde wird er zukünftig auch nicht mehr brauchen", meinte Hasenkrug trocken. Nach einem kurzen Räuspern fügte er hinzu: „Nun würde es mich aber doch mal interessieren, was das alles mit unseren Mordfällen zu tun hat. Ich meine, wir sind doch keine familientherapeutische Einrichtung, bei der man seinen Seelenmüll ablädt. Unabhängig von dem ganzen Verwandtschaftsgedöns stelle ich nun also einfach mal ganz nüchtern fest, dass alle Wege zu Eike Wiemers führen. Alle drei Tote stehen mit ihm in einem unmittelbaren Zusammenhang."

Büttner nickte. „Da haben Sie zweifelsohne recht. Ich sehe nur nicht, dass Eike Wiemers von diesen Morden irgendwie profitieren würde. Er scheint mir eher Opfer als Täter zu sein."

„Oder ein guter Schauspieler", gab Hasenkrug zu bedenken. „Immerhin ist er spurlos verschwunden. Und das, obwohl doch jetzt die Beerdigungen seiner Frau und seines Vaters anstehen. Da macht man sich doch nicht einfach so aus dem Staub!"

Büttner ließ einen lauten Seufzer vernehmen. „Ich weiß gar nicht, warum derzeit alle davon ausgehen, dass Eike Wiemers freiwillig gegangen ist. Könnte doch genauso gut sein, dass er tot ist. Vielleicht ist er ermordet worden, vielleicht entführt. Oder er hat Selbstmord begangen. Wir wissen nichts, Hasenkrug, gar nichts!"

„Ich frage mich nur, warum sein Kutter bis heute nirgends wieder aufgetaucht ist. Ich meine, wo gibt es denn so was, dass ein ganzer Kutter einfach so verschwindet!"

Büttner schnaubte. „Wie wir unlängst alle mit einigem Erstaunen zur Kenntnis nehmen mussten, verschwinden auf diesem Planeten sogar ganze Flugzeuge spurlos. Ich sag nur Flug MH370. Warum also dann kein kleiner Kutter? Bei dem scheint mir ein spurloses Verschwinden um Längen einfacher zu sein, als bei einer riesigen Boeing 777."

„Trotzdem", schüttelte Hasenkrug den Kopf, „irgendwann muss der Kerl doch mal einen Hafen anlaufen. Wie lange will er denn ohne Proviant da draußen rumschippern?"

„*Wenn* er denn da draußen rumschippert, Hasenkrug."

„Okay. Das Problem werden wir wohl jetzt nicht lösen. Wie gehen wir weiter vor?" Mit einem konzentrierten Gesichtsausdruck schob Hasenkrug einen Stapel Zettel von einer Seite des Schreibtisches auf die andere und wieder zurück.

Büttner lächelte gequält. „Ihr Hin- und Hergeschiebe der Zettel hat eine bestechende Symbolik, Hasenkrug. Genauso fühle ich mich derzeit in den Ermittlungen. Überall lose Zettel, die sich in keinen logischen Zusammenhang einordnen lassen. Oder, um es in einem etwas kriminologischeren Bild zu sagen: Überall hängen die losen Enden ausgefranster Fäden herum und lassen sich zu keinem Strick zusammenfügen."

„Das haben Sie jetzt aber nett gesagt, Chef", erwiderte Hasenkrug mit einem leicht spöttischen Unterton. „Aber, um bei Ihrer beinahe poetischen Sprache zu bleiben: Welchen der Fäden greifen wir denn jetzt auf, um zu ihm vielleicht doch noch die passende Verknüpfung zu finden?"

Büttner warf einen Blick zur Glasscheibe und sagte

dann: „Jetzt sehen wir uns mal die Unterlagen von Simone Wiemers an. Der Kollege von der EDV sitzt bereits an den Dateien ihrer diversen Laptops. Vielleicht haben wir Glück und finden da einen Hinweis, der uns weiterbringt. Ich – ja bitte!?"

Nach einem kurzen Klopfen steckte ein uniformierter Kollege seinen Kopf zur Tür herein. „Wir hätten da jetzt die Auswertungen von den Kamerabildern", sagte er und schaute von einem zum anderen.

„Welche Kamerabilder?" Büttner sah den Mann verständnislos an, und auch Hasenkrug zuckte mit den Schultern.

„Die von der Knock."

„Von der Knock. Aha." Büttner stand immer noch auf dem Schlauch.

„Ja. Es hat 'ne Weile gedauert, bis wir sie bekommen haben. Aber seit gestern sind sie da und der Kollege hat 'ne Nachtschicht eingelegt, um sie auszuwerten."

„Ich hatte ja gar keine Ahnung, dass es an der Knock sowas wie eine Videoüberwachung gibt", bemerkte Büttner verdutzt. „Wo denn da genau?"

„Am Schöpfwerk. Da hängen Kameras. Oben an den Fassaden."

„Ach was!" Büttner wusste nicht, ob er sich freuen oder ärgern sollte. Also fragte er streng: „Und warum weiß ich nichts davon?"

„Wir haben sie erst spät entdeckt, bei dem Schietwetter. Alle haben ja immer nur nach unten geguckt, um nicht so viel Regen ins Gesicht zu kriegen. War ja wirklich ungemütlich, an dem Morgen. Und als wir die Kameras dann entdeckt haben, saßen Sie, glaub ich, schon wieder im Auto. Daran wird's wohl liegen."

„Hm. War ja auch ein weiter Weg zum Parkplatz. Bestimmt zwanzig Meter. Konnte man ja keinem zumuten, dann mal zum Auto zu laufen und mir Bescheid zu geben", brummte Büttner.

„Jo."

„Das war Ironie."

„Ach so. Ja dann. Ja, nee. Da hat dann wohl keiner so richtig drüber nachgedacht."

Büttner ließ ein unbestimmtes Geräusch vernehmen, bevor er sagte: „Und kann man auf den Aufnahmen auch etwas erkennen?"

„Nicht viel. Aber doch, irgendwie wohl."

„Was denn nun?"

„Am besten gucken Sie sich die selbst mal an."

„Gut." Büttner deutete auf die Glasscheibe, hinter der einige Kollegen damit beschäftigt waren, die Unterlagen von Simone Wiemers zu sortieren. „Und sagen Sie den Kollegen bitte, dass ich informiert werden will, sobald sie was Interessantes gefunden haben. Auch, wenn ich gerade nicht direkt neben ihnen stehe."

„Wird gemacht", nickte der Polizist, schien aber auch diesmal den Hinweis auf den Lapsus an der Knock nicht zu verstehen.

Sobald sich Büttner und Hasenkrug gesetzt hatten, drückte einer der IT-Kollegen auf den Startknopf und auf dem Bildschirm erschien – nichts. Nichts außer die dunkle Nacht, überlagert von zahlreichen Regentropfen,

die über das Objektiv liefen und der Schwärze etwas Ver-
schwommenes gaben.

„Aufschlussreiche Aufnahmen", lästerte Büttner und
schürzte die Lippen.

„Gleich passiert was", erklärte ein Polizist ungerührt und
deutete auf den Bildschirm. „Genau um – da! Ein Uhr
zweiundzwanzig."

Tatsächlich sah man nun die Scheinwerfer eines Fahr-
zeugs, das sich aus Richtung Emden auf das Schöpfwerk
zubewegte. Doch außer zwei Abblendlichtern, die durch
die Regentropfen vielfach reflektiert wurden, war auch
jetzt nichts zu erkennen.

Das Fahrzeug fuhr auf den Parkplatz, auf dem wenige
Stunden später auch Büttner und Hasenkrug stehen
sollten. Im fahlen Licht einer Straßenlaterne schob sich
eine Gestalt ins Bild, die aus dem Auto, einer Limousine,
ausstieg. Kaum, dass sie aufrecht stand, wurde sie von einer
heftigen Windböe erfasst und stolperte ein paar Schritte
zurück.

Zu Büttners Leidwesen war absolut nicht auszumachen,
um wen es sich bei der Gestalt handelte, denn sie war bis
zu den Haarspitzen dick eingemummelt, um Regen und
Sturm zu trotzen.

Wirklich schade, dachte Büttner, denn die Person schien
sich der Kamera, die sie beobachtete, nicht bewusst zu
sein. Bei schönem Wetter hätte man sie also vermutlich
erkennen können. Das Einzige, was feststehen dürfte, war,
dass es sich um eine größere Person handelte. Ob männlich oder weiblich, war schwer zu sagen. Anhand der Bewegungen tippte Büttner auf einen Mann.

Die Gestalt linste ein paar Mal nach links und rechts und öffnete dann den Kofferraum. Er zog und zerrte an einem größeren Gegenstand herum, schien allerdings mit dem Gewicht überfordert und lief zur Beifahrertür, der kurz darauf ebenfalls ein nicht identifizierbarer Mensch entstieg. Dieser verfügte über eine ähnliche Körperstatur wie sein Komplize.

Gemeinsam zogen sie den Gegenstand, der nun unschwer als Mensch zu erkennen war, aus dem Kofferraum hinaus, trugen ihn zum Alten Fritz und setzten ihn auf die niedrige Mauer zu dessen Füßen.

„Offensichtlich war Oliver Engler bereits tot, als man ihn Friedrich dem Großen anvertraute", stellte Büttner fest. „Der Tatort ist also ein anderer. Und wir wissen nun, dass die Tatzeit vor halb zwei in der Nacht lag. Nicht viel, aber immerhin."

„Haben Sie mal versucht, Ausschnitte des Films zu vergrößern?", fragte Hasenkrug an seine Kollegen gewandt. „Dann wäre es vielleicht möglich, zumindest Einzelheiten der Gesichter zu erkennen."

„Wir haben alles versucht, aber die Qualität der Aufnahmen ist miserabel. Dann noch der Regen auf dem Objektiv – nee, war leider nichts zu machen", hob der IT-Experte die Schultern und sah ihn entschuldigend an.

„Beim Autokennzeichen kommen wir auch nicht weiter?", wollte Büttner wissen.

„Nee. Falscher Winkel. Und die kurze Frontalaufnahme vom Fahrzeug gibt auch nichts her. Aber vom Typ her sind wir ziemlich sicher, dass es sich um Englers Wagen handelt. Wir haben ihn bereits sichergestellt. Er stand vor seiner Haustür. Hm. Besser wär's, die Leute würden nur im Sommer morden. Da ist es wenigstens lange hell und häufiger trocken."

„Halb zwei in der Nacht hätte uns allerdings auch im Sommer nicht weitergeholfen", gab Hasenkrug zu bedenken.

„Na gut." Büttner schlug sich mit den Händen auf die Oberschenkel und erhob sich umständlich von seinem Stuhl. „Weitere Aufnahmen gibt es nicht? Von Bernhard Jakobs vielleicht?"

„Nur kurze. Jakobs torkelt eine Viertelstunde später an der Kamera vorbei, die an der Giebelseite des Schöpfwerks befestigt ist. Aber außer einer Buddel Schnaps, die er in seiner Hand hin und her schwenkt und ab und zu an die Lippen setzt, ist da weiter nichts passiert. Also, zumindest nicht vor laufender Kamera."

„Reicht auch nicht für einen Haftbefehl", stellte Büttner gerade fest, als ein anderer Kollege den Kopf zur Tür hereinsteckte. „Wir haben ein paar interessante Notizen in den Unterlagen von Simone Wiemers gefunden. Sie können dann ja mal zu uns rüberkommen, wenn Sie hier fertig sind", sagte er.

„Bin schon unterwegs. Danke, Kollegen", nickte Büttner den Polizisten vor dem Bildschirm zu. „War zwar nicht sonderlich erhellend, aber immerhin wissen wir jetzt, dass wir es beim Mord an Oliver Engler mit zwei Personen zu tun haben." Er zögerte kurz, bevor er den Raum verließ, und fügte hinzu: „Stellt doch mal sicher, dass Bernhard Jakobs ab sofort beobachtet wird. Ich werde das Gefühl nicht los, dass der da irgendwie mit drinhängt. Kann doch kein Zufall sein, dass der sich bei dem beschissenen Wetter und gerade zu der Uhrzeit an der Knock aufhält, als da eine Leiche angeliefert wird."

„Es sei denn, er hat im Suff komplett die Orientierung verloren", murmelte Hasenkrug, aber seine Worte wurden vom einsetzenden Stühlerücken übertönt.

30

Das kleine Menschlein lächelte sie an. Mit seinem weiß-blonden, lockigen Haar sah es aus wie ein Engel. Das Wundersamste an ihm aber waren seine Augen. Niemals zuvor hatte sie es erlebt, dass ein Neugeborenes jemanden so intensiv, ja beinahe wissend ansah. Und niemals danach.

In dieser Winternacht, in der die längst von ihren Blättern befreiten Zweige der mächtigen Eichen gegen die Hauswand peitschten und der Regen die Wege des Dorfes in kaum noch passierbare Schlammpisten verwandelte, war ES passiert. ES. Bis zum heutigen Tage vermochte sie nicht genau zu sagen, was genau ES gewesen war, denn keiner hatte ihr die Frage, die sie nie laut zu stellen gewagt hatte, jemals beantwortet. Doch noch heute hatte sie den ebenso eisigen wie warnenden Blick ihres Mannes vor Augen, der ihr ohne ein einziges Wort zu verstehen gab, dass sie den Mund zu halten habe – und der sie damit in ihrer Befürchtung bestärkt hatte, dass nach der Geburt ihres Kindes irgendetwas nicht mit rechten Dingen zugegangen war.

Die Szenen, die sie seit Jahrzehnten als ein immer wiederkehrender Alptraum verfolgten, waren wie Puzzleteile, die jemand aus der Schachtel gekippt und unsortiert hatte liegen lassen. In wie vielen unzähligen Nächten hatte sie bereits versucht, diese Bruchstücke der Erinnerung zu einem stimmigen Bild zusammenzusetzen, aber es war ihr bis zum heutigen Tag nicht gelungen. Hinzu kam, dass es nach all den Jahren nicht mehr viele Menschen gab, die ihr die quälenden Fragen hätten beantworten können.

Erna Wiemers zog ihre Daunendecke bis zum Kinn hoch. Trotz des dicken Federbettes fror sie erbärmlich. Aber das kannte sie schon. Denn in all den Nächten, in denen ihr die Träume in all ihrer Gnadenlosigkeit die Ereignisse der damaligen Nacht wieder in die Erinnerung zurückspülten, machte sich in jeder Zelle ihres Körpers eine durchdringende Kälte breit und hielt sie in einer Starre aus Angst und Hilflosigkeit gefangen.

Anita. So hatte sie ihre kleine Tochter nennen wollen. Ja, sie hatte gespürt, dass auch ihr viertes Kind wieder ein Mädchen werden würde. Und im Gegensatz zu ihrem Mann hatte sie sich auch darüber freuen können. Aber ihrem Wilhelm stand die Enttäuschung jedes Mal, wenn ihm die Hebamme wieder eine Tochter in die Arme legte, deutlich ins Gesicht geschrieben. Wie oft hatte Wilhelm sie beim Anblick seiner Töchter mit diesem stummen Vorwurf in den Augen gemustert, unter dem sie sich unweigerlich wie eine Versagerin fühlte. Und genauso oft war in ihm mit jeder Schwangerschaft die Hoffnung aufgekeimt, dass sie ihm nun endlich den langersehnten Sohn und Erben schenken würde.

Anita. Hatte sie es sich womöglich nur eingebildet, nach den Strapazen der Geburt in dieses engelsgleiche Gesichtchen mit den klugen Augen geblickt zu haben? Spielte ihr die Erinnerung an dieser Stelle einen Streich? Konnte es sein, dass sie gleich nach dem ersten Schrei ihres Kindes tatsächlich das Bewusstsein verloren und ihr Baby zunächst gar nicht zu Gesicht bekommen hatte, wie es die Hebamme damals stur und steif behauptete?

Auch nach mehr als sechzig Jahren schauderte Erna, wenn sie an den Morgen nach der Entbindung dachte. Ein kurzer, fiepender Schrei hatte sie damals geweckt, der sich in den kommenden Minuten zu einem energischen Gebrüll auswuchs. Mit einem Lächeln auf dem Gesicht hatte Erna sich den Schlaf aus den Augen gerieben. Sie war wieder Mutter geworden! Sofort hatte sie wieder dieses kleine, von winzigen Löckchen umrahmte Köpfchen vor Augen gehabt, das sie in der Nacht so voller Liebe gestreichelt hatte. Wie sehr sie sich darauf gefreut hatte, ihre kleine Anita an die Brust zu legen und ihr dabei zuzusehen, wie sie mit den saugenden Bewegungen ihres winzigen Mundes ihren Hunger stillte!

Erna schluckte ein paar Mal tief und starrte an die mit Feuchtigkeitsflecken übersäte Decke ihres Schlafzimmers. Sie dachte an ihren Sohn, der erst vor wenigen Tagen auf so brutale Weise sein Leben hatte lassen müssen. Und sie dachte daran, wie entsetzt, ja geradezu geschockt sie gewesen war, als sie ihn an diesem denkwürdigen Morgen vor über sechzig Jahren in der Wiege vorfand, das Gesicht von der Anstrengung des Schreiens puterrot. *Was ist das für ein Kind?* war ihr erster Gedanke gewesen, und sie hatte sich auf der Suche nach ihrer kleinen Anita verwirrt im Zimmer umgeschaut.

Dann jedoch hatte ihr Mann plötzlich hinter ihr gestanden und voller Stolz auf das Kind in der Wiege hinuntergeblickt. „Ich danke dir für unseren Sohn", hatte er gelächelt und den Kleinen hochgehoben. „Ein strammer Bursche. Er soll Hermann heißen, wie mein Vater."

„A-aber wo ist Anita?", hatte Erna gestammelt und den kleinen Jungen verstört angestarrt.

„Anita? Wer ist Anita?", hatte ihr Mann abwesend gemurmelt und dem Baby, das wieder angefangen hatte zu schreien, besänftigend den Rücken geklopft.

„Anita, sie – ihre Haare waren hell und lockig." Mit einer hastigen Geste hatte sie auf den Jungen gedeutet, der einen vollen, dunklen Haarschopf hatte. „Aber – wir haben doch eine Tochter, Wilhelm."

„Eine Tochter?" Wilhelms höhnisches Lachen klang ihr noch heute in den Ohren. „Was ist denn in dich gefahren? Endlich haben wir einen Sohn bekommen, und du redest von einer Tochter? Meinst du nicht, dass du davon schon genug hast?"

„Aber ich weiß doch ganz genau, dass es ein Mädchen war. Ein kleines Mädchen mit blonden …"

„Unser Sohn hat Hunger", hatte ihr Mann sie schneidend unterbrochen und dann mit einer herrischen Handbewegung auf einen Sessel gezeigt. „Setz dich hin und leg ihn an die Brust. Oder soll er vielleicht verhungern, nur weil seine Mutter sich in irgendwelchen Wahnvorstellungen verliert!?"

Wie in Trance war Erna daraufhin der Aufforderung ihres Mannes gefolgt, hatte mit zittrigen Fingern die Knöpfe ihres Nachthemdes geöffnet und sich von Wilhelm den Jungen an die Brust legen lassen. Sofort hatte Hermann gierig angefangen zu saugen, während sein Vater ihn mit gleichzeitig zufriedenem wie hochmütigem Gesichtsausdruck musterte. „Und", hatte er schließlich mit einem dröhnenden Lachen gesagt, „wie fühlt es sich an, wenn man endlich mal ein richtiges Kind an seiner Brust nähren kann?"

Ein richtiges Kind? Erna war unter Wilhelms Worten wie unter Schlägen zusammengezuckt. Denn noch nie hatte es sich für sie so falsch angefühlt, ein Kind zu stillen. Wie ein Fremdkörper lag der kleine Junge in ihren Armen, und sie hatte ständig das Gefühl, ihn von sich stoßen zu müssen. Natürlich spürte sie die wohlbekannte Erleichterung, als der Druck in ihrer Brust nachließ. Doch war da nicht dieses Glücksgefühl, das sie stets beim ersten Stillen ihrer Töchter verspürt hatte. Nein, allenfalls handelte es sich diesmal um einen mechanischen Vorgang, der in ihr keinerlei Emotionen auslöste.

Noch tagelang hatten sich ihre Gefühle gegen das Neugeborene zur Wehr gesetzt, doch schließlich hatte sie sich an den kleinen Kerl gewöhnt. Und auch, wenn sich noch in beinahe jeder Nacht das Bild ihrer kleinen Anita in ihre Träume schlich, so war Hermann ihr doch mehr und mehr ans Herz gewachsen, und es war ihr im Laufe der ersten Monate gelungen, dieses Kind als das ihre zu akzeptieren.

Ja, dachte Erna, während sie ihre knochigen Beine aus dem Bett schob, so hatte sie in all den Jahren nicht erfahren, was bei der Entbindung ihres vierten Kindes tatsächlich geschehen war. Wenn es denn ein Geheimnis gab, wie es seltsamerweise nun auch noch der Kommissar behauptete, dann hatte ihr Mann Wilhelm es mit ins Grab genommen, und sie würde die Wahrheit in der kurzen Zeit, die sie noch hatte, nicht mehr erfahren.

Laut stöhnend tat Erna die ersten Schritte. So früh am Morgen machte ihr die Arthritis in den morschen Gelenken besonders zu schaffen. Auf dem Weg zum Badezimmer, auf dem sie von ihrem treuen Hund Piefke begleitet wurde, fiel ihr Blick auf das Hochzeitsfoto ihres Enkels. Sie wusste nicht, warum ihr gerade jetzt eine Begebenheit wieder einfiel, an die sie im Trubel der letzten Wochen gar nicht mehr gedacht hatte. Eine Begebenheit, der sie bisher keinerlei Bedeutung zugemessen hatte. Aber konnte es sein, dass …

Erna spürte, wie ihr Herz vor lauter Aufregung anfing zu stolpern. Als ihr noch dazu schwindlig wurde, ließ sie sich rasch auf einen Stuhl sinken und versuchte, ihren jetzt stoßweise kommenden Atem in einen gleichmäßigen Rhythmus zu bringen. Doch immer, wenn das Gesicht Simones wieder vor ihrem inneren Auge auftauchte, tat ihr Herz erneut einen regelrechten Satz. Es war, als wolle es symbolisieren, wie sehr Ernas Leben seit dem Tod von Eikes Frau – oder vielleicht sogar schon seit deren Auftauchen? – aus dem Takt geraten war.

Wie hatte sich Erna gefreut, als Simone sie bereits bei ihrem zweiten Aufeinandertreffen bat, mal einen Blick in die Familienalben der Wiemers werfen zu dürfen. Schon seit Jahren hatte die alte Frau ihren zum Teil sehr alten Fotos keine Aufmerksamkeit mehr geschenkt, und so genoss sie es sehr, die Geschichten ihrer Familie mit der so interessierten und stets fröhlichen jungen Frau teilen zu können. Einen ganzen Nachmittag lang hatte sie in längst vergessen geglaubten Erinnerungen geschwelgt, Anekdoten erzählt und sich dabei in ihrer eigenen Vergangenheit verloren. Und doch war es unter den Hunderten von Bildern, die sie sich angesehen hatten, vor allem ein Foto gewesen, das Simones Aufmerksamkeit auf sich gezogen hatte. Sie fand es sogar so interessant, dass sie Erna gebeten hatte, es mit ihrem Handy abfotografieren zu dürfen. *Warum denn nicht, mein Kind*, hatte Erna lachend ausgerufen, *wenn dir das Foto so sehr gefällt, dann tu das mal!* Erna hatte Simone sogar angeboten, das Originalbild aus dem Album herauszulösen und es ihr zu schenken. Doch das hatte Simone nicht gewollt, sondern nur mit einem Lächeln gesagt, es würde ihr reichen, es auf ihrem Handy zu haben.

Fast wie unter einem Zwang erhob sich Erna jetzt aus ihrem Stuhl und verharrte kurz im Stehen, weil ihr plötzlich schwarz vor Augen wurde. Sobald sich ihr Kreislauf wieder normalisiert hatte, wankte sie zu einem Wandregal und zog zielsicher ein Album hervor. Dessen Gewicht ließ sie beinahe in die Knie gehen, doch schaffte sie es mit viel Disziplin, es auf den Tisch im Wohnzimmer zu bugsieren, bevor sie sich selbst schwer in einen Sessel fallen ließ und eine Hand auf ihr Herz presste. Ihrem Mund entwich nur mehr ein Röcheln, was den offensichtlich besorgten Piefke dazu veranlasste, beruhigend an ihrer Hand zu schlecken.

„Ist schon gut, mien Jung, alles ist gut", stieß Erna keuchend hervor und tätschelte ihm den Hals. „Ich muss nur ein wenig langsam machen, dann wird das schon wieder", sprach sie sich selbst Mut zu in dem Wissen, dass diese Attacke heftiger war als alles, was sie bisher an kleineren Herzanfällen erlebt hatte. Ihre Finger ertasteten den Notfallknopf, der an einem Band um ihren Hals baumelte und sie direkt mit der Zentrale des ärztlichen

Notdienstes verband. Eike hatte ihr den Knopf bereits vor einigen Jahren besorgt, nachdem er sie nach einer Kreislaufattacke ohnmächtig am Boden liegend aufgefunden hatte. Wenn sie jetzt darauf drückte, würde nur wenige Minuten später ein Krankenwagen vor ihrer Tür stehen.

Und doch griff Erna nun nach dem Album und zog es mit letzter Kraft auf ihren Schoß. Ihre beinahe tauben Finger schafften es kaum, die Seiten umzublättern, doch schließlich hatte sie genau das Foto vor Augen, von dem Simone damals ihren Blick nicht hatte wenden können. Es zeigte eine Gruppe Kinder beim Spielen, unter ihnen auch ihren Sohn Hermann mit seinem Freund Bernhard. Sie hielten ihre Arme in Siegerpose erhoben und blickten strahlend in die Kamera. Was genau hatte Simone noch gesagt, nachdem sie dieses Bild für eine ganze Weile schweigend betrachtet hatte?

Vor Ernas Augen schossen nun kleine Blitze auf und ab, und sie hatte Mühe, sich zu konzentrieren. Kaum, dass sie meinte, einen Gedanken greifen zu können, war er auch schon wieder weg. „Jetzt streng dich an", schalt sie sich selbst, „jetzt streng dich verdammt noch mal an!" Doch mit jedem Atemzug verflüchtigte sich ein weiterer Teil ihrer Gedankenwelt und versank in einer sich von ihr entfernenden Wolke aus wild durcheinanderwirbelnden Wörtern und Bildern.

Das letzte Bild, das sie sah, war das eines neugeborenen Mädchens mit engelsgleichem Gesicht.

31

„Es ging ihr nicht um Eike Wiemers", stellte Hauptkommissar David Büttner fest, während er den Stapel Zettel, den er an diesem Morgen zum wiederholten Male durchforstet hatte, beiseite schob. „Zumindest deutet nichts von dem, was sich Simone Wiemers notiert hat, darauf hin, dass sie irgendetwas von dem Findelkind-Schicksal ihres Mannes wusste."

Sebastian Hasenkrug drehte eine handschriftliche Notiz in seiner Hand hin und her und kräuselte die Lippen. „Es sieht tatsächlich alles danach aus, dass Simone Wiemers sich für einen anderen Aspekt in der Familiengeschichte ihres Mannes interessierte. Zumindest hat sie ein starkes Interesse nicht nur an Hermann Wiemers, sondern auch an Bernhard Jakobs gezeigt. Aber warum? Und was treibt eine junge Frau dazu, sich von Kiel aus auf den Weg nach Ostfriesland zu machen, um dort in der Geschichte einer Familie zu schnüffeln, mit der sie bis zu diesem Zeitpunkt rein gar nichts zu tun hatte? So behauptet es zumindest ihr Ex-Freund Tobias Rüttgers." Er schnippte mit den Fingern gegen den Zettel und fügte hinzu: „Einige Wochen vor ihrer Hochzeit schon hat sie die letzte Notiz gemacht: *Alles ganz spannend. Doch hier geht's nicht weiter. Recherche abgeschlossen.* Hm. Angesichts der wenigen Notizen, die wir hier haben und die inhaltlich nicht viel hergeben, frage ich mich, wo ist der Rest?"

„Welcher Rest?" Büttner schielte über den Rand seiner Kaffeetasse, die er gerade an den Mund gehoben hatte. „Wenn es noch mehr gäbe, hätten es unsere Leute sicherlich gefunden."

Hasenkrug schüttelte den Kopf. „Wer sagt uns denn, dass sie alles in ihrer Wohnung hatte? Und wer sagt uns, dass nicht irgendwer bestimmte Dinge längst entsorgt hat, eben damit wir es nicht finden? Vielleicht verfügte sie über brisante Informationen."

„Sie meinen, solche Informationen, für die es sich lohnte, sie zu töten?"

„Warum nicht. Bisher sind wir immer davon ausgegangen, dass das Motiv für die Morde womöglich in diesem Immobiliengeschäft liegt. Was aber, wenn die Morde mit diesen Recherchen zu tun hatten? Immerhin gibt es in dieser Familie nun zwei Tote, unter ihnen Simone Wiemers selbst. Da fällt es mir schwer, an einen Zufall zu glauben. Nein, irgendwo muss noch was sein. Vielleicht ein Laptop oder so."

„Was ist mit ihrem Smartphone? Wurde es daraufhin untersucht?" Büttner sah einen Polizisten, der ihr Gespräch vom anderen Ende des Raumes her verfolgte, fragend an.

„Wir haben es gleich nach ihrem Verschwinden untersucht. Ihr Mann hatte es uns gegeben. Sie hatte es Gott sei Dank nicht mit aufs Schiff genommen."

„Aber zu diesem Zeitpunkt gab es noch keine Hinweise auf ihre Recherchen", stellte Büttner fest. „Demnach haben Sie logischerweise auch nicht danach gesucht, richtig?"

„Überprüft haben wir lediglich ihre Telefon- und E-Mail-Kontakte, ja."

„Das dachte ich mir. Dann bringen Sie uns das Smartphone jetzt bitte mal her."

Nur wenige Minuten später scrollte sich Hasenkrug durch eine Unmenge an Notizen und Bildern, die anscheinend chronologisch, keineswegs aber nach einer gewissen thematischen Logik abgelegt worden waren. „Sieht auch nicht gerade nach einem professionellen journalistischen Arbeiten aus", knurrte er und zog die Brauen zusammen. „Allenfalls hat sie die Notizen im Smartphone als Gedankenstütze genutzt. Hier zum Beispiel: *Wichtig! Hermann mit Foto konfrontieren!* Der Eintrag ist von Anfang September."

„Foto? Erfährt man auch, welches sie meint?", fragte Büttner lauernd.

„Nein. Kein Link, nichts", schüttelte Hasenkrug bedauernd den Kopf.

„Dann müssen wir uns die Fotos auf dem Smartphone noch mal genauer ansehen. Wie viele sind es denn?"

„Sechstausendvierhundertneunundzwanzig", antwortete Hasenkrug und verzog das Gesicht. „Da dürfte man einen ganzen Tag lang beschäftigt sein."

„Klingt wenig vielversprechend", nickte Büttner und schlug mit der flachen Hand auf den Tisch. „Da es wohl auch keinen Sinn macht, jemanden an diese Arbeit zu setzen, der gar nicht weiß, wonach genau er eigentlich sucht und der die Mitglieder der Familie Wiemers gar nicht kennt, schlage ich vor, dass wir zunächst auf einem anderen Weg versuchen, mehr über die Sache herauszubekommen."

„Was könnte das für ein Weg sein?", fragte Hasenkrug.

„Direkte Konfrontation."

„Aha. Und wen konfrontieren wir womit?"

Büttner überlegte kurz, dann sagte er: „Am besten laden wir uns mal bei Oma Erna zu einer Tasse Tee und ein oder zwei Plätzchen ein. Wenn jemand über irgendwelche Geheimnisse rund um Hermann Wiemers und Bernhard Jakobs Bescheid weiß, dann ist es doch wahrscheinlich diese alte Dame." Er nahm einen letzten Schluck aus seiner Kaffeetasse und fügte hinzu: „Natürlich müssen wir äußerst umsichtig vorgehen, nicht, dass sie noch ohnmächtig wird oder so."

„Schon geschehen", erwiderte Hasenkrug wenig sensibel und starrte auf sein Handy. „Just in diesem Moment kam eine SMS von Linus Wiemers. Seine Großmutter wurde nach einem Herzanfall ins Krankenhaus eingeliefert. Es sieht nicht sehr gut aus."

„Irgendwie haben wir mit unseren Zeugen diesmal nicht viel Glück", meinte Büttner und guckte betreten auf seine Hände, „machen sich alle auf irgendeine Art aus dem Staub. Ich nehme an, sie ist nicht ansprechbar?"

Hasenkrug hob sein Handy in die Höhe und antwortete: „Davon steht hier nichts. War nur eine Kurznachricht, keine epische Abhandlung."

„Dann versuchen Sie eben, Linus Wiemers zu erreichen und fragen Sie ihn!", schnaubte Büttner schlecht gelaunt.

„Nichts zu machen", verkündete Hasenkrug wenige Minuten später. „Oma Erna darf außer ihren Angehörigen keinerlei Besuch empfangen. Schon gar keinen, der sie unnötig aufregt. Und ich fürchte fast, das wäre bei uns der Fall."

„Dann hoffen wir mal, dass die alte Dame den Anfall überlebt und uns irgendwann doch noch weiterhelfen kann. In der Zwischenzeit fahren wir noch mal ins Haus von Eike und Simone Wiemers. Wenn mich nicht alles täuscht, müsste der Bruder nach wie vor dort wohnen. Vielleicht weiß er ja mehr, als er bisher gesagt hat."

„Was erzählen Sie da eigentlich?" Alex schaute verwirrt von einem zum anderen. „Haben Sie so wenig in der Hand, dass Sie sich nun völlig abstruse Geschichten über irgendwelche dubiosen Familiengeheimnisse zusammenbasteln müssen?"

„Glauben Sie mir, Herr Habermann, wenn wir nicht ganz sicher wären, dass an dieser Geschichte etwas dran ist, dann wären wir jetzt nicht hier." Büttner sah den Mann eindringlich an. „Wir wissen, dass das alles für Sie nur schwer zu ertragen ist. Aber es muss doch auch in Ihrem Interesse sein, dass wir herausfinden, warum Ihre Schwester hat sterben müssen."

„Und Sie können nicht abstreiten, dass in diesem dubiosen Familiengeheimnis womöglich ein Schlüssel sowohl zum Mord an Ihrer Schwester als auch zu dem an ihrem Schwiegervater liegen könnte", ergänzte Hasenkrug. Als Alex daraufhin nichts erwiderte, fragte er: „Sind Sie sicher, dass Simone Ihnen gegenüber nicht mal irgendwas von ihren Recherchen erzählt hat?"

Alex erhob sich von seinem Stuhl und trat ans Fenster. Minutenlang starrte er nur in den trüben Novembertag hinaus, dessen dichter Nebel, so dachte er bitter, ein treffendes Abbild seiner Gemütslage zeichnete. Er war müde. Ausgebrannt. Am liebsten hätte er sich in sein Bett gelegt und wäre nie wieder aufgewacht. Niemals hätte er gedacht, dass sich dieses grauenhafte Gefühl tiefsitzender Verlassenheit, das er nach dem frühen Tod seiner Eltern verspürt hatte, noch einmal in gleicher Form wiederholen könnte. Doch wer verstand schon, wie er sich fühlte? So viele Menschen beneideten ihn um seinen materiellen Reichtum und sagten ihm, wie glücklich er sich schätzen könne, sich all seine Wünsche erfüllen zu können. Was, bitte schön, wussten diese Menschen über seine Wünsche? Alles, wirklich alles würde er hergeben, wenn er nur die Gelegenheit bekäme, eine glückliche Familie sein Eigen nennen zu können.

Sein Schmerz und seine Angst aber saßen so tief, dass er sich nie dazu hatte durchringen können, eine eigene Familie zu gründen. Was, wenn auch seiner Frau oder seinen Kindern ähnlich Furchtbares passierte wie ihm selbst? Überall lauerten doch Gefahren, vor denen er sie nie völlig hätte beschützen können. Genauso, wie es ihm nicht gelungen war, seine Eltern vor dem Tod zu bewahren, obwohl er doch über Jahre hinweg immer brav gewesen war. *Gott straft nur die bösen Menschen* hatte man ihm im Kindergottesdienst gesagt, als sein Vater so schwer erkrankt war. Also war Alex brav gewesen. Immer brav. Sogar, wenn seine Kumpels durch die Straßen zogen und dem Pastor Hundekot in den Briefkasten schmissen, war er zuhause geblieben und hatte seiner Mutter in der Küche geholfen. Und was hatte es genützt? Gar nichts. Nur zwei Jahre nach dem Tod seines Vaters hatten sie auch die Mutter zu Grabe tragen müssen. Also hatte er aufgehört, an die Worte der

Kirche zu glauben. Und an das Glück. Das Einzige, was er all die Jahre gewollt hatte, war wegzurennen. Ganz weit weg. Dorthin, wo ihn vielleicht selbst das böse Schicksal nicht finden konnte.

Alex lächelte bei der Erinnerung an die langen Abende, an denen er mit seiner Schwester Simone unter der Bettdecke gekauert und sie sich gegenseitig von fernen Ländern erzählt hatten, in denen ihnen das böse Schicksal ganz bestimmt nichts mehr würde anhaben können. Tatsächlich hatten sie beide nie genau verstanden, was die Erwachsenen meinten, wenn sie ihnen zuraunten: *Ihr habt aber auch wirklich mal ein böses Schicksal zu erleiden!* Lange hatten sie gedacht, es handele sich dabei um eine Art Monster, vor dem man nur weit genug wegrennen müsse, um ihm zu entkommen. So war bei ihm, Alex, der Wunsch entstanden, Kapitän zu werden, während Simone immer davon geträumt hatte, eines Tages einen Platz zu finden, an dem man sie wirklich wollte. So wie ihre Eltern sie wirklich gewollt und es ihr auch gezeigt hatten. Und genau diesen Platz meinte sie dann hier bei Eike gefunden zu haben. Gleich nach ihrer kirchlichen Trauung hatte sie ihrem Bruder schelmisch zugezwinkert und ihm ins Ohr geflüstert: *Ich glaube, hier ist der Platz, zu dem das böse Schicksal keinen Zutritt hat.* So konnte man sich täuschen.

„Simone wollte immer eine Familie haben, dazugehören", sagte Alex, ohne sich vom Fenster abzuwenden. „Vor ungefähr zwei Jahren war sie plötzlich ganz besessen von dem Gedanken, Ahnenforschung zu betreiben. Sie träumte davon, irgendwann einen riesigen Stammbaum an der Wand hängen zu haben, bei dem an einem der Äste ihr Name stand. Ja, sie wollte das Gefühl haben, dass es Menschen gab, die sie ihre Familie nennen konnte."

„Sie meinen, das war der Auftakt zu dem Familiengeheimnis, das wir gerade erwähnten?", fragte Büttner mit belegter Stimme. Das Schicksal dieses jungen Mannes und seiner verstorbenen Schwester ging ihm immer noch an die Nieren.

Alex drehte sich zu ihnen um und schlang die Arme um seinen Körper, als ob ihm kalt wäre. „Simone hatte etwas herausgefunden", sagte er mit rauer Stimme. „Irgendwas über unsere Mutter. Und das war auch der Grund, warum sie nach Ostfriesland gegangen ist."

„Sie meinen, der Stammbaum Ihrer Mutter führt nach Ostfriesland?"

„Zumindest glaubte sie das. Oder sagen wir mal, sie war von dieser fixen Idee nicht abzubringen."

„Und können Sie uns auch sagen, wie genau da die Familie Wiemers ins Spiel kommt?", wollte Hasenkrug wissen. „Ich meine, schließlich hatte sie ja genau bei denen ein Familiengeheimnis gewittert."

„Tut mir Leid, ich habe bis heute keinerlei Ahnung, wo es zwischen unseren Familien einen Zusammenhang geben soll." Alex lachte ein wenig zu schrill auf. „Ich nehme ja an, dass Simone irgendwann selbst eingesehen hat, dass sie sich auf dem Holzweg befand. Auf jeden Fall hat sie schon sehr bald nicht mehr darüber geredet. Und wenn wir irgendwie verwandtschaftlich mit dieser Familie verbunden wären, hätte sie Eike ja wohl kaum geheiratet."

„Klingt plausibel", nickte Büttner, auch wenn er sich dessen gar nicht so sicher war. „Allerdings würde ich mir die Aufzeichnungen Ihrer Schwester trotzdem ganz gerne mal ansehen. Sie wissen nicht zufällig, wo sie zum Beispiel den Stammbaum verwahrt hat?"

Alex lächelte. „Doch", sagte er, „er hängt in ihrem Schlafzimmer über dem Bett. So, wie sie es immer gewollt hat. Er ist eben nur noch ein wenig, nun, sagen wir mal, kahl."

„Inwiefern?", hakte Hasenkrug nach.

„An der Seite unserer Mutter fehlen die Äste."

„Es ist ihr also wirklich nicht gelungen herauszufinden, wer die Familie Ihrer Mutter ist", stellte Büttner fest.

„Die leibliche Familie. Simone ist bei ihren Nachforschungen angeblich auf eine Adoptionsurkunde gestoßen, die besagt, dass unsere Mutter nicht die leibliche Tochter ihrer Eltern war."

„Bei einer ordnungsgemäßen Adoption dürfte es allerdings nicht allzu schwer herauszufinden sein, wer die wirklichen Eltern waren. Das dürften unter diesen Umständen zumindest wir innerhalb kürzester Zeit erfahren." Büttner nickte Hasenkrug zu, der sich sogleich eine entsprechende Notiz machte.

„Simone hatte auch ihre Kontakte", machte Alex eine wegwerfende Handbewegung. „Es gab praktisch nichts, was sie nicht herausfand, wenn sie es tatsächlich wollte. Aber in diesem Fall biss sie auf Granit. Es gibt diese Adoptionsurkunde und weiter nichts. Fast könnte man meinen, unsere Mutter sei vom Himmel gefallen."

„Fragen Sie trotzdem mal bei den entsprechenden Stellen nach", wies Büttner seinen Assistenten an. Dann stand er von seinem Stuhl auf. „Ich danke Ihnen, Herr Habermann. Es ist gut möglich, dass wir jetzt bald ein wenig klarer sehen."

„Wenn Sie meinen", zuckte Alex die Schultern, schien aber nicht überzeugt. Dennoch konnte er es sich nicht verkneifen zu fragen: „Würden Sie mir denn Bescheid geben, wenn Sie etwas herausgefunden haben?"

Büttner nickte. „Natürlich." Er wandte sich der Haustür zu, doch bevor er sie öffnete, drehte er sich noch einmal um und fragte: „Ach, übrigens, Herr Habermann, bevor wir lange suchen müssen: Wie hieß denn Ihre Mutter eigentlich mit Mädchennamen?"

„Adams. Anita Adams."

32

„Und du bist ganz sicher, dass es so stimmt?" In den Augen des Reporters waren deutliche Zweifel zu erkennen, und er schob seinen Notizblock ein Stück weit von sich, als wolle er damit seine Beklommenheit unterstreichen. Er wusste um die Brisanz dieser Story, und deswegen war ihm auch klar, dass es das Ende seiner Journalistenkarriere sein würde, wenn irgendetwas an ihr sich als falsch herausstellen würde. Am liebsten hätte er jetzt gleich sein Zeug zusammengepackt und wäre gegangen. Doch sah Bernhard nicht so aus, als würde er eine Absage akzeptieren.

„Wenn ich dir das so erzähle, dann ist das so. Oder willst du vielleicht behaupten, dass ich lüge?" Bernhard sah seinen alten Freund Peter Kogler aus schmalen Augen an. Auf keinen Fall würde er zulassen, dass dieser Waschlappen jetzt den Schwanz einzog. Diese Geschichte musste gedruckt werden, koste es, was es wolle. „Ich muss dich sicherlich nicht daran erinnern, dass du mir noch etwas schuldest, oder?" Bernhard beugte sich vor, wobei er fast eine Kaffeetasse vom Tisch gewischt hätte. Aus dem Augenwinkel bemerkte er, dass ihn die Kellnerin aufmerksam musterte. Sie schien sich nicht besonders darüber zu freuen, dass er in seinem abgerissenen und zugegebenermaßen nicht ganz nüchternen Zustand ausgerechnet in ihrem Café zu Gast war. Aber das kannte er schon. In vielen Emder Cafés und Kneipen hatte er inzwischen Hausverbot. Nur deswegen war er überhaupt in dieses Spießerlokal gegangen, das er wegen seines gediegenen Publikums bisher immer gemieden hatte. Also musste die Kellnerin da jetzt durch. Schließlich handelte es sich hier um einen Pressetermin. Später, wenn all das hier Besprochene erstmal schwarz auf weiß in der Zeitung stand, würde sie ihren Freunden stolz erzählen können, dass sie praktisch dazu beigetragen hatte, diesen skandalösen Fall an die Öffentlichkeit zu bringen. Ja, auf die Wichtigtuerei der Leute konnte man immer zählen.

Bernhard klopfte auf Peters Notizen. „Sag mir, dass du diese Geschichte nicht druckst, und ich sorge dafür, dass die ganze Welt erfährt, was du für eine Nazisau bist."

„Ich bin kein Nazi", verteidigte sich Peter Kogler mit gedämpfter Stimme und blickte sich panisch im Raum um. „Das weißt du auch, Bernhard."

„Aber alle anderen wissen es nicht", zeigte der sein breitestes Grinsen, „und nur darauf kommt es doch an." In seinem Kopf liefen die Bilder von damals ab, als er eines Nachts beobachtete, wie eine Gruppe angetrunkener Männer einen zufällig vorbeikommenden Vietnamesen in die Zange nahmen und immer wieder auf ihn einprügelten, bis er besinnungslos am Boden lag. Peter Kogler, in dieser Nacht ebenfalls blau wie ein Veilchen, hatte nicht zu dieser Gruppe gehört, doch wusste er das nicht mehr. Bernhard aber hatte beobachtet, dass Peter, als die prügelnde Meute gerade dabei war, sich aus dem Staub zu machen, zufällig über den am Boden liegenden Mann stolperte und ihm dabei mit seinen schweren Stiefeln unbeabsichtigt einen heftigen Tritt gegen den Kopf verabreichte. Dieser Tritt gegen den Kopf aber – so sollte es später der Rechtsmediziner feststellen – hatte zu Blutungen im Gehirn und damit zu einer lebenslangen Behinderung des Opfers geführt. Irgendein Passant hatte die Polizei gerufen, die die ganze Gruppe dingfest machte und Peter in eine Ausnüchterungszelle steckte. Am nächsten Morgen konnte der sich an nichts mehr erinnern, hatte jedoch eine Klage wegen schwerer Körperverletzung am Hals, die von den ihm unbekannten Mitgliedern der Gruppe gestützt wurde. Nur Bernhards Zeugenaussage als unabhängiger Beobachter hatte damals verhindert, dass Peter in den Knast ging.

Wohl wissend, dass ihm ein Journalist immer mal von Nutzen sein konnte, hatte Bernhard seinen Freund nach der Entlassung jedoch glauben gemacht, er, Peter, habe tatsächlich zu der Gruppe von Schlägern gehört und dem Vietnamesen absichtlich und mit voller Wucht gegen den Kopf getreten. Natürlich könne Peter sich nicht mehr daran erinnern, weil er total blau gewesen sei. Er aber, Bernhard, habe es genau gesehen. Also müsse er seine Aussage nur zurückziehen und schon hätte Peter ein Riesenproblem. Seither hatte Bernhard immer alles in der Zeitung platzieren können, was ihm wichtig war, wie zum Beispiel seine Gift sprühenden Leserbriefe.

Noch nie aber war es ein so großes Ding gewesen wie dieses hier.

„Also", sah Bernhard sein Gegenüber jetzt mit stechenden Augen an, „Lust auf ein paar Jahre Knast?"

„Du schwörst mir, dass das hier keinen Ärger gibt?",

stellte der Reporter die Gegenfrage. „Ich meine, diese Annegret Engler hat echt 'nen Namen. Wenn das schiefgeht, dann …"

„Was bist du doch für 'ne Memme!", erwiderte Bernhard, nahm einen kräftigen Schluck seines Wodkas und rülpste laut. Mit Genugtuung bemerkte er, wie ihn die Kellnerin angewidert ansah und sich die anderen Gäste des Cafés kopfschüttelnd zu ihm umdrehten. „Das ist die Story deines Lebens, Kumpel. Du wirst ganz groß rauskommen. Also bring's einfach!"

Als sich Peter Kogler mit hängenden Schultern auf den Weg gemacht hatte, verließ Bernhard zufrieden das Café und setzte sich mit einer Flasche Korn auf die Treppenstufen am Delft. Der morgige Tag würde der Tag seines Lebens werden, das wusste er genau. Da konnte man sich zur Belohnung auch schon mal einen Schluck aus der Pulle gönnen, befand er und setzte sich die Flasche an den Hals.

Eine kribbelnde Erregung nahm von ihm Besitz, als er den Schnaps heiß und brennend seine geschundene Kehle hinunterrinnen spürte. Morgen würde es endlich soweit sein. Aus der ach so edlen und angesehenen Notarin Engler würde eine verdammte Kindes-Aussetzerin werden, die es nur dem Zufall zu verdanken hatte, dass ihr Balg noch lebte. Da konnte Annegret jammern und winseln, wie sie wollte. Sie hatte ihre Chance gehabt.

Doch anstatt diese zu nutzen und ihn, Bernhard, endlich für all die Jahre des Leidens mit Geld und Liebe zu entschädigen, hatte sie sich einfach aus dem Staub gemacht. Immer wieder war er um ihr Haus herumgeschlichen, um sie noch mal an ihr Versprechen zu erinnern, ihm die fünfzigtausend Euro zukommen zu lassen. Nur war sie dort nie aufgetaucht. Stattdessen war irgendwann diese blöde Schnepfe von Nachbarin aus dem Haus geschossen und hatte ihn angepflaumt, sie würde die Polizei rufen, wenn er noch länger hier herumschleiche. Überhaupt könne er warten, bis er verschimmle, denn Frau Engler sei schon wieder nach Irland abgereist. Seine Almosen müsse er sich also zukünftig woanders abholen, am besten bei der Bahnhofsmission, denn die sei schließlich für solche verkommenen Subjekte wie ihn zuständig.

Bei so wenig Entgegenkommen würde er also nun das machen, was er Annegret angedroht hatte: er würde sie vernichten. Psychisch wie physisch.

33

Über Irland tobte ein Orkantief. Annegret hatte sich in ihre Wolldecke eingemummelt und starrte teilnahmslos auf ihren Fernseher, in dem bestimmt schon die dritte Kochshow dieses Tages lief. Früher, als ihr Leben noch so wunderbar in Ordnung gewesen war, hatte sie diese Sendungen ganz gerne mal geschaut. Natürlich nur, wenn sie die Zeit dazu fand, was selten genug war. Am Wochenende hatte sie dann ihren Mann Oliver mit neuen Menükreationen überrascht.

Nun aber hätte es auch jedes andere Fernsehprogramm sein können, das da über die Mattscheibe flimmerte. Hätte man Annegret im Nachhinein nach dem Inhalt der Sendung gefragt, hätte sie passen müssen. Selbst die Ankündigung des unmittelbar bevorstehenden Weltuntergangs würde sie in keinster Weise berühren, denn mit ihren Gedanken war sie ganz woanders.

Zum bestimmt hundertsten Male an diesem Tag fragte sie sich, ob es richtig gewesen war, sich einfach nach Irland abzusetzen. Zwar hatte sie ihre kleine Wohnung hier immer als ein sicheres Refugium empfunden, in dem sie jedem Sturm würde trotzen können. Nun aber merkte sie, dass es eigentlich keinen Unterschied machte, wo sie sich aufhielt, denn schließlich konnte man zwar alles, was man nicht brauchte, zurücklassen. Alles, außer sich selbst.

Und genau da lag das Problem. Denn das, was sie derzeit am allerwenigsten brauchte, war sie selbst. Jedes Mal, wenn sie in den Spiegel schaute, sah sie nicht mehr die gutaussehende und erfolgreiche Notarin, die ihr sonst immer sprühend vor Lebensfreude entgegengestrahlt hatte. Nein, wenn sie heute in den Spiegel schaute, dann sah sie in ein Paar Augen, die sie zutiefst verzweifelt musterten – und die einem etwa fünfzehnjährigen Mädchen gehörten.

Und sie hörte in jedem Geräusch nur eine Stimme. Diese Stimme. Sie klang nicht mehr so fest wie früher, eher abgehackt und röchelnd. Ähnlich röchelnd wie damals vielleicht, als sich ihre beiden Körper auf so wunderbare Weise vereinten, als jedes Wort zu viel gewesen wäre. Damals, als Annegret noch geglaubt hatte, mit diesem Mann an ihrer Seite stehe ihr die ganze Welt offen.

Und nun, nach all den Jahren, hatte er doch tatsächlich die Dreistigkeit gehabt, sie anzurufen. Nachdem er sie vierzig Jahre lang wie Luft behandelt hatte. Nein, korrigierte sich Annegret, falscher Vergleich. Die Luft brauchte er zum Atmen, zum Leben. Sie aber, Annegret, hatte er nur benutzt. Und er hatte sie weggeworfen. Aber gebraucht hatte er sie nie.

Bis jetzt.

Kein Wort hatte sie über die Lippen gebracht, als sie ihn plötzlich am Telefon gehabt hatte. Zu diesem Zeitpunkt war sie bereits am Flughafen in Dublin gewesen, hatte geglaubt und vielleicht auch gehofft, dass am anderen Ende des Telefons eines ihrer Kinder sein würde und sie bat, zuhause zu bleiben und alles, was kommen würde, gemeinsam durchzustehen.

Stattdessen aber war da dieses Röcheln gewesen. „Annegret?", hatte er nur gesagt, und obwohl sie all ihre Kraft eingebüßt hatte, hatte sie diese Stimme sofort erkannt. Sie hätte sie unter tausenden Stimmen erkannt. Es war die Stimme von Berend Adams.

„Ich – Zeitung – bitte – reden", hatte er gestammelt, als sie nicht reagierte, sondern nur mit offenem Mund ins Leere stierte. „Die Polizei – war hier – ich – alles gesagt." Schwer atmend hatte er eine ganze Weile geschwiegen und spätestens da wäre der Zeitpunkt gewesen, einfach aufzulegen. Doch Annegret hatte es nicht gekonnt. Wie festgetackert hatte sie an ihrem Platz vor dem Taxistand gestanden und einfach nur zugehört, was er zu sagen hatte. Nicht, weil sie es wollte, sondern einfach nur, weil sie nicht anders konnte.

Irgendwann vor längerer Zeit hatte sie durch Zufall erfahren, dass Berend Adams unheilbar an Krebs erkrankt war. „Das hat der nun davon, der feine Herr Lehrer", hatte ihr ihre Nachbarin Gesine Koopmann zugeflüstert, „ist ja auch 'ne Schande, was der früher so alles getrieben hat. Aber jeder kriegt seine Strafe, der eine früher, der andere später."

Auf Annegrets mechanische Nachfrage, was sie denn damit meine, hatte die Frau sensationslüstern geantwortet: „Na, das weiß doch jeder, dass der früher immer die kleinen Mädchen vernascht hat. Er saß ja an der Quelle. Manch eine soll er sogar geschwängert haben!"

„Das weiß doch jeder?", hatte Annegret mit heiserer

Stimme erwidert und einen plötzlichen Schwindel verspürt. „Was meinen Sie damit, wenn Sie sagen, das weiß doch jeder?"

„Ach, so ist das doch auf 'm Dorf. Da passiert viel, aber über so was redet man doch nicht. Also, früher ja sowieso nicht. Das gehörte sich einfach nicht."

Das gehörte sich einfach nicht. Annegret hatten diese Worte so schmerzhaft getroffen wie Faustschläge. Hieß das, dass sie sich all die Jahre nur eingebildet hatte, dass niemand etwas von ihrem Zustand bemerkt hatte? Hieß das, dass womöglich alle davon gewusst hatten? Ihre Mutter, ihre Freundinnen, Berend Adams selbst? Tage- und nächtelang hatten sie diese Fragen gequält. Dennoch hatte sie nicht den Mut gefunden, zum Telefon zu greifen, um wenigstens ihre Mutter zur Rede zu stellen.

Nun aber, seit dem Telefonat mit Berend Adams, das sie schließlich wortlos beendete, hatte sie die Gewissheit. Er hatte es gewusst. All die Jahre. Wie all die anderen. Und er hatte keine Fragen gestellt. All die Jahre. Wie all die anderen.

Da Annegret aber nie mit einem Kind irgendwo aufgetaucht war, musste er doch zumindest geahnt haben, dass sie es weggegeben oder getötet hatte. Es war ihm egal gewesen. Sie war ihm egal gewesen, wie all die anderen Mädchen auch.

Annegret griff nach ihrem Glas mit irischem Whiskey, das sie sich eingeschenkt hatte, stellte es dann jedoch sofort wieder auf dem Tisch ab, ohne einen Schluck genommen zu haben. Ursprünglich hatte sie sich vorgenommen, sich zu betrinken, um ihr Elend wenigstens für ein paar

Stunden vergessen zu können. Doch als ihr nun der Geruch des Alkohols in die Nase stieg, verspürte sie plötzlich einen unsagbaren Ekel. Das versoffene Konterfei von Bernhard schob sich vor ihre Augen, und unwillkürlich stieg ein Brechreiz in ihr hoch. Nein, dachte sie sich und erschauerte, vermutlich würde sie für den Rest ihres Lebens keinen Schluck Alkohol mehr anrühren können.

Sie seufzte. Auch das hatte Bernhard ihr also genommen. Wie gerne hatte sie abends mit ihrem Mann Oliver zusammengesessen und ein Glas Rotwein oder eben auch einen Whiskey genossen. Sie hatten sich dann von den Erlebnissen ihres Tages erzählt, häufig lag sie dabei in seine starken Arme gekuschelt. Doch nun hatte sie alles verloren.

Was mochte Bernhard nun tun? Sie konnte sich nicht vorstellen, dass er einfach Ruhe geben würde. In der Zwischenzeit hatte Ewald Kubicek sie angerufen, um ihr mitzuteilen, dass man Bernhard aus der Haft entlassen hatte. Als sie ihn fragte, woher er das wisse, hatte er nur geantwortet, er habe eben so seine Kontakte. Umso erleichterter war sie gewesen, dass sie in Irland war und dieser Mistkerl sie nicht ohne Weiteres würde aufsuchen können.

Wusste Bernhard eigentlich von ihrem Haus in Irland? Annegret zermarterte sich das Hirn, ob es bei einer der wenigen Gelegenheiten, bei denen sie sich in den letzten Jahren über den Weg gelaufen waren, mal thematisiert worden war. Doch sie konnte sich nicht daran erinnern. Natürlich nicht. Schließlich hätte sie einem Gespräch mit Bernhard vor noch nicht allzu langer Zeit keinerlei Bedeutung beigemessen. Na ja, dachte sie, es dürfte sowieso mehr als unwahrscheinlich sein, dass Bernhard ausgerechnet hier auftauchte. Mit seinem stets besoffenen Kopf würde er eine solche Reise wohl kaum bewerkstelligen können.

Und Eike? Auch hier hatte Kubicek gewusst, dass es keine neuen Anhaltspunkte zu dessen Aufenthaltsort gab. Nach wie vor galt er als verschollen. Vielleicht, dachte Annegret und erschrak dabei kurz vor sich selber, hatte sie ja Glück und er war längst tot. Vermutlich wäre es gut, so lange in Irland zu bleiben, bis sie darüber Gewissheit hatte.

Ja, vermutlich wäre es sogar gut, für den Rest ihres Lebens keinen Fuß mehr auf deutschen Boden zu setzen. Sie würde ihr Notariat aufgeben und sich hier in Galway zur Ruhe setzen. Am Geld würde es nicht scheitern. Nicht nur, dass sie für ihren Ruhestand gut vorgesorgt hatte. Darüber hinaus würde ihr ja nun auch die Lebensversicherung von Oliver in einer Höhe ausbezahlt werden, die theoretisch ausreichen würde, zwei vierköpfige Familien für ein paar Jahre zu ernähren. Auch um ihre Kinder musste sie sich keine Sorgen machen, denn die waren selbstständig genug, um alleine zurechtzukommen und ihre Mutter regelmäßig in Irland zu besuchen. Annegret schluckte. Wenn sie es denn überhaupt noch wollten, nachdem sie von ihrem ausgesetzten Halbbruder erfahren hatten. Und dass sie über kurz oder lang davon erfahren würden, stand außer Zweifel. Denn dafür würden Bernhard und Eike ganz gewiss sorgen.

Ein krachendes Geräusch riss Annegret aus ihren Gedanken. Erschrocken fuhr sie zusammen und starrte mit weit aufgerissenen Augen zur Terrassentür hinaus. Schon die ganze Zeit über hatte sie das Gefühl, beobachtet zu werden. Ständig meinte sie, Blicke auf sich zu spüren. Auch bildete sie sich ein, an den Fenstern und Türen wiederholt komische Geräusche gehört zu haben. Versuchte womöglich jemand, bei ihr einzubrechen? Oder war es lediglich der starke Wind, der Fenstern und Türen diese seltsam knarrenden Töne entlockte? Und die Schritte! Schlich da nicht ständig jemand über den Kiesweg an ihrem Haus vorbei?

Annegret quälte sich umständlich aus ihrem Sofa hoch, auch wenn sie wenig Lust verspürte, sich auch nur einen Meter von ihrem warmen Zufluchtsort wegzubewegen. Aber sie musste dringend in ihrem Notariat anrufen, um sich für die nächsten Wochen abzumelden. Als Grund dafür würde sie einfach die psychische Belastung nach dem grausamen Tod ihres Mannes angeben. Und das war ja auch gar nicht so weit hergeholt.

Erstmal ein wenig zur Ruhe kommen, beschwor sie sich selbst, als sie merkte, wie sehr ihre Beine zitterten und ihre Knie bei jedem Schritt nachzugeben drohten. Wie eine alte, rheumageplagte Frau stolperte sie zur Terrassentür und blickte in den düsteren Tag hinaus. Draußen war urplötzlich eine so dunkle Wolkenwand heraufgezogen, dass man meinen konnte, von einer Minute auf die andere sei die Nacht über der Insel hereingebrochen. Tatsächlich aber war es erst ein Uhr am Mittag.

Im Garten nebenan entdeckte sie einen vom Sturm entwurzelten Baum, der das Dach des Nachbarhauses im Fallen anscheinend nur um wenige Zentimeter verfehlt hatte. Daher also dieses donnernde Krachen!

Der Orkan tobte nun mit einer solchen Wucht, dass vermutlich mit noch mehr Schäden zu rechnen war. Doch zu ihrem eigenen Erstaunen ließ Annegret dieses Weltuntergangsszenario kalt. Wie nebenbei drückte sie auf einen Knopf in der Wand, um die elektrischen Rollläden herunterzulassen. Sie wollte das alles nicht sehen. Sie hatte andere Sorgen.

Doch was war das!? War da nicht gerade jemand durch ihren Garten gehuscht? Dahinten, zwischen den Brombeerbüschen? Oder war es nur die Bewegung der sich unter den Böen tief zum Boden neigenden Bäume gewesen? Mühsam linste sie unter dem sich langsam senkenden Rollladen hindurch. Doch alles, was sie sah, war der Regen, der in Sturzbächen gegen ihre Fenster stob.

Als der Rollladen ganz unten war, stolperte sie weiter in Richtung Schlafzimmer, weil sie meinte, dort ihr Smartphone abgelegt zu haben. Man konnte ja nie wissen, ob man angesichts dieses Unwetters oder möglicher anderer Gefahren nicht vielleicht mal einen Notruf absetzen musste. Doch wo war das verdammte Teil? Nervös kramte sie in all ihren Handtaschen und unter diversen Kissen und Decken, bis sie es schließlich in der Küche unter einem Stapel Geschirrtücher vergraben fand. Ja, jetzt fiel es ihr wieder ein. Sie selbst hatte es dort verschwinden lassen, nachdem es laufend geläutet und sie die Nummer dieses Pressefuzzis Peter Kogler auf dem Display gesehen hatte. Konnte der sie nicht einfach in Ruhe lassen? Kein Wort würde sie jemals der Presse gegenüber verlauten lassen, kein Sterbenswort!

Ein Blick auf das Display sagte ihr, dass Kogler schließlich aufgegeben hatte. Es wurde kein Anruf in Abwesenheit mehr angezeigt. Sie ließ das Smartphone in die Tasche ihrer Jogginghose gleiten und merkte erst jetzt, wie sehr sie fror. Als ihr Blick auf den Wasserkocher fiel, beschloss sie, sich eine heiße Brühe zuzubereiten. Schließlich, so sagte sie sich, musste sie angesichts der zahlreichen Bedrohungen, denen sie sich ausgesetzt fühlte, einigermaßen bei Kräften bleiben.

Nur wenige Minuten später schlich sie mit einer dampfenden Suppentasse in der Hand ins Wohnzimmer zurück. Bevor sie sich setzte, ging sie jedoch von Zimmer zu Zimmer, um auch hier die Rollläden herunterzufahren. Sie wollte jetzt ganz für sich alleine sein, die Welt da draußen für die nächsten Stunden einfach aussperren. Und sie wollte auf keinen Fall mehr sehen, wie jemand um ihr Haus herumschlich.

Doch blieb genau dies ein frommer Wunsch. Denn nur Sekunden später wäre vermutlich die ganze Nachbarschaft durch einen gellenden Schrei des Entsetzens aufgeschreckt worden, wenn nicht just in diesem Moment das Gewächshaus auf der gegenüberliegenden Straßenseite unter einem weiteren fallenden Baum kreischend zu Bruch gegangen wäre.

Die Gestalt aber, die ihr fratzenartiges Gesicht an Annegrets Schlafzimmerfenster presste, hätte in der Dunkelheit wohl ohnehin keiner wahrgenommen.

34

„Sackgasse." Sebastian Hasenkrug zuckte die Schultern. „Es ist, wie Alex Habermann uns sagte: auf offiziellem Wege endet die Suche nach den leiblichen Verwandten seiner Mutter bei der Adoptionsurkunde. Was aber vor der Adoption war, weiß angeblich kein Mensch."

„Gut. Oder vielmehr nicht gut." Hauptkommissar David Büttner zog die Stirn in Falten und dachte nach, während er gedankenverloren den kleinen Ball seines Hundes unter dem Schreibtisch hervorfischte und ihn an das andere Ende des Raumes warf. Das ließ sich Heinrich nicht zweimal sagen, sprang freudig kläffend von seiner Decke auf und preschte hinter seinem Spielzeug her.

„Mist", murmelte Büttner, „so war das doch gar nicht gemeint." Er versuchte unter dem hämischen Grinsen seines Assistenten, den Hund wieder in den Griff zu bekommen. Der aber schien so begeistert von der unerwarteten Apportiereinlage, dass er in seinem Elan nicht zu bremsen war. Wie ferngesteuert raste er von einer Ecke zur anderen hinter seinem Ball her und schien die Bemühungen seines Herrchens, ihn laut fluchend im vollen Lauf zu stoppen, für ein lustiges Spiel zu halten. Schließlich sah Büttner keinen anderen Ausweg mehr, als einen Kauknochen aus der Schublade zu ziehen und ihn auf Heinrichs Decke zu legen.

„Weiß gar nicht, an wen der mich erinnert", grinste Hasenkrug, als Heinrich den Kopf schieflegte, einen freudigen Satz tat und sich nur Sekunden später von seinem Spielzeug abwandte, um sich nun ganz seiner Zwischenmahlzeit zu widmen. „Es soll ja auch Menschen geben, die für ein Leckerli alles andere stehen und liegen lassen. Muss er sich wohl bei irgendwem abgeguckt haben."

„Wenn Sie dann mit Ihren Lorenz'schen Verhaltensstudien fertig sind, könnten wir uns ja mal wieder unserem Fall widmen", knurrte Büttner mit einem finsteren Blick auf seinen selig vor sich hin schmatzenden Hund. „Ich schlage vor, dass wir uns auf den inoffiziellen Weg begeben, wenn wir auf dem offiziellen nicht weiterkommen."

„Und der wäre?", fragte Hasenkrug.

„Familie Adams. Ich weiß nicht, ob es Zufall ist oder nicht, dass die Mutter von Alex und Simone Wiemers mit Mädchennamen Adams hieß. Davon dürfte es in Deutschland eine ganze Menge geben. Aber einen Versuch ist es wert. Immerhin war Simone Wiemers davon überzeugt, dass sich die Spur ihrer Mutter in Ostfriesland verlor."

„Sie meinen, wir sollen noch mal zu dem Mädchenverführer gehen?" Der Gedanke, jetzt womöglich erneut mit dem sterbenskranken Berend Adams konfrontiert zu werden, behagte Hasenkrug gar nicht.

„Haben Sie einen besseren Vorschlag?"

Hasenkrug zuckte die Schultern, sagte aber nichts.

„Gut." Büttner verzog das Gesicht. „Unter den gegebenen Umständen nehme ich ja an, dass bei den Adams jemand zuhause ist. Also fahren wir jetzt einfach mal hin." Er warf einen Blick auf seinen Hund, der mit seinem

Knochen voll und ganz beschäftigt war. „Heinrich kann hierbleiben, der wird uns wohl für eine absehbare Zeit nicht vermissen."

Eine tränenüberströmte Verena Adams öffnete ihnen die Tür. „Ach, Sie sind's", sagte sie mit kraftloser Stimme und bat die beiden Polizisten mit einer Geste einzutreten.

„Es tut uns Leid, wenn wir ungelegen kommen", erwiderte Büttner. „Aber wir hätten da noch ein paar Fragen an Sie und Ihren Mann."

Verena Adams sah ihn mit einem unergründlichen Gesichtsausdruck an und deutete auf das Zimmer, in dem sie am Tag zuvor gewesen waren. Dann sagte sie: „Mein Mann ist heute Vormittag verstorben. Es – war wohl alles zu viel für ihn."

„Oh." Büttner räusperte sich verlegen und auch Hasenkrug wusste nicht, wohin er seinen Blick wenden sollte. „Das tut mir Leid. Natürlich halten wir Sie dann auch gar nicht auf. Kommen Sie erstmal ein wenig zur Ruhe. Wir melden uns dann später noch mal."

Verena Adams winkte ab. „Ist schon gut. Wenn Sie glauben, dass ich gerade vor lauter Trauer nicht weiß, wohin mit mir, dann muss ich Sie enttäuschen." Ehe sie weitersprach, bildete sich um ihre Mundwinkel ein verbitterter Zug, gleichzeitig schob sie entschlossen das Kinn vor. „Das, was ich in den letzten Tagen über meinen Mann erfahren musste, hat mich all meine Trauer vergessen lassen. Vielmehr bin ich jetzt so wütend, dass ich nicht wenig Lust hätte, schreiend auf die Straße zu rennen." Sie fixierte Büttner mit schmalen Augen und fügte hinzu: „Und wie lange ist Ihnen schon bekannt, dass mein Mann zeitlebens seine Schülerinnen …" Ihre Stimme brach, noch bevor sie den Satz zu Ende sprechen konnte. Von Weinkrämpfen geschüttelt führte sie die beiden Polizisten ins Wohnzimmer und bedeutete ihnen, Platz zu nehmen. „Ich schäme mich so", schluchzte sie, „ich schäme mich so sehr!"

„Sie haben von all dem nichts gewusst", stellte Büttner tonlos fest.

Verena Adams schüttelte den Kopf und angelte unter einem Sofakissen nach einem Taschentuch. „Es ist kaum zu glauben, oder?", sagte sie dann und lachte kurz und schrill auf. „Da lebt man jahrzehntelang mit einem Mann zusammen und merkt nicht, dass er reihenweise kleine Mädchen ins Unglück stürzt. Hätte man mir das über jemand anderen erzählt, so hätte ich gesagt, dass das nicht möglich ist. Irgendwas merkt man doch immer als Ehefrau, hätte ich gesagt. Nie im Leben hätte ich – wir haben zwei Töchter, wissen Sie", unterbrach sie sich dann selbst und schaute Büttner aus glasigen Augen an. „Zwei wundervolle Töchter. Und trotzdem hat er – nein, ich kann es noch immer nicht glauben. Aber so ist es nun mal. Ich werde damit zurecht kommen müssen."

„Es – tut mir Leid." Büttner wusste kaum, wohin er seinen Blick wenden sollte. Selten hatte er sich bei einer Befragung so unwohl gefühlt. „Aber ich möchte Sie mit dieser Angelegenheit auch nicht weiter behelligen. Wir sind wegen einer ganz anderen Sache hier", kam er auf den eigentlichen Grund ihres Besuchs zu sprechen. „Wenn Sie jetzt aber lieber alleine sein möchten …"

„Nein, nein", schüttelte Verena Adams den Kopf, „ich

bin froh über alles, was mich von meinen Grübeleien ablenkt." Sie warf einen Blick auf ihre Armbanduhr. „In etwa einer Stunde werden meine Töchter hier sein. Bis dahin habe ich Zeit."

„Ich bin mir gar nicht sicher, ob Sie uns helfen können, aber wir dachten, einen Versuch sei es wert", begann Büttner und sah seinen Assistenten, der nur verlegen auf seine Füße starrte, auffordernd an. Der aber nahm ihn gar nicht wahr. „Also", ergriff er wieder das Wort, „im Rahmen unserer Ermittlungen ist uns im Zusammenhang mit einer Adoption der Name Anita Adams genannt worden. Diese Anita Adams wäre heute gut sechzig Jahre alt, ist aber vor mehr als zwanzig Jahren an Krebs verstorben. Sie wissen nicht zufällig etwas über diese Frau?"

Verena Adams' Augen hatten sich bei Büttners Worten zu schmalen Schlitzen verengt. „Mein Mann hatte einen Onkel Eelko. Ich weiß, dass der eine Tochter namens Anita hatte, die heute ungefähr in diesem, also unserem Alter sein müsste."

„Und wissen Sie auch, wo dieser Onkel lebt? Oder gelebt hat?"

„Er ist schon lange tot. Berend hatte auch keinen Kontakt zu ihm. Irgendeine Familienstreitigkeit, was weiß ich." Verena Adams machte eine wedelnde Handbewegung, als wollte sie sagen, dass es von diesen Streitigkeiten viele gegeben habe. „Ich glaube aber, dass er irgendwo in Schleswig-Holstein wohnte."

Nach diesem Satz schien sich auch Hasenkrug wieder am Geschehen beteiligen zu wollen, denn plötzlich blickte er auf und sah Verena Adams aufmerksam an.

„Sie wissen aber nicht, ob Ihr Onkel besagte Anita adoptiert hatte?", mischte er sich erstmals ins Gespräch ein.

„Doch. Wenn ich mich richtig erinnere, dann war mal davon die Rede, dass er selber keine Kinder zeugen konnte und sie deshalb eines angenommen hatten." Verena Adams legte eine Hand an die Stirn, als müsste sie sich auf ihren nächsten Satz angestrengt konzentrieren. „Ja, jetzt weiß ich es wieder. Onkel Eelko war durch seine Zeugungsunfähigkeit zum Gespött der ganzen Familie geworden. Er hat sich daraufhin von allen zurückgezogen und nie wieder den Kontakt gesucht."

„Somit haben Sie auch Anita Adams nie kennengelernt?", hakte Büttner nach.

„Nein. Ich weiß nur, dass die Familie es zu einem gewissen finanziellen Wohlstand gebracht hatte. Auch darüber wurde gerne gelästert."

„Wurde denn jemals darüber gesprochen, woher Anita kam, bevor sie vom Onkel Ihres Mannes adoptiert wurde?", fragte Hasenkrug.

„Nicht, dass ich wüsste", schüttelte Verena Adams den Kopf.

„Sagt Ihnen der Name Simone Wiemers etwas?"

„Simone Wiemers? Hieß so nicht die Frau, die unlängst während einer Ausflugsfahrt über Bord gegangen und ertrunken ist?"

„Ja, genau. In diesem Fall ermitteln wir. Sie war die Tochter von Anita Adams."

„Die Tochter von …" Verena Adams brachte den Satz nicht zu Ende, sondern starrte Büttner fassungslos an. „Dann gehörte sie ja praktisch zur Familie!"

„Gehörte. Ja. Aber über sie wurde bei Ihnen nie gesprochen?"

„Wie ich bereits sagte, zerriss man sich bei den Adams gerne das Maul darüber, dass Onkel Eelko zu Geld gekommen war. Zwar wollte man offiziell nichts mehr mit ihm zu tun haben, war aber dennoch laufend über ihn informiert. Ich weiß noch, dass es Gesprächsthema war, als Anita, die persönlich ja keiner von uns wirklich kannte, in eine reiche Reeder-Familie einheiratete und dass sie zwei Kinder bekam, die nach dem Tod der Eltern bei einer Verwandten aufwuchsen." Verena Adams presste die Lippen zusammen bevor sie hinzufügte: „Ich weiß noch, wie sehr ich mich aufregte, dass man sich bei den Adams selbst nach diesem Schicksalsschlag geweigert hat, mit den Kindern Kontakt aufzunehmen und ihnen Hilfe anzubieten. Aber da war nichts zu machen. Onkel Eelko und seine Familie waren für die Verwandtschaft praktisch nicht mehr existent. Nur sich über sie das Maul zerreißen, das durfte man noch." Sie kaute für eine Weile auf ihrer Unterlippe, dann sagte sie leise: „Mannomann, da ist jetzt auch Simone tot. Auf dieser Familie scheint ein Fluch zu liegen, dass alle so früh sterben müssen. Hm. Was ist denn mit Simones – Bruder? Es war doch ein Bruder?"

„Ja", nickte Hasenkrug. „Alex."

„Ich", Verena Adams strich sich fahrig eine Haarsträhne hinter das Ohr, „ich würde gerne mit ihm Kontakt aufnehmen. Geht das?"

Büttner und Hasenkrug sahen sich an und zuckten dann beide die Achseln. „Warum nicht", sagte Büttner dann. „Er wohnt derzeit im Haus seines Schwagers in Greetsiel. Eike Wiemers."

Noch bevor er den Satz zu Ende gebracht hatte, sah er, wie Verena Adams alle Farbe aus dem Gesicht wich. „Eike?", fragte sie krächzend. „Doch nicht etwa dieser Eike, der …!?"

Büttner brauchte einen Moment, bis er begriffen hatte, warum die Frau plötzlich so aus dem Häuschen war, dann aber wurde auch ihm der beinahe aberwitzige Zusammenhang klar. „Doch", sagte er dann gelassener, als ihm zumute war, „Eike. Der Sohn von Annegret Engler und – Ihres Mannes."

Verena Adams schlug erschrocken die Hände vors Gesicht und schüttelte minutenlang nur den Kopf. „Das kann doch alles nicht wahr sein! Mein Gott, das muss doch alles ein schlechter Scherz sein!"

„Hab nur noch keinen gefunden, der darüber lachen konnte", brummte Hasenkrug und fing sich dafür einen strafenden Blick seines Chefs ein.

„Okay", erhob sich Büttner dann von seinem Platz. „Falls Ihnen zu Anita Adams noch etwas einfällt, dann geben Sie uns bitte Bescheid. Jedes Detail kann wichtig sein."

Verena Adams nickte und brachte die beiden Polizisten zur Tür. „Ich kann ja mal ein wenig in der Familie herumtelefonieren", sagte sie zum Abschied. „Vielleicht weiß ja irgendwer mehr als ich. Es – ich will es jetzt auch wissen. Alles." Mit einem verächtlichen Blick auf das Zimmer, in dem vermutlich noch ihr toter Mann aufgebahrt lag, fügte sie hinzu: „Glauben Sie mir, ich werde Sie unterstützen, wo ich nur kann. Das bin ich all den armen Menschen schuldig."

„Das wäre sehr freundlich von Ihnen", lächelte Büttner und hob die Hand zum Gruß.

35

Richtigstellung

Vor ein paar Tagen erschien in unserer Zeitung ein Artikel mit der Überschrift Bekannter Emder Finanzberater fiel einem brutalen Mord zum Opfer. *In der Unterüberschrift wie auch im Artikel selbst wurde darüber spekuliert, dass das Motiv für den Mord womöglich in einem lange zurück-liegenden Familiengeheimnis eines engen Angehörigen des Opfers zu suchen sei. Inzwischen hat sich herausgestellt, dass diese spekulative Frage jeder sachlichen Grundlage entbehrt. Insofern werden wir davon absehen, dieser Behauptung weiter nachzugehen. Wir bitten die Familie des Opfers herzlich um Entschuldigung. Sie in dieser schmerzhaften Situation un-begründet einem solchen Verdacht auszusetzen, widerspricht jedem journalistischen Ethos und es tut uns von Herzen Leid, gegen dieses verstoßen zu haben.*

Für die Redaktion: Peter Kogler.

„Was ist denn das?" Büttner schob die Zeitung beiseite und schaute seinen Assistenten Sebastian Hasenkrug fragend an. „Weiß da irgendjemand mehr als wir?"

„Ich habe gerade mit diesem Peter Kogler gesprochen",

erwiderte Hasenkrug. „Er rief mich an, als Sie zuhause beim Mittagessen waren. War's denn gut?"

„Was?"

„Das Mittagessen. Hat's geschmeckt?"

„Seit wann interessieren Sie sich für meine Speckpfannkuchen!?", knurrte Büttner. „Also, was hat es mit dieser seltsamen Richtigstellung auf sich? Sie geht doch wohl kaum auf eine richterliche Verfügung zurück, oder? Das dauert doch in der Regel länger, bis so was ausgefochten ist."

„Nein, wie gesagt, dieser Pressemensch hat mich angerufen. Er wollte mir mitteilen, dass er von jemandem ganz übel unter Druck gesetzt wurde, diesen Nonsens, wie er es nannte, zu veröffentlichen."

„Ach was. Interessante Geschichte. Schließlich wissen wir ja, dass die Sache mit dem Familiengeheimnis der Englers gar nicht so weit hergeholt ist", wunderte sich Büttner. „Wie kommt dieser Kogler jetzt zur gegenteiligen Überzeugung und meint, er sei praktisch zur Veröffentlichung gezwungen worden? Dieses Kleinbeigeben ist doch eher presseuntypisch. Normalerweise stürzen die sich auf ein solches Gerücht wie die Schmeißfliegen. In diesem Fall hätten sie sogar herausbekommen können, dass an der Story des Informanten etwas dran ist. Warum also legen sie die ganze Sache nicht nur ad acta, sondern entschuldigen sich sogar noch freiwillig und in aller Öffentlichkeit?"

„Druck erzeugt bekanntlich Gegendruck. Die Englers sind einflussreiche Leute. Die wischen so etwas schnell vom Tisch." Hasenkrug hob den Zeigefinger und setzte eine bedeutungsvolle Miene auf, bevor er hinzufügte: „Normalerweise."

„Und unnormalerweise? Was ist wirklich passiert? Nun spielen Sie sich doch nicht so auf, Hasenkrug! Das ist doch widerlich!", schnaubte Büttner.

„Kogler behauptet, ihn habe das schlechte Gewissen geplagt."

„Seit wann kennen Presseleute ein schlechtes Gewissen?"

„Wie auch immer." Hasenkrug machte eine wegwerfende Handbewegung. „Fakt ist, dass wir denjenigen, der Kogler die Informationen über das angebliche Familiengeheimnis …"

„Das tatsächliche Familiengeheimnis", korrigierte ihn sein Chef.

„Dass derjenige, der über das tatsächlich-angebliche Familiengeheimnis Bescheid wusste, ein alter Bekannter von uns ist. Und zwar war die Plaudertasche kein Geringerer als Bernhard Jakobs."

„Der schon wieder!" Büttner schlug mit der flachen Hand auf den Tisch. „Als hätten wir es nicht geahnt! Der hat wohl tatsächlich irgendein Hühnchen mit den Englers zu rupfen. Ich frage mich nur, warum ausgerechnet der so einen Hass schiebt. Haben Sie ihn schon einbestellt? Ich hätte nicht wenig Lust, den Kerl mal gründlich in die Mangel zu nehmen."

„Den Kollegen ist es noch nicht gelungen, ihn ausfindig zu machen."

„Gott bewahre!" Büttner schlug theatralisch die Hände über dem Kopf zusammen. „Nicht noch ein Verschollener!"

„Die Kollegen bleiben dran", zuckte Hasenkrug die Schultern.

„Na gut. Dann widmen wir uns jetzt zunächst wieder

Simone Wiemers. Ich habe in der letzten Nacht lange wachgelegen und über den Fall nachgedacht. Nach wie vor wissen wir nicht, ob es ein Unfall oder ein Tötungsdelikt war. Also habe ich darüber gegrübelt, wie wir an dieser Stelle weiterkommen und bin zu dem Ergebnis gekommen, dass wir einen Ortstermin machen müssen."

„Einen Ortstermin?" Hasenkrug schwante nichts Gutes.

„Ja. Draußen auf der Nordsee. Wir werden alle Zeugen, das heißt die gesamte Geburtstagsmannschaft, noch einmal auf dem Kutter versammeln und die damalige Situation unter ähnlichen Umständen nachstellen. Womöglich löst sich bei direkter Konfrontation ja so manche Erinnerungslücke in Wohlgefallen – Ja, bitte!?", unterbrach Büttner sich selbst, als es klopfte und Frau Weniger ihren Kopf zur Tür hereinsteckte.

„Ein Herr Linus Wiemers hat angerufen. Seine Großmutter liegt im Emder Krankenhaus und ihr geht es gar nicht gut. Sie bittet Sie, zu ihr zu kommen, da sie Ihnen unbedingt noch etwas sagen möchte", verkündete die Sekretärin.

„Oh." Büttner warf einen Blick zu Hasenkrug, der ihm zunickte. „Okay", sagte er dann und stand auf. „Womöglich ist das, was uns die alte Dame noch mitzuteilen hat, wichtig. Und wer weiß, wie lange sie es noch kann."

Oma Erna lag alleine in einem Zimmer der Intensivstation. Zwischen all den Monitoren und den sich durch den Raum schlängelnden Kabeln wirkte sie sehr verloren und irgendwie fehl am Platz. Das Bett, in dem sie lag, schien viel zu groß für das kleine Persönchen zu sein. Ihr eingefallenes Gesicht wirkte noch bleicher als bei Büttners letztem Besuch in der kleinen Kate, und ihre knochigen, von mäandrierenden Adern durchzogenen Hände, die sie unter ihrer Brust gefaltet hatte, hoben sich kaum von der hellen Bettwäsche ab.

Büttner holte einmal tief Luft, bevor er näher trat, verzog dann jedoch angewidert das Gesicht, als ihm dabei die krankenhaustypische Geruchsmischung aus Desinfektionsmitteln, Urin und kaltem Hagebuttentee noch intensiver als zuvor in die Nase stieg.

Als er direkt an ihrem Bett stand, dachte er zunächst, Oma Erna würde schlafen, doch dann bemerkte er, dass ihn die alte Frau unter den halb gesenkten Lidern hervor aufmerksam musterte.

„Moin, Frau Wiemers, wie geht es Ihnen?", fragte er, obwohl er wusste, dass dies in einer solchen Situation nicht eben die glücklichste aller Fragen war.

„Ich habe den lieben Herrgott gesehen", lautete die überraschende Antwort, „er streckt bereits seine Hände nach mir aus. Zuvor aber muss ich noch einiges erledigen. Schön, dass Sie so schnell kommen konnten." Zu Büttners Verwunderung klang die Stimme der Frau erstaunlich fest und wollte gar nicht so recht zu dem Häuflein Elend passen, das da so gebrechlich in den Kissen lag.

„Ich bin überzeugt, dass Sie dem lieben Herrgott noch einmal ein Schnippchen ...", wollte Büttner etwas Nettes sagen, wurde aber sofort durch ein scharfes „Ach, Papperlapp!" unterbrochen. „Ich hab mein Leben gelebt", funkelte Oma Erna den Kommissar aus glänzenden Augen an, „jetzt sollen mal die anderen zeigen, ob sie genauso lange durchhalten. Apropos: Was macht denn der Schnupfen?"

„Ähm – ich – ach – geht schon", stammelte Büttner überrumpelt.

„Gut, dann werden wir uns da oben ja nicht so schnell über den Weg laufen. So Jungvolk hat da auch nichts zu suchen."

Während sein Chef noch mit offenem Mund dastand, gelang es Hasenkrug gerade noch, seinen plötzlichen Heiterkeitsausbruch in einen fingierten Hustenanfall umzuwandeln. „Sie wollten uns etwas sagen?", fragte er dann mit noch etwas unsicherer Stimme an Oma Erna gewandt.

Die alte Frau schloss für einen langen Moment die Augen. Als die Polizisten schon annahmen, sie sei eingeschlafen, sagte sie mit jetzt deutlich sanfterer Stimme: „Es geht um meine Anita."

„Anita!?", riefen Büttner und Hasenkrug wie aus einem Mund. Irgendwie schien sie der Name an diesem Tag zu verfolgen.

„Sie wissen von meiner Anita?", leuchtete ein kurzer Hoffnungsschimmer in Ernas Augen auf.

„Ähm – nein. Ich meine, es ist ja ein gängiger Name", erwiderte Büttner schnell und ärgerte sich, dass er sich nicht besser im Griff hatte. Auf gar keinen Fall wollte er die alte Frau in Unruhe versetzen.

„Vermutlich halten Sie mich jetzt für eine völlig überdrehte Frau", meinte Erna. „Aber glauben Sie mir, dass das, was ich Ihnen jetzt sage, keineswegs das Hirngespinst einer tattrigen alten Schachtel ist. Ich kann nicht genau sagen, warum, aber ich habe so ein Gefühl, dass die Geschichte von meiner Anita Ihnen helfen wird, etwas über den Tod von Hermann zu erfahren. Und vielleicht auch über den von Simone."

Büttner warf Hasenkrug einen bedeutungsvollen Blick zu. Redete die alte Dame womöglich von derselben Anita wie Verena Adams? Noch ehe er etwas sagen konnte, sprach Erna weiter: „Wie Sie wissen, habe ich drei Töchter. Und meinen Sohn Hermann, der ja nun ..." Sie seufzte, ohne jedoch den Satz zu beenden. „Na ja, das ist Ihnen ja bekannt. Ich – der liebe Gott möge mir verzeihen, wenn es anders ist – aber ich glaube, dass Hermann gar nicht mein leiblicher Sohn war."

„Sie glauben, dass Hermann gar nicht ..." Büttner schaute sie perplex an. „Aber eine Mutter weiß doch – ich meine – wie könnte denn Hermann nicht ..."

„Er wurde direkt nach der Geburt vertauscht", fiel Oma Erna ihm ins Wort.

„Vertauscht? Wie das?", fragte Büttner verdutzt.

„Eingetauscht. Gegen meine Anita. Einfach so." Zu Büttners und Hasenkrugs Erschütterung liefen nun Tränen über die runzeligen Wangen der alten Frau. Schluchzend fuhr sie fort: „Ich bin mir sicher, dass ich ein viertes Mädchen zur Welt gebracht habe." Sie schenkte Büttner ein trauriges Lächeln. „Sie hatte blonde Locken, wie ein kleiner Engel, wissen Sie. Ich sehe sie noch ganz genau vor mir."

„Und was ist passiert?", fragte Büttner und spürte einen großen Kloß im Hals.

„Wilhelm, was mein Mann war, sagte mir, dass ich mir das nur eingebildet hab. Dass ich nach den Strapazen der Geburt für längere Zeit besinnungslos war und alles nur geträumt hab. Aber – das stimmt nicht!" Den letzten Satz hatte Oma Erna so aufgeregt hervorgestoßen, dass zu Büttners Entsetzen nun eine der Kurven auf dem Überwachungsmonitor heftige Ausschläge nach oben verzeichnete.

„Bitte beruhigen Sie sich!", legte er der alten Frau, deren ohnehin ungleichmäßiger Atem sich nun auch noch gefährlich rasselnd anhörte, eine Hand auf die Schulter. „Bitte regen Sie sich nicht auf!"

„Alles in Ordnung hier?", steckte eine Krankenschwester ihren Kopf zur Tür herein. „Wenn Sie Frau Wiemers aufregen, muss ich Sie auffordern, sofort wieder zu gehen", sagte sie streng.

„Sie sollen bleiben", keuchte Oma Erna, eine Hand aufs Herz gepresst. „Kümmer du dich mal – um die anderen Leute, Kindchen. Ich hab – hier noch zu tun."

„Aber …", setzte die Schwester zum Widerspruch an, während sie nun an den Infusionen herumfingerte.

„Kriegst mich sowieso nicht wieder hin, Kindchen. Also lass mir wenigstens meinen letzten Willen." Ernas Stimme hatte plötzlich wieder einen deutlich festeren Klang und ihre Augen funkelten wie eh und je.

„Das nächste Mal kommt der Arzt. Vielleicht sind Sie dann ja vernünftiger", zuckte die Schwester die Schultern und bedachte ihre Patientin mit einem bösen Blick.

„Das ist das Schöne am Alter", entgegnete Erna, „es ist völlig egal, ob man vernünftig ist oder nicht. Passieren kann einem sowieso nichts mehr."

„Vielleicht hat sie recht und Sie ruhen sich nun besser

265

aus", meinte Büttner, als die Schwester die Tür wieder hinter sich zugezogen hatte. Er fühlte sich gar nicht wohl in seiner Haut. Vor allem wollte er nicht schuld daran sein, wenn die alte Frau einen weiteren Herzanfall erlitt.

„Als ich wieder aufgewacht bin, lag statt meiner Anita ein Junge in der Wiege", ignorierte Erna diese Bemerkung und zubbelte nun nervös mit ihren Fingern an der Bettdecke herum.

„Was es alles gibt!", murmelte Hasenkrug, um dann mit kräftigerer Stimme zu sagen: „Aber wie war es in der damaligen Zeit denn möglich, einfach so ein Kind zu vertauschen? Ich gehe doch mal davon aus, dass es sich vor rund sechzig Jahren um eine Hausgeburt gehandelt hat."

Erna schluckte ein paar Mal, dann antwortete sie: „Ich sag ja, ich war eingeschlafen. Ich glaube, dass Wilhelm in der Zeit die Kinder vertauscht hat."

„Aber warum hätte er das tun sollen?"

„Weil er schon immer einen Sohn haben wollte."

„Das ist alles? Kaum zu glauben, auf welche Ideen die Leute kommen", schüttelte Hasenkrug ungläubig den Kopf.

Büttner sah besorgt auf den Monitor, der erneut heftige Ausschläge zeigte. Dennoch fragte er: „Und woher kam dann der Junge? Ich meine, so 'n Kind fällt doch schließlich nicht vom Himmel."

„Ich – weiß …" Ernas Atem ging nun stoßweise und ihre Augenlider flatterten. Sie war kaum noch zu verstehen. „Am besten – fragen – Greta …"

„Greta Jakobs?" Angesichts der sich nun schier überschlagenden Kurven traute sich Büttner kaum noch, laut zu sprechen.

„Verlassen Sie sofort den Raum!", donnerte in diesem Moment eine Stimme von der Tür her, und schon im nächsten Moment wurde Büttner unsanft zur Seite gestoßen. Ein Arzt in weißem Kittel machte sich hektisch an den Geräten zu schaffen. „Raus!", fauchte er erneut, als die Polizisten nur starr vor Schrecken dastanden und auf den Monitor glotzten.

„Sie wird doch nicht …!?"

„Raus!"

Wie zwei vom Direktor abgekanzelte Schuljungen verließen Büttner und Hasenkrug das Zimmer und holten auf dem Gang erstmal tief Luft.

„Hoffentlich überlebt sie es", murmelte Hasenkrug kleinlaut.

Büttner nickte beklommen. „Auf den Schrecken hin brauche ich jetzt erstmal einen Kaffee. Und ein dickes Stück Sahnetorte." Wie ferngesteuert forderte er den Fahrstuhl an und schlug wenig später den Weg zum Café im Erdgeschoss des Krankenhauses ein.

Für eine Weile grübelten die beiden Männer, vor Kaffee und Torte sitzend, schweigend vor sich hin, dann sagte Büttner: „Meinen Sie, dass an der Geschichte was dran ist?"

„Es würde zumindest das angebliche Familiengeheimnis erklären, auf das Simone Wiemers laut ihrem Ex-Freund Tobias Rüttgers gestoßen sein will."

„Bisher sind wir davon ausgegangen, dass es das Geheimnis ihres Mannes war, das sie interessierte. Aber die von ihr gemachten Notizen deuten tatsächlich auf etwas anderes hin. Womöglich hatte sie von dem ausgesetzten Eike gar keine Ahnung." Er schob sich einen großen Bissen Sahnetorte in den Mund, bevor er schmatzend fortfuhr: „Was mich allerdings stutzig macht, ist das Ding mit dem Namen. Wenn Erna Wiemers damals vorhatte, ihr Kind Anita zu nennen, es aber nach der Geburt nicht mehr zu Gesicht bekam, warum sollte es dann heute beziehungsweise bis zu ihrem Tod immer noch Anita heißen? Normalerweise suchen doch die Adoptiveltern einen neuen Namen für das Baby aus. Warum also Anita?"

„Zufall? Viele Mädchen hießen damals Anita. Glaube ich zumindest." Hasenkrug stand auf und bestellte sich an der Theke einen Kräuterschnaps. Die ganze Geschichte war ihm auf den Magen geschlagen; inklusive der Sahnetorte, die ihm schon jetzt ein heftiges Rumoren im Darm bescherte. „Ist ja schon ein wenig gruselig, dass die Frau einem Kind, das es praktisch nicht gegeben hat, einen Namen gab", bemerkte er, nachdem er sich wieder an den Tisch gesetzt hatte.

„Viel gruseliger ist es, dass sie offensichtlich einen Großteil ihres Lebens in dem Glauben verbracht hat, dass sie ein Kuckuckskind großzog, ohne zu wissen, woher es kam und was aus ihrem eigenen Kind geworden war. Und dass ihr Mann ihr einfach so die Tochter weggenommen hat. Und das angeblich nur, weil er endlich einen Sohn wollte? Kaum vorstellbar. Wenn mir solch eine Story in einem Kriminalroman begegnet wäre, hätte ich sie als aberwitzig abgetan." Büttner nahm einen Schluck von seinem Cappuccino. „Nein. Wenn es tatsächlich so war, wie die alte Lady sagt, dann muss doch mehr dahinterstecken als der Wunsch nach einem Sohn."

„Da kommt gerade Linus Wiemers rein. Vermutlich will er seine Oma besuchen", nickte Hasenkrug zur Glastür des Cafés hinüber und sprang auf, um den Enkel von Oma Erna im Foyer abzufangen.

„Hat Ihnen Ihre Großmutter auch die Geschichte ihrer angeblich verschwundenen Tochter Anita erzählt?", redete Büttner gar nicht lange um den heißen Brei herum, nachdem sich Linus mit einer Tasse heißer Schokolade zu ihnen gesetzt hatte. Über den Zustand der alten Dame wollte er lieber kein Wort verlieren; das würde Linus noch früh genug erfahren und dann womöglich nicht mehr bereit sein, überhaupt noch mit ihnen zu reden. Es war also besser, jetzt und hier sein Wissen abzuklopfen, auch wenn sich Büttner dabei ein wenig hinterhältig vorkam. Aber wenn Linus womöglich zur Lösung der Mordfälle beitragen konnte, war allzu viel Gefühlsduselei jetzt fehl am Platz.

Linus schnaubte. „Ja. Sie spricht schon die ganze Zeit von nichts anderem. Ich weiß aber nicht, was ich davon halten soll. Ist ja eine etwas abstruse Geschichte. Wenn das alles so stimmt, dann hieße das ja, dass unser Vater gar nicht ihr Sohn und damit auch Eike und ich …" Er stutzte. „Also, dass wir eigentlich gar nicht mit Oma verwandt wären. Ist schon ein blödes Gefühl, das kann ich Ihnen sagen."

So hatte es Büttner noch gar nicht gesehen, aber wenn er jetzt genauer darüber nachdachte, dann hatte der junge Mann recht. In diesem Fall hätten die beiden Männer eine ganz andere leibliche Großmutter. Greta Jakobs vielleicht? Hatte Oma Erna deshalb deren Namen genannt?

„Kennen Sie eine Familie Adams?", fragte Hasenkrug in Büttners Gedanken hinein, und er schaute interessiert auf. Anscheinend hatte sein Assistent beschlossen, der Geschichte der alten Frau zunächst einmal Glauben zu schenken und die Hintergründe zu erforschen.

„Adams?" Linus verzog den Mund zu einer Fratze. „Ich hatte früher einen Lehrer, der so hieß. Berend Adams. Soll schwer krank sein. Wieso fragen Sie?"

„Ja, den meinte ich. Er ist heute Vormittag gestorben", erklärte Hasenkrug. Er überlegte kurz, ob er Linus sagen sollte, dass es sich bei dem Lehrer um den leiblichen Vater seines Bruders Eike handelte, entschied sich aber dagegen. Das konnte er auch später noch erfahren. „Berend Adams hatte einen Onkel", sagte er stattdessen, „Eelko Adams. Dieser Onkel ist nach Familienstreitigkeiten mit seiner Frau und seiner Adoptivtochter nach Schleswig-Holstein gegangen. Und diese Adoptivtochter hieß Anita."

„Und was hat das Ihrer Meinung nach mit meiner Oma zu tun?", schielte Linus verständnislos über seine Tasse hinweg. „Anitas gibt es doch wie Sand am Meer."

„Die Spur dieser speziellen Anita verliert sich mit der Adoptionsurkunde. Alles, was vor ihrer Adoption war, liegt völlig im Dunkeln. Das Kind hatte praktisch keine Herkunft."

„Aha." Linus fixierte Hasenkrug mit gerunzelter Stirn. „Und Sie meinen nun, dass es sich bei dieser Anita um Omas verschollene Tochter handeln könnte? Ist das nicht ein wenig weit hergeholt?"

„Immerhin ist es eine Möglichkeit", antwortete Büttner anstelle seines Assistenten. „Gut wäre es, wenn es den einen oder anderen Zeugen gäbe, der bei der Geburt dabei war. So was steht eine Frau doch in der Regel nicht alleine durch.

Hat Ihre Oma vielleicht irgendetwas von einer Hebamme gesagt?"

„Ja, die Hebamme hieß Hinrikje Ehmke, die ist aber wohl schon seit Langem tot."

„Hatte sie Angehörige?"

„Hinrikje? Keine Ahnung. Aber glauben Sie wirklich, diese Anita Adams hätte irgendwas mit meiner Großmutter zu tun? Wie kommen Sie überhaupt auf die Adams?" Linus schien nicht wirklich überzeugt.

Büttner blies die Backen auf und stieß geräuschvoll die Luft aus, bevor er antwortete: „Diese Anita war die Mutter ihrer Schwägerin."

„Was sagen Sie da!? Sie war Simones Mutter?" Mit offenem Mund stellte Linus seine Tasse scheppernd auf dem Tisch ab. „Da sind Sie sich ganz sicher?"

„Absolut sicher", nickte Hasenkrug. „Hinzu kommt, dass wir erfahren haben, dass Simone nicht zufällig auf Ihren Bruder Eike getroffen ist."

„Was soll das heißen?"

„Laut einer Zeugenaussage, die wir weitgehend untermauern können, war Simone aktiv auf der Suche nach den Vorfahren ihrer Mutter Anita. Sie betrieb also Ahnenforschung, wenn man so will. Dabei muss sie eine der Spuren, nämlich die Adoptionsurkunde, nach Ostfriesland geführt haben. Hinzu kommt, dass sie irgendeinen Hinweis auf ein Familiengeheimnis der Wiemers gehabt haben muss. Auch das wissen wir von einem Zeugen. Sie war ja Journalistin und verstand sich aufs Recherchieren. Notiert hatte sie sich in diesem Zusammenhang die Namen Hermann und Bernhard."

„Sie hat uns ausgeschnüffelt?", fuhr Linus empört aus seinem Stuhl hoch. „Heißt das, sie hat Eike die ganze Zeit über nur was vorgemacht? Sie hat ihn für ihre Sache benutzt?"

Büttner machte eine beschwichtigende Bewegung mit dem Arm. „Sie hat ihre Recherchen lange vor der Hochzeit eingestellt. Vermutlich, weil sie sich in Ihren Bruder verliebt hatte und – so sagte es uns Alex Habermann – endlich das Gefühl hatte, angekommen zu sein."

Linus ließ sich laut aufstöhnend zurück auf seinen Stuhl fallen. „Es ist einfach alles zu viel", ächzte er, „einfach alles zu viel." Für eine Weile schwieg er, bevor er sagte: „Sie erwähnten Bernhard. Was hat dieser Suffkopp mit all dem zu tun?"

„Da ermitteln wir noch", antwortete Büttner vorsichtig.

Linus stöhnte auf und fuhr sich mit beiden Händen durch die Haare. „Ich – muss das alles erstmal verarbeiten. Ich – Sie entschuldigen mich bitte. Ich – will jetzt auch erstmal nach Oma sehen", erhob er sich am ganzen Körper zitternd von seinem Stuhl.

„Vielen Dank, dass Sie sich die Zeit genommen haben", klopfte ihm Büttner, der nun ebenfalls aufgestanden war, auf die Schulter. „Ich hoffe, dass Sie bald wieder die Möglichkeit haben, zur Ruhe zu kommen. Ich …"

„Ach", fiel ihm Linus ins Wort und schien plötzlich wieder viel gesammelter, „jetzt fällt es mir wieder ein. Als ich Oma ohnmächtig in ihrer Wohnung gefunden habe, hatte sie ein Fotoalbum auf dem Schoß liegen. Auf der Seite, die sie gerade aufgeschlagen hatte, klebte ein Bild von meinem Vater und Bernhard Jakobs. Sie waren noch

Kinder. Ich weiß zwar nicht, was das zu bedeuten hat und ob es irgendwie relevant ist, aber ich könnte es Ihnen zur Verfügung stellen, wenn Sie wollen."

„Das wäre sehr nett", nickte Büttner. „Apropos: Wer kümmert sich denn jetzt um den Hund?"

„Um Piefke? Der ist bei mir. Das kam schon öfter vor. Es geht ihm gut." Linus warf einen Blick auf die Uhr. „So, jetzt muss ich aber. Oma wartet sicherlich schon auf mich. Wie ging es ihr denn, als Sie bei ihr waren?"

„Och – ähm – ja – den Umständen entsprechend, würde ich mal sagen", stammelte Büttner, während Hasenkrug so tat, als hätte er etwas furchtbar Interessantes auf einem Hinweisschild des Krankenhauses entdeckt.

Linus nickte. „Ich geh dann mal nach ihr gucken."

„Ja, machen Sie das." Büttner gab Hasenkrug einen Wink und hatte es auf einmal furchtbar eilig, das Krankenhaus zu verlassen.

36

Es war nur ein ganz normal aussehender Briefumschlag, dessen eine Ecke unter der Kommode in der Diele hervorlugte, doch aus irgendeinem Grund erregte er Gesine Koopmanns Aufmerksamkeit. Womöglich war ihr Interesse an diesem Umschlag damit zu begründen, dass sie es nicht gewohnt war, dass irgendetwas bei ihren Nachbarn nicht an seinem Platz lag. Wenn sie deren Haus betrat, hatte sie sich schon häufiger gefragt, ob bei den Englers wohl auch schon alles so steril ausgesehen hatte, als die Kinder noch zu Hause lebten. Das war kaum vorstellbar. Mit Kindern ging ihrer Meinung nach per se das große Chaos einher. Und wenn es noch dazu gleich fünf an der Zahl waren – nein, ihre Lebenserfahrung zeigte ihr, dass ein ganzes Haus voller Kinder und ein gewisses Maß an Ordnung nicht miteinander vereinbar waren.

Gesine Koopmann bückte sich, hob den Umschlag auf und legte ihn auf den Stapel Post, den sie soeben aus dem Briefkasten gefischt hatte. Sie vermutete, dass er beim Öffnen der Haustür von einem Windstoß von der Kommode auf den Boden befördert worden war.

Wie mit Frau Engler vereinbart, trug sie den Stapel in die Küche, um ihn dort auf dem Tisch zu deponieren. Dabei fiel ihr Blick auf die geschwungene Handschrift, die auf dem oberen Umschlag prangte. *Für Oliver* stand in großen Lettern darauf und in kleinerer Schrift darunter: *Es ist soweit.*

Es war ja nun nicht so, dass sie neugierig war, erklärte Gesine Koopmann sich selbst, aber was, wenn nun womöglich etwas in diesem Brief stand, über das Frau Engler dringend informiert werden musste? Schließlich konnte Oliver Engler ihn ja selbst nicht mehr lesen. War es da nicht besser, sie warf mal einen Blick hinein? Und außerdem – die Frau drehte den Umschlag in ihren Fingern. Er war nicht zugeklebt. Also konnte der Inhalt doch auch so wichtig nicht sein, oder?

Obwohl sich außer ihr keiner im Haus befand, schaute sie über die Schultern, als fürchtete sie, von jemandem beobachtet zu werden. Dann zog sie den Inhalt des Briefes hinaus und betrachtete ihn interessiert. Na guck mal an, dachte sie, es war ein Flugticket für den dritten November von Amsterdam nach Kapstadt, ausgestellt auf den Namen Oliver Engler. Ein kleiner gelber Zettel klebte darauf mit der Notiz: *Erwarte Dich am Gate. Alles im Griff. E.*

Das Herz von Gesine Koopmann fing unnatürlich laut an zu klopfen. Das war ja wie im Fernsehen! Dass sie das noch erleben durfte! Aber was hieß *E.*? Das konnte doch nur die Geliebte von Oliver Engler sein. Ha! Sie hatte doch schon immer gewusst, dass in der Ehe von den feinen Herrschaften schon längst nicht mehr alles glatt lief. Hatte sie das nicht auch erst jüngst den netten Polizisten erzählt? Ja, bestimmt hatte dieses Ticket etwas mit dem Familiengeheimnis zu tun, von dem in der Zeitung geschrieben stand. Hatte Oliver Engler also vorgehabt, sich gemeinsam mit einer anderen Frau aus dem Staub zu machen, weil er wusste, dass sein Geheimnis auffliegen würde? Und hatte seine Frau vielleicht Wind davon bekommen und – das wäre ja mal was! Ein Mord aus Eifersucht! Deswegen bestimmt auch der überstürzte Aufbruch Annegret Englers nach Irland! Sie war auf der Flucht! Wow! Gesine Koopmann schluckte mehrmals aufgeregt. Sie hatte soeben eine Mörderin überführt! Wenn das ihre Nachbarin Hanna erfuhr! Die würde ja platzen vor Neid, die alte Tratschtante!

Gesine Koopmann schaute das Flugticket unschlüssig an. Was sollte sie jetzt damit anfangen? Ob sie Annegret Engler anrief und ganz unschuldig fragte, was damit geschehen solle? Es wäre ja schon spannend, deren Reaktion zu erleben. Andererseits: was, wenn Frau Engler sich an ihrer Nachbarin rächen würde, sollte sie irgendwann wieder aus dem Gefängnis entlassen werden? War es da nicht vielleicht besser, das Ticket der Polizei zu übergeben und anonym zu bleiben? Aber das hieße ja, dass auch Hanna nichts von ihrem unglaublichen Spürsinn erfahren würde. Und das wäre doch nun wirklich zu bedauerlich.

Nachdem sie noch einige Minuten lang das Für und Wider abgewogen hatte, entschloss sich Gesine Koopmann schweren Herzens, das Ticket zur Polizei zu bringen. Ihrer Nachbarin Hanna gegenüber konnte sie ja wie nebenbei mal erwähnen, dass sie es gewesen war, die den Mordfall Engler aufgeklärt hatte. Bestimmt würde sie dafür einen unauffälligen Weg finden.

„Hinrikje Ehmke ist bereits seit mehr als sechzig Jahren tot", teilte Hasenkrug seinem Chef mit, nachdem er diese Info von einem Kollegen bekommen hatte.

„Wer ist Hinrikje Ehmke?", fragte Büttner abwesend. Soeben hatte er von Linus die Schwarzweißfotografie erhalten, die Hermann Wiemers und Bernhard Jakobs im Lausbubenalter zeigte. Er fragte sich, ob sie für ihre Ermittlungen überhaupt von Belang war. Schließlich hatte die alte Frau Wiemers gerade ihren Sohn verloren, da war es doch nicht ungewöhnlich, wenn sie sich in den Tagen danach Fotos von ihm ansah.

„Die Hebamme, die damals das Phantom Anita entbunden hat", erinnerte ihn Hasenkrug.

„Ach ja. Richtig. Dann wird sie ja naturgemäß nicht mehr viel zur Klärung der Sachlage beitragen können", konstatierte Büttner. „Schade eigentlich. Aber es kann ja nicht jeder ein so biblisches Alter erreichen wie Oma Erna."

„Das würde ich nicht sagen", hob Hasenkrug einen Hefter in die Höhe.

„Was? Dass nicht alle ein so biblisches Alter …?"

„Nein", winkte Hasenkrug mit einer Handbewegung ab. „Ich meinte, dass die Hebamme nichts mehr zur Klärung des Falles beitragen kann."

„Inwiefern?" Büttner schenkte seinem Assistenten jetzt die volle Aufmerksamkeit und legte das Foto der beiden Jungen beiseite.

„Sie starb kurz nach der Geburt des Kindes von Erna Wiemers." Wieder wedelte Hasenkrug mit dem Hefter. „Es gibt sogar eine Ermittlungsakte zu ihrem Tod. Etwas verstaubt, aber dennoch aktueller denn je, würde ich sagen."

„Sie wurde ermordet?", fragte Büttner erstaunt.

„Wenn es so war, dann konnte es nicht nachgewiesen werden. Man fand ihre Leiche in einem Kanal unweit ihres Wohnortes Visquard. Die Angehörigen – und jetzt wird es interessant – gingen damals von Freitod aus."

„Haben sie dafür auch einen Grund genannt?"

„Laut Akte war die junge Frau, die bereits ein paar Jahre Erfahrung als Hebamme hatte, völlig verstört von einer Entbindung nach Hause zurückgekehrt. Und zwar genau in der Nacht, als Erna Wiemers ihr Kind bekam. Gesagt hat sie wohl nichts, sondern sich gleich in ihr Zimmer zurückgezogen. Tags darauf hatte sie hohes Fieber, war kaum noch ansprechbar. Das eigentlich Interessante aber ist, dass sie in ihren Fieberträumen ständig den Namen Anita vor sich hinsagte. Mehr nicht. Nur immer wieder den Namen Anita. In der Nacht darauf war sie dann plötzlich verschwunden. Man fand sie am Morgen ertrunken im Kanal."

„So langsam wird's wirklich schauerlich." Büttner schüttelte sich wie ein nasser Hund. „Aber immerhin können wir jetzt davon ausgehen, dass an der Geschichte von Erna Wiemers irgendetwas dran ist. Ob es sich bei ihrem verschwundenen Kind allerdings um die spätere Anita Adams handelte, wissen wir immer noch nicht."

„Gibt denn das Foto irgendeinen Hinweis?", fragte Hasenkrug und deutete auf das Bild, das Büttner bei seinem Eintreten studiert hatte.

„Weiß nicht", zuckte Büttner die Achseln und nahm die Fotografie wieder in die Hand, „wohl eher nicht. Wenn man sich die beiden Jungen so betrachtet, dann fällt mit viel gutem Willen auf, dass sie eine gewisse Ähnlichkeit haben. Was wiederum darauf hindeuten könnte, dass Hermann Wiemers tatsächlich etwas mit der Familie Jakobs zu tun hat. Im Erwachsenenalter jedoch konnte ich bei den beiden keine Ähnlichkeit mehr erkennen. Das könnte natürlich auch daran liegen, dass man Bernhards Gesicht den übermäßigen Alkoholkonsum deutlich ansieht und in Hermanns Kopf ein großes Loch prangte, als ich ihn zum ersten und einzigen Mal sah. Und – nun mal ganz ehrlich – warum sollte eine Familie einfach ihren Sohn weggeben? Eine Kindesentführung oder dergleichen wurde in diesem Zeitraum nicht angezeigt, das habe ich bereits überprüfen lassen." Büttner lehnte sich in seinem Schreibtischstuhl zurück und verschränkte die Arme hinter dem Kopf. „Ich fürchte fast, dass wir um eine Befragung von der alten Greta Jakobs nicht herumkommen. Hoffen wir also mal, dass sie dabei von einem Herzkasper verschont bleibt."

„Dann würde ich vorschlagen, dass wir jetzt gleich …" Hasenkrug konnte seinen Satz nicht zu Ende bringen, da in diesem Moment die Tür aufging und Frau Weniger, gefolgt von einer älteren Dame, das Büro betrat. Büttner meinte, diese Dame schon mal irgendwo gesehen zu haben, konnte sie jedoch nicht einordnen.

„Frau Koopmann, die Sie ja wohl kennen, sagt, sie habe einen Beweis dafür, dass Annegret Engler ihren Gatten umgebracht hat", verkündete Frau Weniger mit einem amüsierten Lächeln auf dem Gesicht.

„Ach was. Damit hätten wir dann ja zumindest einen Mordfall geklärt", meinte Büttner mit unverkennbar sarkastischem Unterton. Und jetzt wusste er auch wieder, wen er vor sich hatte: Die Nachbarin mit dem Bademantel. „Na, dann nehmen Sie bitte Platz, Frau Koopmann. Ich bin gespannt wie ein Flitzebogen."

Gesine Koopmann ließ sich umständlich auf einen Stuhl an Büttners Schreibtisch nieder und nestelte für einen längeren Augenblick in ihrer Handtasche herum. Ein enttäuschter Ausdruck schlich sich auf ihr Gesicht, als sie anscheinend nicht das fand, was sie suchte. Dann aber strahlte sie plötzlich über beide Wangen und langte in die Tasche ihres Anoraks. „Ach", meinte sie kopfschüttelnd, „ich hatte ihn ja extra in meine Jacke gesteckt, damit ich ihn auch gleich finde." Sie schob Büttner einen Umschlag rüber, den er mit fragendem Blick öffnete. „Erwarte Dich am Gate. Alles im Griff. E.", las er die Aufschrift des kleinen Zettels. „Ein Flugticket nach Kapstadt. Adressiert an Oliver Engler. Woher haben Sie das, Frau Koopmann?"

Gesine Koopmann schob stolz das Kinn vor. „Hab ich in der Diele bei den Englers gefunden. War wohl von der Kommode gefallen."

„Aha. Und warum haben Sie den Brief dann geöffnet?" Büttner drehte den Umschlag in seiner Hand hin und her. „Ich kann nicht erkennen, dass er an Sie adressiert ist. Schon mal was von Briefgeheimnis gehört?"

Für einen kurzen Moment wirkte Gesine Koopmann verunsichert, dann aber streckte sie den Rücken und sagte mit wichtiger Miene: „Na ja, der Zweck heiligt in diesem Fall ja wohl die Mittel, wie es so schön heißt."

„Welcher Zweck?", meldete sich Hasenkrug zu Wort.

„Welcher Zweck!?", rief Gesine Koopmann hörbar

empört aus. „Der arme Herr Engler ist schließlich ermordet worden! Da macht man doch alles, um den Mörder zu finden!" Sie schob ihr Gesicht so weit es eben ging an das von Büttner heran. „Ich bin ja auch nicht gleich drauf gekommen, als ich das Ticket gesehen hab. Aber dann stand es mir plötzlich wie ein – na! – sach mal! – na, wie ein Dings eben vor Augen: Der Engler ist von seiner Frau umgebracht worden. Wegen seiner Geliebten. Jawoll!"

„Wegen seiner Geliebten?" Büttner musste sich Mühe geben, nicht breit zu grinsen. „Und woraus schließen Sie, dass Herr Engler eine Geliebte hatte?"

„Aber, Herr Kommissar! Dass Sie da aber nicht selbst drauf kommen! *E Punkt*! Das sagt doch alles!" Als Büttner daraufhin nur die Stirn in Falten zog, warf Gesine Koopmann Hasenkrug einen Beifall heischenden Blick zu.

„Elvira? Evelyn? Erika? Elfriede? Wie heißt denn die Geliebte?", fragte der.

Gesine Koopmann sah ihn finster an. „Ja, so genau guck ich ja nun auch nicht nach den Leuten. Woher soll denn ich das wissen!?"

„Gut, Frau Koopmann", sagte Büttner, „ich sag mal vielen Dank, dass Sie uns das Ticket gebracht haben. Wir werden die Sache dann mal weiter verfolgen."

„Krieg ich jetzt den Finderlohn?", strahlte die Frau erwartungsvoll über beide Backen.

„Finderlohn?", hob Büttner fragend die Brauen.

„Ja. Das heißt doch so!"

„Sie meinen die Belohnung, nehme ich an?"

„Genau. Die Belohnung. Ist ja sicherlich 'ne ganze

Menge, so reich wie die Englers sind." Gesine Koopmann blickte erwartungsvoll von einem zum anderen.

„Ich wüsste nicht, dass die Englers eine Belohnung zur Ergreifung des Täters ausgesetzt haben", erwiderte Büttner. „Aber was nicht ist, kann ja noch werden."

„Na, da wird Hanna aber Augen machen!", freute sich Gesine Koopmann. „Erst find ich den Mörder und dann bekomm ich auch noch so viel Geld dafür!"

Büttner verzog den Mund. „Ich würde Sie bitten, Ihre Ermittlungsergebnisse erstmal für sich zu behalten." Als er das enttäuschte Gesicht der Frau sah, beugte er sich zu ihr und fügte mit gedämpfter Stimme hinzu: „Nur, damit es Frau Engler nicht zu früh erfährt. Sonst haut die uns noch ab!"

Gesine Koopmann nickte wissend. „Da haben Sie auch wieder recht." Mit hoffnungsfrohem Gesichtsausdruck fügte sie hinzu: „Wann meinen Sie denn, dass Sie sie verhaftet haben?"

„Wenn wir sie dingfest gemacht haben, werden Sie es selbstverständlich als Erste erfahren", antwortete Büttner ernst, woraufhin Gesine Koopmann sich sichtlich zufrieden verabschiedete und hocherhobenen Hauptes zur Tür hinaus schwebte.

„Auch eine interessante Theorie", bemerkte Hasenkrug, als sie wieder alleine waren.

„Ja. Allerdings kann ich ihr nicht allzu viel abgewinnen", grinste Büttner. „Dennoch könnte uns das Ticket durchaus weiterhelfen. Zumindest wissen wir jetzt, dass Oliver Engler anscheinend vorhatte zu verreisen. Und zwar genau an dem Tag, als er mausetot an der Knock campierte. Jetzt gibt es zwei Möglichkeiten." Büttner streckte seinen Daumen in

die Höhe: „Irgendwer hatte etwas dagegen, dass er verreist."
Nun folgte der Zeigefinger: „Oder aber, er ist nur zufällig
genau in der Nacht zuvor ums Leben gekommen und die
geplante Reise hat mit seinem Tod gar nichts zu tun."

„Um das zu erfahren, müssten wir herausfinden, wer *E
Punkt* ist", nickte Hasenkrug. „Mir fallen da spontan zwei
Namen ein: Eike und Ewald."

„Ewald? Wer ist Ewald?" Büttner stand auf dem Schlauch.

„Ewald Kubicek. Englers Kompagnon", half Hasenkrug
seinem Chef auf die Sprünge.

„Stimmt. Dann klopfen wir bei Kubicek noch mal ein
bisschen auf den Busch. Bei Eike Wiemers fällt mir spontan
kein Grund ein, warum er Oliver Engler ein Ticket nach
Südafrika spendieren sollte. Also wir – verdammt, was ist
denn das jetzt schon wieder!?" Büttner griff nach dem Hörer
seines Telefons, das aufdringlich vor sich hin schrillte.

„Bitte, was!?", rief er Sekunden später aufgebracht. „Ist der
denn jetzt total durchgeknallt? – Okay, wir sind gleich da!"

„Was gibt's?", fragte Hasenkrug lauernd, nachdem sein
Chef wieder aufgelegt hatte.

„Bernhard Jakobs", stöhnte Büttner und sprang auf. „Er
bedroht seine Mutter und ihre Freundin Ebeline Bleeker
mit einem Messer."

„Oh shit!" Auch Hasenkrug griff jetzt eilig nach seinem
Mantel. „Wir hätten den Kerl gleich hierbehalten sollen,
war doch klar, dass der immer wieder Ärger macht."

„Das sollten Sie mal dem Haftrichter erklären", knurrte
Büttner, während er im Laufschritt zu seinem Auto eilte.

37

Ein ganzes Aufgebot an Streifenwagenbesatzungen war bereits vor Ort, als David Büttner und Sebastian Hasenkrug am Gulfhof von Greta Jakobs eintrafen. Doch damit nicht genug. Anscheinend hatte sich der Polizeieinsatz bereits wie ein Lauffeuer in Greetsiel herumgesprochen, denn außerhalb des rotweißen Flatterbandes hatte sich trotz des strömenden Regens eine ganze Menschenmeute angesammelt und gaffte neugierig herüber.

Büttner sprang aus dem Auto und flüchtete sich in einen Geräteschuppen, in dem bereits mehrere Kollegen Schutz vor dem Regen gesucht hatten. „Wer hat uns Bescheid gegeben?", fragte er eine Polizistin, die daraufhin mit dem Finger auf eine vielleicht fünfundzwanzigjährige Frau zeigte, die schreckensbleich und völlig durchnässt in eine Decke gehüllt auf einem Strohballen saß und mit einem Sanitäter sprach.

„Katharina Engler. Sie ist die Enkelin von der Geisel Ebeline Bleeker", erklärte die Polizistin. „Sie sagt, sie wollte ihre Großmutter abholen und sei dabei auf diese – hm – Situation gestoßen. Bernhard Jakobs habe sie sofort, als sie eintrat, mit dem Messer bedroht und geschrien, sie solle sich verpissen. Daraufhin habe sie kehrtgemacht und sei weggerannt, um Hilfe zu holen. Sie hat die beiden alten Frauen kurz sehen können, die wohl völlig verschreckt nebeneinander auf der Küchenbank saßen. Sie sagt, Bernhard Jakobs habe ständig geschrien, er werde die beiden Alten kaltmachen."

„Katharina Engler", sagte Büttner. „Dann ist sie wohl die Tochter von Annegret Engler."

Die Polizistin zuckte nur mit den Schultern, sagte aber nichts.

„Wie ist die Lage da drinnen?" Büttner deutete auf das Wohnhaus des Gulfhofes.

„Wir können es nicht genau sagen. Jakobs hat die Gardinen vor die Fenster gezogen, sodass niemand hineingucken kann."

„Hat er gesagt, was er mit diesem Auftritt bezweckt?"

Büttner konnte die Antwort nicht verstehen, denn in diesem Moment gellte ein „S-seht zu, dass ihr verschwwinnet, ihr Lum-Lumpenpack, ih-hir habt hier nix – nix verlor'n!" durch die einen Spalt breit geöffnete Haustür über den Hof.

„Der ist ja schon wieder total abgefüllt", stellte Hasenkrug fest und verzog das Gesicht zu einer Grimasse, „das macht die Sache natürlich nicht einfacher."

„Unsere Polizeipsychologin wird gleich hier sein", meinte die Polizistin.

„Psychologin?", brummte Büttner. „Der braucht keine Psychologin. Was der braucht ist 'ne eiskalte Dusche und jemanden, der ihm darunter mal ordentlich den Kopf wäscht. Letzteres werde ich jetzt mal übernehmen."

„Sie wollen da rein?", rief die Polizistin entsetzt aus. „Aber Ihnen ist schon klar, dass da ein besoffener Irrer am

Werk ist, oder? Ich meine, der bedroht seine eigene Mutter mit dem Messer! Wie degeneriert muss man denn sein, um so was zu tun! Warten Sie doch wenigstens auf die Psychologin!"

„Besoffene Irre sind meine Spezialität", erwiderte Büttner, „und außerdem ist es da drin bestimmt nicht so eklig nass wie hier. Und übrigens: Es soll kein Kollege reinkommen, bevor ich es nicht ausdrücklich anordne. Ich will nicht, dass Jakobs komplett durchdreht, wenn er sich in die Enge getrieben fühlt." Er schlug seinen Mantelkragen hoch und lief, den Kopf tief zwischen seine Schultern gezogen, auf das Wohnhaus zu. „Kommen Sie mit, Hasenkrug!", winkte er seinem wenig begeisterten Assistenten, ihm ins Haus zu folgen.

Lautes Geschrei und das Poltern von Möbeln empfing die beiden Polizisten, als sie vor der Haustür standen und erstaunt feststellten, dass diese nicht verschlossen war. Büttner überlegte kurz, nun doch ein paar Kollegen zur Verstärkung herbeizurufen, verwarf den Gedanken jedoch sogleich wieder. Es machte jetzt keinen Sinn, auf Risiko zu setzen und damit womöglich eine Kurzschlussreaktion des besoffenen Bernhard Jakobs zu provozieren. Zunächst einmal galt es, die Lage einzuschätzen. Womöglich sah ja alles schlimmer aus, als es war, und es würde für die Kollegen ein Leichtes sein, Jakobs zu überwältigen.

Büttner und Hasenkrug betraten den Hausflur, von dem aus sie direkt einen Blick in die Küche werfen konnten. Zwei zertrümmerte Stühle sowie einiges an zerschlagenem Porzellan lagen über den Fliesenboden verstreut. Die beiden alten Frauen saßen nebeneinander auf eine Küchenbank gekauert; sie sahen verängstigt aus, schienen jedoch körperlich unversehrt zu sein. Als sie die beiden Polizisten bemerkten, schlich sich ein Hoffnungsschimmer in ihre Augen. Ebeline Bleeker versuchte sogar ein Lächeln, das jedoch kläglich misslang. Es war nicht zu übersehen, dass sie mit ihren Nerven am Ende war und vor Angst schlotterte.

„Aah, guck ma, Mama, w-wen wir hier ham", lallte ihnen Bernhard Jakobs entgegen, während er nach einem Fleischmesser griff und es seiner Mutter an die Kehle hielt. „K-kommen Sie ruhig rein, Herr Kom-Kommischar! Genau auf S-Sie ha-ham wir gewartet." Er strich seiner Mutter mit der Klinge die Wange entlang. „Mam-ma sagte gerad, dass sie Ihn'n 'ne Gesch-schiche erzählen w-will. Dieselbe Gesch-schiche, die sie m-mir gerad erzählt hat. Eine sehr trauriche Gesch-schiche, nich w-wahr, Mama? Zuersch w-wollte sie ja nich so rech raus mit der Schpr-rache. Aber mit überzeugen-nen Aru-Arumen-enten", er hielt für einen kurzen Augenblick das Messer in die Höhe und lachte heiser auf, „da ging's dann d-doch erstaunlich g-gut."

Büttner erschauerte, als er den hasserfüllten Blick bemerkte, mit dem Bernhard Jakobs seine Mutter anstarrte und dabei wie ein wildgewordener Stier mit den Augen rollte. Dieser Blick ließ keinen Zweifel daran, dass der Mann bis zum Äußersten gehen würde, wenn man ihn reizte. Was auch immer es war, das ihn dermaßen gegen seine eigene Mutter aufgebracht hatte, es war alleine mit guten Worten ganz bestimmt nicht aus der Welt zu schaffen.

„Aber darüber können wir uns doch in Ruhe unterhalten", versuchte Büttner dennoch mit ruhiger Stimme zu deeskalieren, während Hasenkrug die Situation konzentriert beobachtete und nach einer Möglichkeit suchte, seinem Gegenüber das Messer aus der Hand zu schlagen. Normalerweise wäre es angesichts von Bernhards desolatem Zustand sicherlich ein Leichtes gewesen, ihn zu überwältigen, doch hatte sich der Mann mit seinen Opfern hinter dem riesigen Küchentisch verschanzt, der es Hasenkrug unmöglich machte, in einem geeigneten Moment einfach mit einem Satz nach vorne zu preschen.

„Nun legen Sie doch mal das Messer beiseite", beschwor Büttner den Mann, „Sie sehen doch, welche Angst die beiden Damen haben. Sie können doch nicht wirklich wollen …"

„D-Damen?" Bernhard zeigte empört mit dem Finger auf die zwei Frauen. „D-das s-sind kei-eine Damen! Die da", er stieß seine Mutter mit dem Finger gegen die Schläfe, „isseine Verbrecherin. Jawoll! Eine g-ganz üble Verbrecherin!" Er schob sein Gesicht ganz nah an das der alten Frau heran. „K-komm, erzähl dem Kommi-Kommischar, was d-du gemach ha-hasch!"

„Aber Junge, ich – ich – bitte, du kannst doch nicht …", jammerte Greta Jakobs, brachte den Satz jedoch nicht zu Ende, sondern fuchtelte nur panisch mit den Händen in der Luft herum, wobei sie an die Klinge des Messers geriet und sich den linken Arm in Höhe der Pulsadern aufritzte. Ein kurzer Schmerzensschrei entwich ihrer Kehle, und sie schnappte entsetzt nach Luft. Als das Blut begann, in einem dünnen Rinnsal ihren dürren, mit Altersflecken übersäten Arm hinunterzulaufen, begann sie hektisch, es mit einem Taschentuch wegzutupfen. In ihren Augen stand die nackte Panik, anscheinend glaubte sie, in den nächsten Minuten verbluten zu müssen.

Büttner ertrug es kaum, die Frau in diesem aufgelösten Zustand zu sehen, konnte jedoch nichts tun, außer beruhigend auf sie einzureden, auch wenn sich seine Hände in den Taschen zu Fäusten ballten. „Es ist nur eine kleine Wunde, Frau Jakobs, machen Sie sich bitte keine Sorgen. Wenn Sie uns sagen, wo wir Verbandszeug finden, wird mein Kollege es Ihnen holen."

„Im – im Badezimmer", hauchte Ebeline Bleeker kaum hörbar, als sie sah, dass ihre Freundin nicht imstande war, einen klaren Gedanken zu fassen, sondern immer noch in hastigen Bewegungen mit dem Taschentuch über ihren Arm fuhr.

„Nichts da!", wirbelte Bernhard mit dem Messer herum, als Hasenkrug sich der Tür zuwandte. „E-erst die Geschiche." Er versetzte seiner Mutter mit der Faust einen Hieb gegen die Schulter. „Los! Sach schon, wassu gemach has!"

Bernhard griff nach einer Schnapsflasche, die auf dem Tisch stand, und nahm einen schnellen Schluck, ohne jedoch das Messer abzusetzen und die Polizisten aus den Augen zu lassen. Dann wischte er sich mit dem Ärmel über den Mund und ließ seinen Blick durch den Raum schweifen. „D-das alles gehört mir!", rief er mit einer so ausladenden Bewegung seines Armes, dass er für einen kurzen Moment ins Straucheln geriet. „Mir! Mir ganz-zallein! Nur dassu es weiß!" Aus unerfindlichem Grund zeigte er nun mit spitzem Finger auf Hasenkrug. „Mir ganz-zallein, hörssu!", brüllte er dann so laut seiner Mutter ins Ohr, dass diese erschrocken zusammenzuckte und nach dem ersten Schrecken wimmernd anfing zu weinen.

„Nun ist aber mal gut gewesen! Was sind Sie nur für eine elende Missgeburt, Jakobs!", donnerte Hasenkrug so plötzlich in den Raum, dass von einem Moment auf den anderen eine gespenstige Stille herrschte und ihn alle mit großen Augen ansahen.

„Hasenkrug, nun bleiben Sie mal ganz …", setzte Büttner nach einer Schrecksekunde in gepresstem Tonfall zu sprechen an, wurde jedoch durch das irre Gelächter Bernhards daran gehindert, seinen Satz zu beenden. „Gebburt is ein sehr g-gutes Stich'ort, nicht wahr, Mutter", kicherte er wie geistesgestört, „ein s-sehr g-gutes Stich'ort." Fast flüsternd fügte er hinzu: „Und Hermann is nich'er Erbe von dies'm Hof, hörssu! Geht ja gar nich, iss'a tot. Maus-mausetot." Zur Unterstreichung seiner Worte strich er sich mit der Hand über die Kehle.

Büttner brauchte einen Moment, bis er den Sinn dieses beinahe unverständlich gestammelten Satzes erfasst hatte. Dann aber zog er die Stirn in Falten und sagte: „Reden Sie von Hermann Wiemers? Wie kommen Sie denn darauf, dass er der Erbe dieses Hofes sein könnte?" Er bemerkte, wie Greta Jakobs unter dieser Frage zusammenzuckte, als hätte sie jemand geschlagen. Vor lauter Schreck vergaß sie sogar, weiterhin über ihren Arm zu wischen, aus dessen Wunde schon längst kein Blut mehr floss.

„Sach's ihm!" Wieder versetzte Bernhard seiner Mutter einen Hieb in die Seite. „Sach ihm, wie schä-äbich du mich behannelst!" Erneut nahm er einen Schluck Schnaps und schrie dann: „Sie sacht, ich kriech trozzem nix. Nix! Obwohl Hermann totis. Sacht, ich bin enterbt! Aber d-das gehtoch nich! Hat – hattan doch alles nix genüzz." Er rülpste laut. „Nix genüzz."

„Sind Sie deswegen so aufgebracht, weil Ihre Mutter Sie enterben will?", fragte Büttner betont ruhig. „Aber darüber kann man doch reden, Herr Jakobs. Das ist doch kein Grund ..."

„Deswegen hält er uns hier fest", ließ sich plötzlich die zittrige Stimme von Ebeline Bleeker vernehmen.

„Wegen dieser Frage ist es zum Streit gekommen?", hakte Büttner nach.

„Ja. Wir saßen hier bei einer Tasse Tee, als Bernhard plötzlich reinkam und schrie. Er ..."

„Du hälsses mal die Fresse", schrie Bernhard sie an und gestikulierte mit dem Messer vor ihrem Gesicht herum, „du hälsses ma – hörssu!"

„Nein, Herr Jakobs, Sie halten jetzt gefälligst mal die Fresse!", rastete nun Büttner aus und schlug mit der Faust gegen die Wand. „Die ganze Zeit über wollen Sie, dass hier irgendeine Geschichte erzählt wird! Und genau das passiert jetzt! Also – halten – Sie – jetzt – gefälligst – mal – Ihre – verdammte – Fresse!"

Alles hielt nach dieser unerwarteten Verbalattacke erschrocken die Luft an, doch Bernhard sagte zu aller Überraschung nur: „Ach s-so." Er guckte jetzt so schuldbewusst wie ein kleiner Schuljunge, den man bei einem Streich erwischt hatte; was ihn jedoch nicht davon abhielt, seiner Mutter auch weiterhin das Messer an die Kehle zu drücken.

„Frau Bleeker, reden Sie bitte weiter", nickte Büttner der alten Frau aufmunternd zu.

Ebeline Bleeker schluckte nach einem unsicheren Blick auf Bernhard ein paar Mal, dann sagte sie: „Also, er kam rein und schrie, dass ihn so ein verfluchter Zeitungsfritze im Stich gelassen hat und dass er ihm das noch heimzahlen wird. Dass er ihn wegen irgendwas in den Knast bringen wird, hat er gesagt. Und dass – dass er deswegen kein Geld mehr von meiner Tochter Annegret kriegt und sie ihn nicht heiratet."

„Annegret isseine Schl-lampe! Sie is eine dreckige …!", fuhr Bernhard auf, wurde jedoch sogleich wieder von Büttner gestoppt. „Fresse, hab ich gesagt!" Zu Büttners Erstaunen funktionierte ein lautes Wort auch dieses Mal. Bernhard hielt seine Schnapsflasche an sich gepresst und stierte ihn aus blutunterlaufenen Augen an. Anscheinend hatte er ein Problem damit, wenn ihn jemand anschrie. Ein Vaterkomplex vielleicht? Zumindest wussten sie jetzt, wer die Sache mit dem Zeitungsartikel initiiert hatte. Offensichtlich stimmte es also, dass Bernhard Annegret Engler mit seinem Wissen um ihren ausgesetzten Sohn erpresste.

Büttner überlegte, Ebeline Bleeker jetzt direkt mit der Frage zu konfrontieren, ob sie von Annegrets früher Schwangerschaft gewusst habe. Dann jedoch beschloss er, damit noch zu warten, weil er sonst Gefahr lief, dass sie zu dem augenblicklich wichtigeren Thema, nämlich dem Erbschaftsstreit zwischen Greta Jakobs und ihrem Sohn, nichts mehr sagen würde.

„Greta hat gesagt, dass sie von einem Zeitungsfritzen nichts weiß", fuhr Ebeline Bleeker fort, „aber dann ist Bernhard richtig wütend geworden. Und dann schrie er plötzlich, dass er sofort sein Erbe haben will. Und dass, wenn er es nicht kriegt, er seine Mutter auf der Stelle umbringt. Und dass …" Die alte Frau stockte und warf einen schüchternen Blick auf ihre Freundin, die nur stocksteif dasaß und ängstlich auf die Klinge an ihrer Kehle schielte.

„Ich verstehe noch nicht so ganz, was das mit Hermann Wiemers zu tun hat", hakte Büttner noch mal nach.

„Hermann is an all'm schuld", meldete sich Bernhard wieder zu Wort. „An all'm schuld." Dann schwieg er wieder, zog seiner Mutter einen Fussel aus dem Haar und schnippte ihn weg.

„Hermann. Sie haben ihn mir weggenommen. Sie haben mir mein Kind einfach weggenommen." Plötzlich sprach Greta Jakobs und ihr flossen stumme Tränen über die Wangen. „Ich wollte es doch nicht, aber Fenko …"

„Wer ist Fenko?", fragte Hasenkrug.

„Mein Mann. Als ich wieder schwanger wurde, sagte er, dass er das Kind verkauft, wenn es wieder ein Junge wird."

„Verkauft?", riefen Büttner und Hasenkrug entsetzt aus. Also war Hermann tatsächlich Greta Jakobs' Sohn und damit der Bruder von Bernhard. Simone Wiemers musste es zumindest geahnt und sich deswegen auch für das Foto interessiert haben.

„Ja. Er sagte, dass er Wilhelm Wiemers versprochen hat, dass er den Jungen dann bekommen kann. Der hatte doch bloß Mädchen. Und als Gegenleistung wollte Fenko ein paar Hektar Land haben. Auf die hatte er es schon lange abgesehen, weil er dann der Bauer mit dem größten Landbesitz in der ganzen Krummhörn wäre. Aber Wilhelm wollte nie verkaufen. Im Tausch gegen einen gesunden Jungen aber würde er es machen, sagte er, als er mitgekriegt hat, dass ich wieder schwanger bin." Greta Jakobs versagte die Stimme und sie presste sich das blutige Taschentuch aufs Gesicht. Die roten Schlieren gaben dem bleichen, runzligen Gesicht etwas Gruseliges.

„Ich hab ja schon so manches gehört", murmelte Büttner, „aber dass ein Mann einfach seinen Sohn gegen ein paar Hektar Land tauscht, nur, um der größte Bauer in der Gegend zu sein …" Er schüttelte fassungslos den Kopf. Na ja, dachte er, wenigstens war jetzt klar, dass Erna Wiemers sich nicht getäuscht hatte. Ihr war tatsächlich ein fremdes Kind untergeschoben worden. Was aber war mit ihrem eigenen Kind passiert, das in derselben Nacht zur Welt kam? Er stutzte. Was war das überhaupt für ein unglaublicher Zufall, dass beide Frauen in derselben Nacht entbunden hatten?

Für eine Weile herrschte Schweigen in der Küche, zu hören war lediglich das herzzerreißende Schluchzen von Greta Jakobs, die von einem Schwall schmerzlicher Erinnerungen überrollt wurde.

„Erna Wiemers hat in derselben Nacht entbunden wie Sie", wandte Büttner sich erneut an die alte Frau, als sie sich wieder etwas beruhigt hatte. „Ich dachte gerade, dass das ein komischer Zufall ist."

Greta Jakobs schüttelte den Kopf. „Erna war eigentlich erst vier Wochen später dran. Als bei mir die Wehen einsetzten, hat Wilhelm ihr irgendwas gegeben, was auch bei ihr die Wehen einleitete. Er wollte unbedingt wissen, ob er nicht vielleicht selber Vater eines Jungen wird, dann hätte er ja das Land behalten können. Ich – hatte es auch so gehofft, dass Erna einen Jungen kriegt. Ich wollte doch nicht, dass man mir mein Kind wegnimmt!" Wieder wurde ihr Körper von haltlosen Schluchzern geschüttelt, während ihr Sohn Bernhard nun einen selbstzufriedenen Ausdruck auf dem Gesicht hatte.

Angesichts der verzweifelten Frau spürte Büttner jetzt, wie ihm selbst die Tränen in die Augen stiegen. Er schluckte sie hinunter und sagte: "Aber warum haben Sie es denn zugelassen, Frau Jakobs? Warum haben Sie sich Ihr Kind einfach wegnehmen lassen und nie ein Wort darüber verloren?"

Die alte Frau sah Büttner aus hoffnungslosen Augen an. "Ich hatte doch nichts", sagte sie mit tonloser Stimme. "Fenko hat gesagt, er schmeißt mich aus dem Haus, wenn ich was sage. Und ich würde meine anderen Kinder nie wiedersehen, hat er gesagt. Was hätte ich denn tun sollen?" Sie schüttelte den Kopf. "Ihr jungen Leute sagt das immer so leicht. Aber wir Frauen hatten doch damals gar keine andere Möglichkeit. Wohin hätte ich denn dann gehen sollen? Ich war doch von Fenko abhängig."

Die auf diese Worte folgende Stille wurde so plötzlich unterbrochen, dass Büttners Herz vor lauter Schreck einen heftigen Sprung machte. Entsetzt bemerkte er, dass Bernhard ohne Vorankündigung einen letzten Schluck Schnaps nahm und dann die Flasche mit einer solchen Wucht an die Wand schmiss, dass sie klirrend zersprang und sich der Rest ihres Inhalts, gepaart mit zahlreichen Glassplittern, über die anwesenden Personen ergoss. "Ich hab's gesehen!", schrie er außer sich vor Wut und fuchtelte mit dem Messer so gefährlich nah vor dem Gesicht seiner Mutter herum, dass Büttner das Schlimmste befürchtete. "Alles hab ich gesehen, alles …!"

Noch ehe die im Raum Anwesenden wussten, wie ihnen geschah, sackte Bernhard von einem Moment auf den anderen kraftlos in sich zusammen und brach in ein beinahe animalisches Gebrüll aus. Dann kippte er, wie von unsichtbarer Hand gestoßen, einfach zur Seite, das Messer fiel zu Boden. Geistesgegenwärtig nutzte Hasenkrug die Gelegenheit und riss mit einer schnellen Bewegung den Tisch beiseite. Er stieß das Messer mit dem Fuß an das andere Ende der Küche, wo Büttner es aufnahm, das Fenster öffnete, es hinauswarf und seinen Kollegen winkte zu kommen. Nur wenige Sekunden später stürmten sechs Polizisten in die Küche und stürzten sich mit lautem Gebrüll auf Bernhard. Der aber rührte sich nicht mehr. Anscheinend hatte ihn der Alkohol in die Bewusstlosigkeit entlassen. Wenige Minuten danach wurde er auf einer Trage zum Krankenwagen gebracht.

Auch wenn für Büttner zu diesem Zeitpunkt noch nicht alle Fragen geklärt waren, so beschloss er doch, den alten Frauen jetzt ihre Ruhe zu gönnen. Er gab den Sanitätern, die abwartend an der Tür standen und sich um Greta Jakobs und Ebeline Bleeker kümmern wollten, ein Zeichen, dass sie loslegen konnten.

Er für seinen Teil würde nun erstmal Feierabend machen und sich ein gutes Glas Rotwein und etwas Leckeres zu essen gönnen. Er fand, das habe er sich nach diesem Spektakel redlich verdient.

38

„Können Sie mir sagen, was das zu bedeuten hat?" Ohne
einen Gruß schmiss Hauptkommissar David Büttner das
Flugticket nach Kapstadt auf Kubiceks Schreibtisch.

„Was soll das sein?" Wenn Ewald Kubicek von Büttners
Auftritt überrascht war, so ließ er es sich zumindest nicht
anmerken, sondern steckte sich in aller Seelenruhe eine
Zigarette an. Dann nahm er das Ticket in die Hand und
betrachtete es genauer. „Sieh an", sagte er, „der Herr Kollege
wollte also am Kap der Guten Hoffnung Urlaub machen.
Was genau hat das mit mir zu tun?"

„Mit Blick aufs Datum würden Sie feststellen, dass er
nur wenige Stunden, bevor sein Flieger ging, ermordet
wurde." Büttner schob ihm den gelben Zettel rüber. „Was
mich daran erstaunt, ist, dass Sie offensichtlich vorhatten,
gemeinsam zu fliegen. Nun sitzen Sie aber noch hier im
nasskalten Deutschland. Hat das einen Grund?"

„Wie kommen Sie denn darauf, dass wir gemeinsam fliegen
wollten?" Kubicek legte den Kopf in den Nacken und stieß
den Rauch ringförmig aus, dann tippte er auf den Zettel.
„Nur, weil da ein E steht? Machen Sie sich doch nicht lächerlich, Herr Kommissar!"

„Oh nein, nicht nur deshalb." Büttner machte eine kurze
Pause, bevor er hinzufügte: „Für wie blöd halten Sie uns eigent-

297

lich, Herr Kubicek? Glauben Sie wirklich, wir kommen nicht auf die Idee, die Passagierliste dieses Fluges zu überprüfen? Und was glauben Sie wohl, auf wen die Crew an diesem Tag außer Herrn Engler vergeblich hat warten müssen?"

Für einen kurzen Moment verlor Kubicek seine Selbstsicherheit und fingerte nervös an seiner Krawatte herum. Dann jedoch klatschte er dreimal kurz in die Hände und sagte: „Bravo! Sie sind ja echt auf Zack. Ich wollte also mit meinem Freund Engler nach Südafrika fliegen. Wow! Was für ein fantastisches Ermittlungsergebnis!"

„Was sollte das werden", fragte Büttner unbeeindruckt, „ein Versöhnungsausflug? Wie man hört, waren Oliver Engler und Sie ja alles andere als gute Freunde. Im Gegenteil haben Sie sich laut übereinstimmender Aussagen gerade in der letzten Zeit ziemlich häufig gestritten." Er lehnte sich in seinem Sessel zurück und schlug die Beine übereinander. Dann sah er Kubicek aus schmalen Augen an und sagte betont gelassen: „Wir haben übrigens einen Zeugen, der gesehen haben will, wie Sie Engler getötet haben."

Dieser wie nebenbei dahingeworfene Satz zeitigte genau den Effekt, den Büttner beabsichtigt hatte. Kubicek starrte ihn sekundenlang nur fassungslos an, bevor er, sichtlich nervös geworden, seine noch längst nicht fertig gerauchte Zigarette im Aschenbecher ausdrückte. „Sie sind ja komplett wahnsinnig!", presste er dann aus schmalen Lippen hervor.

„Wir können dieser Zeugenaussage eine ganze Menge abgewinnen", erwiderte Büttner schulterzuckend. „Klang alles recht plausibel, was er uns zu berichten hatte."

„Und was soll das für ein Zeuge sein?" Kubicek nestelte eine neue Zigarette aus der Schachtel und steckte sie an.

„Was wollten Sie mit Oliver Engler in Südafrika?", ignorierte Büttner die Frage des Finanzberaters. Er beugte sich vor und sah Kubicek ernst an. „Es sieht nicht gut aus für Sie. Da draußen", deutete er auf die Tür, „stehen zwei meiner Kollegen und werden Sie gleich abführen. Ich an Ihrer Stelle, würde die Situation ein wenig entspannen, indem ich so gut wie irgend möglich kooperiere." Er wiegte den Kopf hin und her. „Mir ist es ja egal, aber die Haftrichter stehen drauf."

„Sie bluffen!", stieß Kubicek hervor und blies seinem Gegenüber dabei den Rauch ins Gesicht.

„Wenn Sie meinen." Büttner erhob sich mit einem tiefen Seufzer aus seinem Stuhl, ging zur Tür und bedeutete zwei uniformierten Polizisten, Kubicek mitzunehmen. „Ewald Kubicek, ich verhafte Sie unter dem dringenden Tatverdacht, Oliver Engler ermordet zu haben", sagte er dann. „Die Kollegen werden Sie über Ihre Rechte belehren. Wir sehen uns im Kommissariat."

„Das können Sie nicht machen!" Ewald Kubicek war außer sich. „Sie können doch nicht einfach so hier hereinspazieren und mich zum Mörder stempeln! Ich will sofort meinen Anwalt sprechen!"

„Sehen Sie, Herr Kubicek, und genau das ist das Schöne daran, wenn man bei der Polizei arbeitet. Man kann einfach mal so irgendwo hineinspazieren und Leute verhaften. Grandios, oder?" Mit diesen Worten hob Büttner die Hand zum Gruß und lief an einer Reihe gaffender Mitarbeiter vorbei zur Tür hinaus.

„Hat's geklappt?", fragte Hasenkrug gespannt, als sein Chef fröhlich pfeifend zur Tür hereinspazierte und seinen Mantel an die Garderobe hing.

Büttner grinste. „Natürlich. Kubicek ist jetzt bis aufs Weitere unser Gast. Wie man mir mitteilte, hat er gerade seinen Anwalt angerufen, der aber wohl noch in einer Gerichtsverhandlung sitzt. Es wird wohl noch zwei Stunden dauern, bis er hier ist."

„Na prima", freute sich Hasenkrug, „das erleichtert die Sache ungemein. Wir sollten also gleich loslegen."

„Ist denn unser Gast aus der Ausnüchterungszelle wieder ansprechbar?"

„Er klagt über Kopfschmerzen und schreit nach Schnaps. Aber ansonsten – ja."

„Und er behauptet immer noch, Kubicek sei der Mörder von Oliver Engler?"

„Ja. Von dieser Aussage weicht er nicht ab."

Büttner drehte ein paar Mal seinen Kopf hin und her, um seine Nackenmuskeln zu entspannen. „Interessant. Und umgekehrt behauptet Kubicek, Bernhard Jakobs habe seinen Kompagnon auf dem Gewissen. Das wird ein interessanter Schlagabtausch. Bin gespannt, ob sie sich im Zwiegespräch auf eine Version einigen können."

Bevor sie zur Tür hinausgingen, sagte Hasenkrug anerkennend: „Ein genialer Plan, Chef, die beiden in einem Raum zusammenzustecken. Ist ein bisschen wie beim Hahnenkampf, fast möchte man Wetten darauf abschließen, wer von den beiden am Ende zerrupft am Boden liegt."

Büttner seufzte. „Hoffen wir mal, dass nicht wir es

sind, die hinterher zerrupft am Boden liegen, weil wir womöglich mit dieser unkonventionellen Aktion gerade komplett in Scheiße greifen und beide wieder laufen lassen müssen. Den Anschiss vom Staatsanwalt würde ich uns gerne ersparen."

„Locker bleiben, Chef. Einen von den beiden verspeisen wir heute zu Mittag. Entweder den Gockel Kubicek oder …"

„Den Coq au vin Jakobs", ergänzte Büttner und grinste breit.

„Bernhard Jakobs ist schon da", stellte Hasenkrug fest, als er mit seinem Chef hinter der von der anderen Seite verspiegelten Scheibe stand und in den Vernehmungsraum schaute.

„Und er sieht nicht gerade glücklich aus", brummte Büttner. „Und das, was gleich geschieht, wird seinen Gute-Laune-Pegel vermutlich auch nicht steigen lassen." Während sie auf Ewald Kubicek warteten, von dem noch die Personalien aufgenommen wurden, beobachtete Büttner den vor sich hin stöhnenden Bernhard Jakobs. Nach der ärztlichen Versorgung hatte der die ganze Nacht in der Ausnüchterungszelle verbracht und war am Morgen in einem völlig desolaten Zustand erwacht. Eigentlich war damit zu rechnen gewesen, dass er in seiner Zelle randalierte, doch zum allseitigen Erstaunen hatte er nur wie ein Trauerkloß dagesessen und an die kahle Wand gestarrt. Zumindest zunächst. Mit zunehmenden Entzugserscheinungen aber hatte auch sein Aggressionspotenzial praktisch minütlich an Fahrt gewonnen, bis er schließlich mit seinen Fäusten die Wände traktierte und nach einer

Flasche Schnaps schrie. Als man ihm stattdessen sein Frühstück und Kaffee brachte, pfefferte er beides mit solcher Wucht zu Boden, dass es nach allen Seiten an die Wände spritzte.

Nun saß Bernhard Jakobs im Vernehmungsraum, die Arme auf den Tisch gelegt und den Kopf in ihnen versenkt. Zwischendurch schaute er auf und brummte irgendetwas vor sich hin, ansonsten jedoch verhielt er sich ruhig. Vielleicht hatte er kapiert, dass er mit seinem Geschrei nichts erreichte.

Und vielleicht hatte er auch das kapiert, was Hasenkrug ihm im Vorfeld gesagt hatte.

Noch während Büttner sich Gedanken machte, welche Rolle Bernhard Jakobs wohl tatsächlich bei den noch ungeklärten Morden hatte, öffnete sich die Tür des Vernehmungsraums und ein recht bleich aussehender Ewald Kubicek wurde hereingeführt. Als er Bernhard Jakobs am Tisch sitzen sah, stutzte er kurz und schrie dann: „Was soll das hier! Schafft sofort dieses Subjekt hier raus!" Doch der ihn begleitende Polizist zuckte nur mit den Schultern und ging wieder hinaus.

Die Reaktion Bernhards ließ nicht lange auf sich warten. Plötzlich wieder zum Leben erwacht, sprang er auf und deutete mit dem Finger auf Kubicek. „Nenn mich noch einmal Subjekt, du Arschloch, und du weißt heute Abend nicht mehr, wie du heißt!"

„Es geht los", nickte Büttner zufrieden, „man reiche mir das Popcorn."

Für eine Weile umkreisten und belauerten sich die beiden Männer im Vernehmungsraum wie zwei Wölfe, die sich ihre Vormachtstellung im Rudel sichern wollten. Schließlich aber wurde es Kubicek wohl zu bunt und er sagte betont ruhig: „Am besten setzen wir uns und halten die Klappe." Er ließ sich auf einen Stuhl sinken und deutete auf die verspiegelte Wand. „Dahinter sitzen sie und warten nur darauf, dass wir uns zerfleischen." Mit blitzenden Augen schrie er dann die Scheibe an: „Glaubt ihr wirklich, wir sind bescheuert oder was?"

„Natürlich glauben die, dass du bescheuert bist", knurrte Bernhard, setzte sich nun aber tatsächlich wieder auf seinen Stuhl. „Haben eben 'ne gute Menschenkenntnis, die Bullen. Ist ja wohl kein Zufall, dass sie dich hergebracht haben. Wissen eben, dass du den Engler auf dem Gewissen hast."

„Ach ja", schrie Kubicek, „und weswegen, glaubst du, bist du hier!? Doch wohl kaum, weil du mit der ganzen Sache nichts zu tun hast!" Er fixierte sein Gegenüber und verzog die Mundwinkel zu einem spöttischen Grinsen, als sein Blick schließlich auf Bernhards Finger fiel, die rastlos und zitternd die Tischplatte entlangfuhren. „Na, hast ja ganz schön die Flatter, hä!? Ist scheiße, so ohne Alk, oder? Da sieht man die Welt plötzlich so, wie sie wirklich ist. Und nicht so, wie du sie dir jeden Tag schönsäufst. Tja." Er zog genüsslich eine Zigarettenschachtel aus dem Oberhemd. „Meine Droge haben sie mir gelassen."

Bernhards Gliedmaße zuckten wie unter Krämpfen. Anscheinend fiel es ihm schwer, diese Attacke ohne Gegenwehr über sich ergehen zu lassen. Noch aber sagte er nichts. Als nun jedoch Kubicek immer nervöser wurde und hektisch mit den Händen in seine Taschen fuhr, bemerkte er in gehässigem Tonfall: „Na, hast wohl kein Feuer, hä!?"

„Wenn nicht bald was Entscheidendes passiert, dann können wir die ganze Sache abbrechen", seufzte Büttner und warf einen Blick auf die Uhr. „Die langweilen mich mit ihrem scheiß Alphatier-Gehabe. So wird das nichts."

Im Vernehmungsraum herrschte nun über mehrere Minuten ein spannungsgeladenes Schweigen. Außer, dass sich die beiden Kontrahenten misstrauisch musterten, passierte nichts.

„Vielleicht sollten wir Bernhard Jakobs wieder abfüllen. In besoffenem Zustand ist der irgendwie gesprächiger", meinte Hasenkrug. „Wäre doch mal ein spannendes Experiment, wenn …"

„Achtung", stieß Büttner ihn in die Rippen, „ich glaub, es geht weiter!" Gespannt drehte er am Lautstärkeregler, denn Bernhard hatte Kubicek in eine Ecke des Raums gewunken und sprach nun mit deutlich gesenkter Stimme auf ihn ein. Zu seinem Verdruss verstand Büttner kein Wort.

„Was ist denn das für ein verdammter Mist!", fluchte er. „Da denkt man, die gehen sich bei jedem Satz laut plärrend an die Gurgel, und nun stehen sie da und halten Kaffeeklatsch." Mürrisch beobachtete der Hauptkommissar, wie sich seine Verdächtigen etwas zuraunten. „Und jetzt?", fragte er schlecht gelaunt.

„Jetzt lassen wir die beiden noch ein bisschen plaudern und dann schauen wir mal." Zu Büttners Verwunderung machte sein Assistent einen ganz gelassenen Eindruck. Nein, vielmehr schien er sich sogar köstlich über die Situation zu amüsieren.

„Wohl Spaßpillen im Müsli gehabt", stellte Büttner mit

gerunzelter Stirn fest. „Könnten Sie mir davon ein paar leihen?"

„Abwarten, Chef. Die große Überraschung kommt erst noch", erwiderte Hasenkrug.

„Haben wir Weihnachten oder was? Nun sagen Sie schon, Hasenkrug, was hecken Sie ohne mein Wissen aus?"

Hasenkrug grinste breit. „Ich hatte vorhin, als Sie bei Kubicek waren, bereits ein kurzes Gespräch mit Bernhard Jakobs. Ich dachte mir schon, dass die beiden, so sehr sie sich auch hassen, uns auf keinen Fall den Gefallen tun würden, hier öffentlich aus dem Nähkästchen zu plaudern." Er hob beschwichtigend die Hand, als er den ungehaltenen Blick seines Chefs sah. „Nicht, dass das hier nicht eine geniale Idee von Ihnen war, Chef. Aber ich habe mir erlaubt sie noch ein klein wenig, hm, sagen wir mal, zu verfeinern."

Büttner blickte neugierig auf. „Und das heißt?"

„Ich hab Jakobs ein wenig auf den Zahn gefühlt und ihm gesagt, dass er für den Mord an Engler ohne Zweifel lebenslänglich kassiert. Er hat jedoch Stein und Bein geschworen, dass nicht er Oliver Engler umgebracht hat, sondern Kubicek. Er schien sogar richtig verzweifelt zu sein, als ich ihn damit konfrontierte, dass Kubicek genau das Gegenteil behauptet. *Ist ja klar, dass ihr jetzt diesem korrupten Saubermann glaubt*, hat er geplärrt, *aber den Mord lasse ich mir nicht in die Schuhe schieben! Dieses Schwein krieg ich, das schwör ich euch! Für den geh ich ganz bestimmt nicht in den Knast!* Also hab ich ihm den Vorschlag gemacht, dass er uns dabei helfen könne, Kubicek zu überführen und ihm gesagt, dass ihm ein solches Entgegenkommen auch Pluspunkte beim Richter einbringen würde, wenn es um all den anderen Mist gehe, den er in der letzten Zeit verzapft habe. Und da hat er zugestimmt, Kubicek im Gespräch ein bisschen zu provozieren. Ob es klappt, weiß ich natürlich nicht. So Suffköppe sind ja unberechenbar."

„Er hat einfach so zugestimmt?", wunderte sich Büttner. „Oder haben Sie ihm etwa auch noch eine Pulle Schnaps versprochen, wenn er Kubicek im Vernehmungsraum in seine Einzelteile zerlegt?"

„Nein. Keinen Schnaps. Aber einen Arzt, der seine Entzugserscheinungen lindert. Er war dann damit einverstanden, dass ich ihn verkabele." Hasenkrug zog ein kleines Aufnahmegerät aus der Tasche. „Da ist nämlich auch das Geflüster drauf zu hören."

„Wow!" Büttner war beeindruckt und warf einen Blick auf seine beiden Verdächtigen. „Schon komisch, dass ich nicht selbst auf die Idee gekommen bin." Er überlegte kurz, bevor er auf das Aufnahmegerät deutete und sagte: „Aber das Ding kann man doch bestimmt lautschalten. Wir könnten also mithören."

Hasenkrug nickte und sagte in dem Augenblick, als sich Bernhard so heftig am Kopf kratzte, als hätte er Läuse: „Und genau das werden wir jetzt auch tun. Jakobs hat das Zeichen gegeben, dass es losgeht."

„Fantastisch! Ein Geständnis, wie es im Buche steht! Wenn auch ein unfreiwilliges. Wie schön ist es doch, dass manche Leute so eitel sind, dass sie immer in epischer Länge mit sich selbst und ihren Heldentaten prahlen müssen!" Büttner klatschte begeistert in die Hände, als sie später wieder im Büro saßen. Das hatte ja geklappt wie am Schnürchen. Er freute sich schon jetzt auf das Gesicht von Kubicek, wenn er ihm das Band vorspielte. „Lassen Sie Bernhard Jakobs zum Arzt bringen, Hasenkrug. Und wir konfrontieren derweil Kubicek mit seiner eigenen Aussage. Ich freu mich schon jetzt auf sein dämliches Gesicht!"

„Mit welchem Recht halten Sie meinen Mandanten hier fest?", echauffierte sich ein Mann mittleren Alters in schwarzem Anzug, als Büttner und Hasenkrug ihm im Vorzimmer direkt in die Arme liefen. Das Gesicht des Mannes war puterrot angelaufen, und er schien nicht allerbester Stimmung zu sein. Wahrscheinlich hatte er gerade seinen Prozess verloren, mutmaßte Büttner. „Dürfte ich erfahren, wer Sie sind?", knurrte er, obwohl er es sich natürlich denken konnte.

„Rechtsanwalt Martin Kunkel. Ich vertrete Ewald Kubicek."

„Ach", nickte Büttner, „dann kommen Sie doch bitte gleich mal mit. Ihren Beistand kann Herr Kubicek nun gut gebrauchen." Er machte sich auf den Weg zum Vernehmungsraum und winkte dem Anwalt, ihm zu folgen.

„Beistand? Ich erwarte, dass mein Mandant sofort auf freien Fuß gesetzt wird. Sie haben keinerlei Handhabe …"

„Da täuschen Sie sich, Herr Kunkel. Ich würde fast mal behaupten, dass Ihr Mandant froh sein kann, wenn er in zehn Jahren wieder mehr als ein paar Quadratmeter Auslauf hat."

Der Anwalt stutzte. „Sie wollen doch nicht behaupten, dass an diesen hanebüchenen Mordvorwürfen irgendetwas dran ist?", fragte er schon deutlich zurückhaltender.

„Daran und an den Vorwürfen der Unterschlagung

und des Betrugs auch", erwiderte Büttner. Erst vor wenigen Minuten hatte er von den Kollegen der Wirtschaftskriminalität die Nachricht bekommen, dass Ewald Kubicek offensichtlich eine Menge Geld beiseite geschafft hatte. Geld, das ihm hauptsächlich von Kleinanlegern im Rahmen seiner Anlageberatung anvertraut worden war. Inwieweit sein Kompagnon Oliver Engler über diese Machenschaften informiert gewesen war oder sich gar daran beteiligt hatte, konnte hingegen noch nicht mit Sicherheit gesagt werden.

„Sie haben Beweise?" Der Anwalt hatte das letzte Wort mit deutlich ungläubigem Unterton ausgesprochen.

Büttner öffnete die Tür zum Vernehmungsraum und deutete auf den Stuhl neben Kubicek, der ihnen beim Erblicken seines Anwalts siegesgewiss entgegensah. „Nehmen Sie bitte Platz, Herr Kunkel."

„Die halten mich hier fest, Martin", sagte Kubicek in jammerndem Tonfall. „Dabei ..."

Mit einer Handbewegung brachte der Anwalt ihn zum Schweigen. „Du sagst jetzt mal gar nichts, Ewald, und ich höre mir an, was die Herren von der Polizei gegen dich vorliegen haben. Dann sehen wir weiter." Seinem unsteten Blick, der von einem zum anderen wanderte, war anzusehen, dass er beunruhigt war.

Ohne dass noch einer der Polizisten ein Wort sagte, drückte Hasenkrug den Knopf seines Aufnahmegerätes. Praktisch sofort war die Stimme Bernhard Jakobs zu hören, die zwar nicht in herausragender Qualität, aber doch ausreichend deutlich zu verstehen war:

„Okay, du Wichser, ich mach dir jetzt mal einen Vorschlag.

Zweihundertfünfzigtausend Mäuse, und ich ziehe meine Aussage, dass du Engler auf dem Gewissen hast, zurück."

Ein kurzes *Ha!* von Kubicek war daraufhin klar und deutlich zu vernehmen, dann jedoch senkte auch der die Stimme. *"Du mieser kleiner Säufer willst mich erpressen? Du hast wohl nicht mehr alle Latten am Zaun! Keine Sau wird mir jemals nachweisen können, dass ich dem Kerl das Messer in den Bauch gerammt habe. Warum also sollte ich dir auch nur einen Euro geben?"*

"Weil ich beweisen kann, dass du lügst, du miese kleine Ratte."

"Nichts kannst du. Und kein Mensch wird dir glauben. Pah! Wer glaubt schon einem Säufer! Du hast dem Engler aufgelauert und ihn windelweich gekloppt. Als er danach immer noch zuckte, hast du ihm das Messer zwischen die Rippen gerammt. Und ich, der ich mit ihm einfach nur ein spätes Bier trinken wollte, hab's beobachtet."

"Elender Bastard! Ich hab ihm die Fresse poliert, und du hast die Gelegenheit genutzt und ihm den Rest gegeben."

"Ich sagte ja schon, dass dir das keine Sau glauben wird. Schließlich bist du doch bekannt dafür, dass du andere Menschen mit dem Messer bedrohst. Ich sag nur: Annegret."

"Zweihundertfünfzigtausend Mäuse, und wir gehen beide spazieren. Ich hab Beweise."

"Du bluffst doch! Woher willst denn du wohl Beweise haben! Du warst doch sogar zu besoffen, um gerade zu stehen. Sogar die Leiche musste ich alleine in den Kofferraum schaffen, weil du nicht in der Lage warst, sie auch nur anzuheben."

"Du Arsch hast die ganze Zeit geplant, mir den Mord anzuhängen. Nur deswegen hast du mich doch an der Knock alleine zurückgelassen."

„*Du warst nicht alleine. Schließlich hatte ich dir doch noch 'ne Pulle von der Tanke spendiert!*" Wieder ein lautes, hämisches Lachen. „*Du bist doch echt zu doof zum Scheißen, Jakobs! Und du willst Beweise haben? Ich sag dir was: du gehst für mich in den Knast, und ich tröste derweil deine Annegret, auf die du so scharf bist. Hab ihr schon in den letzten Tagen immer wieder gezeigt, wer in diesen schweren Stunden ihr bester Freund ist. Auch dafür hat es sich für mich echt gelohnt, den Engler kalt zu machen. Von dem Batzen Geld, das Annegret jetzt erbt, mal ganz abgesehen.*"

Es war zu hören, dass Bernhard Jakobs ein paar Mal tief Luft holte. Anscheinend fiel es ihm schwer sich zu kontrollieren, als jetzt das Thema auf Annegret kam. Aber er riss sich zusammen und sagte: „*Nur deswegen hast du ihn umgebracht?*"

„*Quatsch. Der Kerl wollte nicht mitspielen. Hat gedroht, zur Polizei zu gehen und mich zu verpfeifen. Mein Gott, wegen so ein paar Kleinanlegern ein solches Geschiss zu machen! Wenn die so naiv sind und nicht mal nachprüfen, wo ihr Geld geblieben ist, dann sind sie doch selber schuld. Haben mir einfach geglaubt, dass die Fonds die Grätsche gemacht haben. Wer so dämlich ist, der will beschissen werden. Hab Engler vorgeschlagen, uns mitsamt dem Geld nach Südafrika zu transferieren und ihm sogar das Ticket gekauft. Aber er machte immer nur Theater. Und bei diesem Immobiliendeal in Visquard hat er auch kalte Füße gekriegt, der Schlappschwanz.*" Kubiceks dröhnendes Lachen drang aus den Lautsprechern, bevor er wieder die Stimme senkte. „*Tja. Und dann kam mir Kollege Zufall zur Hilfe. Denn wunderbarerweise warst du gerade dabei, Engler ordentlich zu ver-*

möbeln, als ich noch mal mit ihm sprechen wollte. Der Rest war einfach."

Hasenkrug drückte den Aus-Knopf. „Herr Jakobs war verkabelt", sagte er knapp.

Für einen Moment war kein Laut zu hören, doch dann rief Ewald Kubicek plötzlich aus: „Diese Wichser haben mich – sie haben mich reingelegt! Das ist doch – das kann doch – niemals ist das doch erlaubt! Nun sag doch auch mal was, Martin!"

Der Anwalt warf ihm einen langen Blick zu, dann sagte er ruhig: „Du solltest dich mit dem Wachpersonal des Gefängnisses gutstellen. Womöglich kriegst du dann mal ein paar Zigaretten mehr."

Nach Kubiceks Gesichtsausdruck zu urteilen, war es nicht das, was er hatte hören wollen.

39

„Da waren es nur noch zwei." Büttner lehnte sich zufrieden in seinem Schreibtischstuhl zurück und nahm sich einen Schokoriegel aus der Schublade. Er fand, dass er sich den redlich verdient hatte, schließlich saß nun schon mal einer der Mörder hinter Schloss und Riegel. Und bis zur Lösung der beiden anderen Todesfälle würde es nun sicherlich auch nicht mehr lange dauern.

Am Tag zuvor hatte er Anweisung gegeben, für einen der nächsten Tage einen Kutter zu chartern, der dem immer noch verschollenen von Eike Wiemers ähnelte. Zwar war ihm nicht wohl bei dem Gedanken, auf die herbstraue Nordsee hinausfahren zu müssen. Auch war Frau Weniger von der Idee, alle damaligen Geburtstagsgäste zu diesem recht kurzfristig anberaumten Termin herbeitelefonieren zu müssen, wenig begeistert gewesen. Aber Büttner hatte das Gefühl, im Fall Simone Wiemers nur weiterzukommen, wenn er alle Beteiligten noch mal einer vergleichbaren Situation aussetzte und sie intensiv beobachtete. Es wäre nicht das erste Mal, dass sich dabei jemand ungewollt verriet.

Gerade wollte Büttner genussvoll in den Schokoriegel beißen, als Frau Weniger ankündigte, dass eine Verena Adams am Telefon sei und ihn sprechen wolle. Mit einem bedauernden Blick auf seine süße Belohnung nahm er den Hörer ab. „Moin, Frau Adams, was kann ich für Sie tun?"

„Moin. Ich hatte doch gesagt, dass ich mich mal ein wenig in der Familie umhöre, wegen Anita. Sie wollten doch gerne wissen, wie es damals mit der Adoption vonstatten gegangen ist."

Büttner war plötzlich hellwach. „Und", fragte er gespannt, „haben Sie etwas erfahren können?"

„Ja. Ich – also ich hab jetzt mal – da gibt es so einen entfernten Cousin meines Mannes. Er lebt in Kanada. Berend, also mein Mann, hatte viel Kontakt zu ihm. Und der konnte sich noch gut daran erinnern, wie das damals gewesen ist. Beziehungsweise sein Vater. Also, er selbst war ja noch klein damals."

Büttner räusperte sich. „Wenn Sie vielleicht nur sagen könnten, was das Gespräch ergeben hat, Frau Adams?"

„Ja. Ach so. Natürlich. Entschuldigen Sie bitte. Ich bin noch ganz aufgeregt. Es ist alles ein bisschen viel. Die Sache mit Anita und der Tod meines Mannes und dass er – na ja, Sie wissen ja …"

„Frau Adams! Bitte!"

„Ja. Entschuldigen Sie. Also, der Cousin sagte, dass sein verstorbener Vater damals ganz aufgebracht war, als Eelko die kleine Anita adoptierte. Er hat wohl viel Geld für das Kind bezahlt."

„Er hat Geld bezahlt? An die leiblichen Eltern?"

„Nein. An die Hebamme. Die wusste wohl von dem dringlichen Kinderwunsch der Familie. Sie hatten schon mehrmals einen Antrag auf eine offizielle Adoption gestellt, aber da waren sie immer wieder vertröstet worden.

Und dann kam plötzlich diese Hebamme eines Nachts und hat gesagt, dass sie ein Kind für sie habe. Ein Mädchen. Gerade geboren. Sie könne nicht sagen, woher es komme, aber sie könne es ihnen verkaufen, wenn sie wollten."

„Verkaufen? Unglaublich. Wissen Sie, für wie viel Geld?"

„Nein. Das wusste der Cousin auch nicht."

„Und Ihr Onkel Eelko hat das Kind einfach so genommen?" Büttner war entsetzt. „Ich meine, die Hebamme konnte es doch irgendwo entführt haben. Danach hat keiner gefragt?"

„Nein, anscheinend nicht. Sie waren einfach nur froh, dass sie nun endlich ein Kind hatten. Einzig die Hebamme ist wohl mit dem Druck, der auf ihr lastete, nicht zurechtgekommen. Sie hat sich nur wenig später das Leben genommen."

„Und der Vater Ihres kanadischen Cousins? Der hat auch nichts dagegen unternommen?"

„Nein. Er wollte keinen Unfrieden in der Familie stiften."

„Keinen Unfrieden stiften." Büttner fasste es nicht. „Okay, ich danke Ihnen sehr, Frau Adams." Erschüttert ließ Büttner den Telefonhörer auf die Gabel sinken. Mit was für Sippschaften hatte er es hier in Ostfriesland eigentlich zu tun? Die einen ignorierten die viel zu frühe Schwangerschaft eines jungen Mädchens und trieben sie damit zu der verzweifelten Tat, ihr frisch geborenes Kind auszusetzen. Die anderen verabredeten den Tausch eines kleinen Jungen gegen ein paar Hektar Land. Und wieder andere kauften einfach ein Kind, ohne zu fragen, woher es kam.

Und das Schlimmste von allem: So viele Menschen hatten von alldem gewusst, und keiner hatte etwas gesagt oder gar etwas dagegen unternommen. Und das alles nur um des lieben Friedens willen, sowohl in der Familie als auch in der Nachbarschaft. Ein kollektives Schweigen, Heucheln und Vertuschen über Generationen hinweg. In welcher Welt lebten sie eigentlich?

Frustriert nahm Büttner seinen Schokoriegel in die Hand und starrte für eine Weile Löcher in die Luft, während er schmatzend vor sich hin kaute und dabei nachdachte. Was hatten die Morde an Simone und Hermann Wiemers mit all dem zu tun? Hatten sie überhaupt etwas damit zu tun?

Gleich am nächsten Tag würde er sich diesen Kubicek noch mal vornehmen. Wer einmal einen Menschen umbrachte, konnte es doch auch ein zweites Mal getan haben. Was, wenn der Tod von Simone und Hermann Wiemers gar nichts mit diesem Familiendrama, sondern tatsächlich mit dem Immobiliendeal zu tun hatte? Jagten sie hier womöglich einer für die Morde völlig unerheblichen Spur nach?

Wie Büttner erfahren hatte, war dieser Mensch vom Bauamt, Michael Ipsen, inzwischen vom Dienst suspendiert worden. Jetzt, da sich Kubicek als Mörder Oliver Englers herausgestellt hatte, der laut Mitschnitt und entgegen aller anderen Aussagen nicht nur gegen die Abzocke der Kleinanleger, sondern auch gegen den lukrativen Immobiliendeal gewettert hatte, war es doch immerhin möglich, dass Kubicek mit Michael Ipsen gemeinsame Sache gemacht und weitere Gegner aus dem Weg geräumt hatte. Also würde er auch diesen Ipsen noch mal ordentlich durch die Mangel drehen.

In Büttners Gedanken hinein ging plötzlich die Tür

seines Büros auf, und Frau Weniger bat eine alte Frau mit Gehwagen, einzutreten. Es war Greta Jakobs.

„Moin, Frau Jakobs!", rief Büttner erstaunt aus und lief ihr entgegen. „Was machen denn Sie hier im Kommissariat? Sie hätten mich doch anrufen können, dann wäre ich natürlich gerne zu Ihnen gekommen!"

Die alte Frau schüttelte den Kopf. „Zu Hause kann ich das nicht", sagte sie leise.

„Dann nehmen Sie doch bitte Platz." Büttner schob ihr einen Stuhl zurecht, auf den sie sich umständlich fallen ließ. „Wie geht es Ihnen denn?"

„Mein Sohn ist ein Mörder. Und ich bin schuld daran. Wie soll es mir dabei schon gehen!?", sagte sie mit trauriger Stimme.

„Aber nein, Frau Jakobs", erwiderte Büttner schnell, „da kann ich Sie beruhigen. Den Mörder von Oliver Engler haben wir überführt. Ihr Sohn hatte damit nichts – ähm – also fast nichts – er hat ihn nicht umgebracht, wollte ich sagen."

„Er hat seinen Bruder umgebracht. Seinen eigenen Bruder." Greta Jakobs zog ein Taschentuch aus ihrer Manteltasche und schnäuzte sich.

„Was?" Büttner sah sie entgeistert an. Es gab doch nicht etwa noch eine Leiche?

„Gestern – ich musste es erstmal selber begreifen, verstehen Sie?" In ihrem Blick war jetzt etwas Flehendes.

„Nee."

„Er hat mich ja dauernd angeschrien. Und dann dieses furchtbare Messer!" Sie schluckte. „Aber ich bin ja selber schuld. Ich hab ihn nie gut behandelt. Er hatte solche Angst, dass wir ihn auch weggeben. Wissen Sie, er hat ja alles beobachtet, damals, in dieser schrecklichen Nacht. Wie mein Mann der Hebamme, Hinrikje, das Kind gegeben hat und dann auch noch Geld, damit sie nicht quatscht. Und wie er sie dann aus dem Haus gejagt hat. Bernhard saß oben am Treppengeländer und hat gedacht, dass er der nächste ist, den sein Vater weggibt. Weil der ihn doch noch nie hatte haben wollen. Er kam zu mir und hat so bitterlich geweint, der Junge. Aber ich hab ihn weggeschickt. Wie hätte ich ihn denn auch trösten können!? Ich hatte doch selber gerade mein Kind verloren. Mein Mann hat Bernhard dann grün und blau geschlagen und gesagt, das mit dem Weggeben könne er sofort haben, wenn er jemals irgendwo auch nur ein Wort über das verliert, was er gesehen hat. Fenko hat dann überall herumerzählt, dass unser viertes Kind bereits tot auf die Welt gekommen ist."

Büttner dämmerte so langsam, was Greta Jakobs versuchte, ihm beizubringen. „Verstehe ich das richtig? Bernhard hat seinen Bruder Hermann erschlagen?", fragte er vorsichtig. Er spürte, wie er angesichts des soeben gehörten Dramas am ganzen Leib zitterte. Es war ja alles noch viel schlimmer, als er es sich vorgestellt hatte!

„Ja. Das sag ich doch. Und er hat es mir gesagt. Gestern. Als ich ihm gesagt habe, dass ich ihn enterbe."

„Und was genau hat er Ihnen gesagt?"

„Er hat gesagt, dass es dann doch gar nichts genützt hat, dass er Hermann erschlagen hat, wenn er den Hof nun doch nicht erbt. Deswegen war er doch dann so wütend." Greta Jakobs' Körper wurde nun von heftigen Schluchzern erschüttert.

317

„Sie hatten Hermann als Erben Ihres Hofes eingesetzt?", hakte Büttner nach.

„Ja. Ich – wollte doch ein bisschen wiedergutmachen an dem Jungen. Aber er sollte erst nach meinem Tod erfahren, dass ich – dass sein Vater – dass wir …" Greta Jakobs sackte in sich zusammen, ohne den Satz zu beenden.

„Nun", meinte Büttner, „dann werden wir Bernhard mal dahingehend befragen." Er hätte noch tausend Fragen mehr an die alte Frau gehabt, aber er merkte, dass er das soeben Gehörte erstmal verdauen musste. Nur eine Antwort, die wollte er noch haben. „Das hat jetzt nicht direkt was mit Bernhard zu tun", sagte er äußerlich ruhig, „aber haben Sie eigentlich damals mitbekommen, dass Annegret Engler als blutjunges Mädchen schwanger wurde?"

„Ja. Natürlich. Das wusste doch jeder. Soll ja von diesem Lehrer gewesen sein. Diesem Adams. Hermann und Elske haben Eike dann doch angenommen. Ebeline meinte immer, wir sollten Annegret bloß nichts davon sagen. Hätte ja auch keinem geholfen, wenn sie es gewusst hätte."

An diesem Abend genügte Büttner kein Glas Rotwein zum Abschalten. Er genehmigte sich ausnahmsweise einen Kognak.

40

Hauptkommissar David Büttner hatte es befürchtet. Als er morgens die Zeitung aus dem Briefkasten holte, goss es in Strömen, und es ging ein steifer Wind.

„Da hast du dir ja was Schönes eingebrockt", machte seine Frau eine Kopfbewegung zum Fenster hin, als sie in die Küche trat. „Nur gut, dass ich nicht mit auf den Kutter muss, bei diesem Wetter. Ich werde heute mit meinen Schülern Apfelwaffeln backen. Klingt irgendwie gemütlicher, finde ich."

„Ach was. Wer mag schon Waffeln, wenn er nasse Füße haben kann", maulte Büttner.

Gerne hätte er das Thema jetzt abgeschlossen, doch zu allem Überfluss trat nun auch noch seine Tochter Jette zu ihnen an den Tisch. „Tja, Paps, Augen auf bei der Berufswahl, sage ich nur. Hast dir ja einen tollen Tag für den Bootsausflug ausgesucht." Sie grinste ihrer Mutter verschwörerisch zu.

„Ach, es tut so gut, wenigstens von seiner Familie ein paar aufmunternde Worte mit auf den Weg zu bekommen", knurrte Büttner. „Ich geh dann mal. Vielleicht sehen wir uns heute Abend. Wenn nicht, guckt doch bei Ebbe einfach mal nach, was sich im Watt so tut."

„Sind alle da?" Büttner ließ seinen Blick über den Greetsieler Kutterhafen schweifen. Sechzehn Gestalten standen, die Hände tief in den Taschen ihrer Regenjacken vergraben, direkt an der Anlegestelle des gecharterten Kutters und warteten darauf, dass sie endlich in die warme Kajüte durften. Der Wind pfiff kalt um die Ecken, und der Regen schien mit jeder Minute heftiger zu werden, sodass selbst Alex Habermann, der sich als Skipper zur Verfügung gestellt hatte, besorgt zum Himmel hinaufsah.

Natürlich hätte eigentlich auch Eike bei diesem Törn dabei sein müssen. Doch hatte Büttner diese Aktion, die womöglich zur Aufklärung der Todesumstände im Falle Simone Wiemers führte, nicht wegen ihm auf den Sankt Nimmerleinstag verschieben wollen. Schließlich konnte niemand wissen, ob und wann er wieder auftauchte.

„Ja. Alle da. Selbst Tobias Rüttgers, der sich zunächst mit wichtigen Terminen herausreden wollte. Aber ich konnte ihm klarmachen, dass es für ihn nicht von Vorteil sein würde, wenn er sich drückte", antwortete Hasenkrug. „Außerdem habe ich eine Kollegin mitgebracht, die die Rolle von Simone Wiemers einnehmen wird. Sie heißt Constanze Wibben." Er deutete auf eine junge Frau, die sich etwas abseits von den anderen hielt und von einem Bein auf das andere trat. Offensichtlich fror sie bereits jetzt ganz erbärmlich.

„Gut. Dann bringen wir es hinter uns. Sagen Sie bitte Alex Habermann Bescheid, dass es losgehen kann. Er soll die Leute auf den Kutter lassen." Büttner selbst wandte sich nun der Kollegin zu, die Simone Wiemers sogar ein bisschen ähnlich sah, wie er fand.

„Moin", sagte er und gab ihr die Hand. „Schön, dass Sie uns unterstützen."

„Wat mutt, dat mutt", erwiderte sie und blickte finster zum Himmel hinauf, an dem die dunklen Wolken nur so dahinrasten.

„Ja, macht nicht wirklich viel Spaß bei diesem Wetter, ich weiß."

„Spaß gibt's nur auf Beerdigungen", erwiderte sie trocken.

„Wie meinen Sie denn das?", fragte Büttner irritiert. Die junge Kollegin, die er an diesem Tag zum ersten Mal sah, schien einen etwas eigenartigen Sinn für Humor zu haben.

„So heißt es doch in Ostfriesland", antwortete sie, ohne eine Miene zu verziehen. *„Was für ein Spaß auf der Beerdigung, keiner wollte in den Sarg. Doch dann fing es an zu regnen, und plötzlich wollten alle einen Fensterplatz haben."* Sie nickte zum Kutter hinüber. „So ähnlich wird es da gleich auch sein."

„Ein charmanter Vergleich." Büttner schluckte. Diesen Spruch hätte er nun gerade nicht gebraucht, versuchte er sich doch schon die ganze Zeit einzureden, dass es so schlimm schon nicht kommen würde. „Sie kennen Ihre Aufgabe?", wurde er schnell dienstlich, bevor Constanze Wibben noch weitere so schräge Sachen einfielen.

„Ja, ich bin die Leiche", sagte sie.

Nun konnte sich Büttner ein Grinsen doch nicht verkneifen. „Ich sehe, Sie sind bestens unterrichtet. Na, da kommen Sie mal mit, Frau Wibben. Die anderen sind schon alle an Bord. Ich hoffe, dass wir die Sache schnell abschließen können. Auch ohne Fensterplätze."

Die Fahrt hinaus auf die Nordsee verlief weitgehend schweigsam. Dicht gedrängt saßen alle auf den Bänken der Kajüte und hingen ihren Gedanken nach. Keinem schien der Sinn danach zu stehen, die anderen in ein Gespräch zu verwickeln, zu schwer lastete die Erinnerung an ihre letzte gemeinsame Fahrt auf der Gruppe. Büttner musterte jeden Einzelnen eingehend, doch keiner verhielt sich wirklich auffällig. Im Gegenteil schien sich jeder am liebsten unsichtbar machen zu wollen. Das Schaukeln des Kutters tat ein Übriges. Bei mindestens drei Personen ließ die Gesichtsfarbe keinen Zweifel daran aufkommen, dass sie schon jetzt mit einem Anfall von Übelkeit zu kämpfen hatten. Dabei hatte der Kutter die offene Nordsee noch nicht einmal erreicht. Auch Büttner selbst verspürte schon seit dem Ablegen ein ganz widerliches Rumoren im Magen und hoffte sehr, dass nicht ausgerechnet er sich vor versammelter Mannschaft würde übergeben müssen.

Büttners besondere Aufmerksamkeit galt Michael Ipsen vom Bauamt und Simones Ex-Freund Tobias Rüttgers. Doch beide blickten die ganze Fahrt über nur starr auf ihre Füße und vermieden es merklich, die Anwesenden auch nur anzusehen. Büttner vermochte nicht zu sagen, ob einer von ihnen merklich nervöser war als alle anderen. Sollte es so sein, dann hatten sie sich jedenfalls gut im Griff.

„So", sagte er schließlich, als Alex ihm ein Zeichen gegeben hatte, „nun sind wir in etwa an der Position, an der damals das – ähm – Unglück geschah. Ich darf Sie bitten, nun alle an Deck zu gehen. Vergessen Sie bitte nicht, dass das Ablegen der Schwimmwesten unter keinen Umständen geduldet wird." Nach kurzem Zögern fügte er hinzu:

„Simone Wiemers würde womöglich noch leben, wenn sie diesen Hinweis beherzigt hätte."

„Nun erzählen Sie doch keinen Scheiß!", schmiss ihm daraufhin ein großer, athletisch gebauter Mann entgegen. „Wenn Sie damals dabei gewesen wären, dann wüssten Sie, dass Simone auch mit Schwimmweste keine Chance gehabt hätte."

„Und Sie sind?", erwiderte Büttner nur.

„Hanno. Ich bin – ich war ein Freund von Simone." Er presste die Lippen zusammen und schien mit den Tränen zu kämpfen. „Ich kann es immer noch nicht glauben. Sie fehlt mir so", fügte er mit zittriger Stimme hinzu, woraufhin in der Kajüte von unterschiedlicher Seite unterdrücktes Schluchzen zu hören war. Mit geballten Fäusten fügte Hanno hinzu: „Wenn ich den erwische, der Simone und Eike und uns allen das angetan hat, dann …"

„Das überlassen Sie mal uns", schnitt ihm Büttner barsch das Wort ab. „Deswegen sind wir ja schließlich hier. Also, wenn ich Sie jetzt bitten dürfte …"

Minuten später standen alle Anwesenden an Deck und waren bemüht, sich so gut es eben ging von Regen und Sturm abzuwenden. Wie an dem schicksalhaften Tag Ende Oktober stand auch nun der Regen waagerecht, und der Kutter geriet auf den hohen Wellen ordentlich ins Rollen. Simones Bruder Alex hatte noch vor der Fahrt zur Sicherheit Strecktaue über das Deck gespannt, an denen sich auf Anweisung von Hasenkrug nun alle mit den an den Schwimmwesten befestigten Karabinerhaken einklinkten.

Alex selbst stand mit sichtlich konzentriertem, aber dennoch verkniffenem Gesichtsausdruck im Steuerhaus und starrte an den Fahrgästen vorbei auf die Wellen, die von steuerbords auf den Kutter schlugen. Für ihn musste dies eine Fahrt in die Hölle sein, dachte Büttner. Er hatte Alex angeboten, zu Hause zu bleiben und einen fremden Skipper zu engagieren, aber er hatte nicht gewollt. „Ist schon gut", hatte er abgewinkt, „natürlich komme ich mit. Das bin ich Simone schuldig."

„Gut", schrie Büttner nun gegen das Grollen des Windes und der Wellen an, „Sie erinnern sich jetzt bitte alle an die Situation auf dem Kutter, kurz bevor Eike Wiemers Sie bat, wegen des zunehmend schlechten Wetters unter Deck zu gehen. Sollten Sie noch wissen, wo in etwa Sie zu diesem Zeitpunkt auf dem Kutter gestanden haben, dann begeben Sie sich jetzt bitte dahin. Vielleicht erinnern Sie sich ja auch noch daran, wer neben Ihnen stand. Das würde die Sache ein wenig erleichtern." Als er sah, dass sich einige Personen nun einfach aus den Strecktauen ausklinkten und unsicher über Deck stolperten, fügte er schnell hinzu: „Und vergessen Sie nicht, stets an den Tauen zu bleiben und sich umzuklinken. Schließlich will ich nicht …"

Was er noch hatte sagen wollen, ging im Getöse unter, als die nächste Welle donnernd auf das Deck krachte und dafür sorgte, dass einige Frauen ins Rutschen gerieten und daraufhin in panisches Kreischen ausbrachen. Hektisch zerrten sie an ihren Karabinern und stellten dann sichtlich erleichtert fest, dass ihnen nichts passieren konnte.

„Hat jeder seinen Nachbarn von damals?", schrie Hasenkrug in die Menge, als alle sich neu sortiert hatten.

„Nee", schrie eine junge Frau zurück und deutete auf den neben ihr stehenden Michael Ipsen. „Michael, ich weiß doch genau, dass du da hinten Richtung Bug bei Simone und Wiebke warst, als Eike zu uns an Deck kam!"

„Das stimmt!", schrie Wiebke zurück.

„Echt? Ich – ich weiß das gar nicht mehr", stammelte Michael Ipsen nun vor sich hin und war von Büttner nur zu verstehen, weil sie unmittelbar nebeneinander beim Steuerhaus standen. Ipsen beeilte sich, seinen Platz neben Wiebke einzunehmen, und auch die junge Polizeikollegin Constanze Wibben gesellte sich jetzt zu ihnen.

„Gut. Stimmt es jetzt?", brüllte Hasenkrug, als alle wieder ruhig an ihrem Platz standen.

Vereinzelt war ein Nicken zu sehen, ansonsten blieb es ruhig.

„So", schrie Büttner, „und jetzt der nächste Schritt. Versuchen Sie bitte so genau, wie es eben geht, den Weg zur Kajüte einzuschlagen, den Sie auch an jenem Tag genommen haben. Und auch hier achten Sie bitte wieder auf Ihren Nachbarn. Und scheuen Sie sich bitte nicht, zu sagen, wenn irgendetwas nicht stimmt. Wir sind hier, um den Tod von Simone aufzuklären, vergessen Sie das nicht. Lassen Sie Ihre Freundin und deren Angehörige also jetzt bitte nicht im Stich, nur weil man Sie dazu erzogen hat, nicht zu petzen."

Ganz langsam, Schritt für Schritt, tastete sich die Menschentraube nach vorne. Zu hören war außer den Umgebungsgeräuschen nur das vielfache Klicken der Karabiner. Von einem Tumult, wie er Büttner von Alex und Eike beschrieben worden war, war an Deck nun natürlich nichts zu spüren. Dafür zeichnete sich jedoch relativ schnell ab, dass sich die Gruppe auf eine Seite des Kutters schlug, um backbords am Steuerhaus vorbeizulaufen. Auch in diesem Punkt hatten die beiden Männer also recht gehabt.

Was allerdings gänzlich fehlte, war die Person, die Simone, alias Constanze Wibben, steuerbords hätte begleiten sollen. Hier wartete laut vorheriger Instruktion lediglich die junge Polizistin darauf, von irgendwem an den Arm genommen zu werden. Womit nun zumindest schon mal sicher war, dass es sich bei einer der beiden Personen, die an Steuerbord gesehen worden waren, tatsächlich um Simone gehandelt haben musste. Doch wo war ihr Begleiter?

Büttner warf einen Blick zum Steuerhaus, hinter dessen Scheibe Alex Habermann das Geschehen mit angespannter Miene beobachtete. Er nickte kurz zum Zeichen, dass er das Problem verstanden hatte. Nur ausrichten konnte natürlich auch er nichts.

Büttner fluchte still in sich hinein, als sich keiner der Passagiere zu Wort meldete. Sollte dieses Experiment tatsächlich scheitern? Das durfte doch nicht sein! Nicht um Simones willen und natürlich auch darum nicht, weil er sich bei dieser verrückten Aktion ganz bestimmt eine weitere Erkältung, wenn nicht gar Schlimmeres einhandeln würde. Büttner schluckte einmal zur Probe. Da! Siehste! Es ging schon wieder los! Er spürte bereits den Anflug eines gemeinen Kratzens im Hals! Als hätte er nicht gewusst, dass diese Fahrt auf dem Kutter ihn Jahre seines Lebens …"

„Du warst es!" Eine selbst im Unwetter nicht zu überhörende Stimme schallte plötzlich über Deck und riss Büttner abrupt aus seinen Gedanken. Rasch versuchte er die Situation zu überblicken, denn in der Gruppe machte sich jetzt eine nervöse Unruhe breit. Nur gut, dachte er, dass alle an ihren Karabinerhaken hingen, dann konnte wenigstens keiner panisch weglaufen.

Büttner ordnete die Stimme dem athletischen Hanno zu, der mit dem Finger auf einen Mann neben sich zeigte. „Jetzt weiß ich es wieder! Ich hab dich gesehen! Da hinten. An Steuerbord. Mit Simone!"

Ein nicht zu überhörendes Raunen ging durch die Menge, als nun alle ihren Blick auf die Person richteten, auf die Hanno mit wutverzerrter Miene zeigte. Es war Tobias Rüttgers.

„Genau", war nun eine kreischende Frauenstimme zu hören, „jetzt kann ich mich auch erinnern! Ich hab noch gedacht, warum denn die beiden nicht in die Richtung gehen, die Eike uns vorgegeben hatte!"

„Haben Sie Herrn Rüttgers damals erkannt?", schrie Hasenkrug ihr entgegen.

Sie überlegte für einen kurzen Moment, dann schüttelte sie den Kopf. „Ich hab nur jemanden gesehen, der mit Simone …"

Der Rest ihres Satzes ging in einem allgemeinen Aufschrei unter, als sich nun Tobias von der Menge löste und Richtung Steuerbord davonsprang, dicht gefolgt von Hanno. Beide hatten sich aus den Strecktauen ausgeklinkt und rutschten und stolperten über das glitschige Deck. „Ich krieg dich, du Schwein, ich krieg dich, und dann wirst du sehen, wie es ist, in der Nordsee elendig zu ersaufen!", schrie Hanno außer sich vor Wut und war auch durch Constance Wibben, die ihm in den Weg sprang, nicht zu stoppen. Er versetzte ihr einen Stoß, so dass sie zur Seite flog. Büttner nahm Blickkontakt zu ihr auf und bedeutete ihr, sich sofort wieder einzuklinken.

Dann richtete er seinen Blick wieder auf die beiden Kontrahenten. Hanno hatte sich zu Tobias vorgekämpft, der sich nun an die Steuerbordreling klammerte und mit Tritten versuchte, seinen Angreifer abzuwehren. Der aber ließ sich nicht beirren, griff nach Tobias' hochschnellendem Bein und riss ihn so brutal zu Boden, dass selbst im Sturm das knackende Geräusch sich ausrenkender Gelenke zu hören war. Als Tobias schreiend vor Schmerzen auf die Planken krachte, warf sich Hanno blitzschnell auf ihn, versetzte ihm zwei Fausthiebe ins Gesicht, zog ihn wieder hoch und drückte seinen Oberkörper über die Reling. „Und nun gibst du alles zu, du Schwein!" Er riss Tobias, der sich so willenlos bewegte wie eine Schlenkerpuppe, nach vorne und stieß ihn dann wieder zurück. „Los, sag sofort, warum du das gemacht hast, du widerliche Kakerlake!"

„Aber ich wollte es doch nicht", schrie Tobias mit grenzenloser Panik in der Stimme, „ich wollte es doch nicht! Es war ein Unfall!"

„Ein Unfall, ja!? Du Dreckschwein wagst es, von einem Unfall zu reden, ja! Ermordet hast du sie! Ermordet!" Erneut versetzte Hanno ihm einen Faustschlag ins Gesicht.

„Aufhören! Hanno, hören Sie sofort auf damit!" Hasenkrug klinkte seinen Karabiner aus, um einzugreifen, Büttner aber hielt ihn mit einem schnellen Griff zurück. Jetzt war nicht die Zeit für Heldentaten, dachte er, denn zu seinem Entsetzen rollte jetzt eine hohe Welle von Steuerbord auf den Kutter zu und würde sie in wenigen Augenblicken unweigerlich unter sich begraben. Er warf einen

Blick zum Steuerhaus, Alex aber streckte seinen Daumen in die Höhe zum Zeichen, dass er alles im Griff hatte. „Achtung!", schrie Büttner noch aus Leibeskräften, doch schon im nächsten Moment schlug die Welle mit aller Macht über ihnen zusammen.

41

Die Krankenschwester streifte Büttner im Vorbeigehen mit einem misstrauischen Blick. Nur zu gut erinnerte sie sich noch daran, in welchen Zustand er die Patientin Erna Wiemers vor wenigen Tagen während seines Besuches versetzt hatte. Und so konnte sie den Wunsch der alten Dame, eben diesen Kommissar erneut zu sprechen, nur missbilligen. Doch als sie ihren Unmut über den erneuten Besuch dem behandelnden Oberarzt gegenüber äußerte, hatte der nur gesagt, man solle Patienten in diesem hohen Alter nicht allzu viele Wünsche abschlagen, schließlich seien deren Tage sowieso gezählt, mit oder ohne Intensivmedizin. Und letztlich komme doch alles ohnehin immer so, wie es das Schicksal vorgesehen habe.

Als er ihren Blick bemerkte, schenkte Büttner der Schwester vorsichtshalber ein freundliches Lächeln. Man wusste ja nie, wozu es noch gut sein würde. Auch ihm ging beim Gedanken an diesen Besuch ganz gewaltig die Flatter, schließlich hatte er keineswegs vor, der Letzte gewesen zu sein, der Erna Wiemers noch lebend sah.

Trotz aller Zweifel hatte er beschlossen, Oma Erna noch mal persönlich im Krankenhaus aufzusuchen. Er war der Ansicht, dass sie erfahren sollte, was aus ihrer kleinen Anita geworden war. Natürlich war es nicht schön, ihr zu sagen, dass ihre Tochter schon sehr früh verstorben war. Aber für die alte Dame war es doch allemal besser als in dieser Ungewissheit, die sie ihr ganzes Leben lang gequält hatte, auf den letzten Atemzug zu warten.

„Moin, Frau Wiemers." Büttner trat in ihr Zimmer und reichte ihr die Hand. Zu seinem Erstaunen war ihr Händedruck ungewöhnlich fest. Noch überraschter war er allerdings, als sich in diesem Moment die Badezimmertür öffnete und ein junger Mann heraustrat.

„Moin, Herr Kommissar", lachte Eike ihn an, „wie geht es Ihnen?"

„Ähm – darf ich fragen, wo Sie so lange waren? Wir waren alle in großer Sorge und außerdem …"

„Ich nicht", wurde er von Oma Erna unterbrochen.

„Sie nicht?", wunderte sich Büttner und sah von einem zum anderen.

„Nee. Ich wusste doch die ganze Zeit, wo mein Enkel war. Oder dachten Sie vielleicht, der sagt mir nicht Bescheid, wenn er geht?"

„Aha." Büttner war baff. „Und wo genau waren Sie, wenn ich fragen darf?", wandte er sich wieder an Eike.

„Mal hier, mal da. Aber gerade heute bin ich aus Irland zurückgekehrt. Mit dem Flieger. Mein Kutter liegt noch in Galway."

„In Galway? Sie haben doch nicht etwa …"

„Ich war bei Annegret, doch", lächelte Eike. „Wir haben uns – also, es geht jetzt. Irgendwie."

„Sie war bereit, mit Ihnen zu sprechen?"

„Zuerst nicht." Eike grinste verlegen. „Ich hatte die blöde Idee, sie ausgerechnet an einem stürmischen Herbsttag aufzusuchen, an dem die Welt drohte unterzugehen. Zu allem Übel bin ich dann auch noch um ihr Haus geschlichen, weil ich mich nicht getraut hatte zu klingeln. Als ich dann auch noch mein Gesicht gegen eine der Scheiben presste, ohne zu wissen, dass sie gerade davorstand, war sie natürlich zu Tode erschrocken. Aber mit gutem Zureden konnte ich sie dann doch noch davon überzeugen, mich im wahrsten Sinne des Wortes nicht im Regen stehen zu lassen."

„Aha. Und Sie hatten ständig Kontakt zu Ihrem Enkel?", fragte Büttner und schaute Erna gespielt böse an.

„Natürlich. Wir haben jeden Tag telefoniert. Hab doch gesagt, er braucht nur mal 'ne Auszeit."

„Sie hätten mir sagen müssen, dass Sie wissen, wo er sich aufhält."

„Ach wat", winkte sie mit ihrer runzligen Hand ab. „Du musst auch nicht alles wissen, mien Jung, nur weil du bei der Polizei bist."

Büttner konnte sich ein Lächeln nicht verkneifen. „Und natürlich wussten Sie auch schon immer, dass Annegret Engler die leibliche Mutter Ihres Enkels war." Es war eine Feststellung, keine Frage. Er war sich sicher, dass er sie damit nicht überraschen würde.

„Natürlich." Sie guckte ihn nachdenklich an und fragte ihn dann fast ängstlich: „Wissen Sie was Neues von meiner Anita?"

Büttner räusperte sich. „Ja. Deswegen bin ich hier. Ich kenne jetzt die Geschichte Ihrer Tochter."

Oma Ernas Augen füllten sich mit Tränen. „Ich hatte also recht? Es gibt sie wirklich, meine kleine Anita?"

„Ja. Also – es gab sie."

In den nächsten Minuten erzählte Büttner der alten Dame ausführlich, was er über den Verbleib ihrer Tochter hatte herausfinden können. Mit einem Blick auf den Überwachungsmonitor verzichtete er allerdings auf die Details zur Familie Adams und darauf, ihr mitzuteilen, dass Simone die Tochter ihrer Anita und damit ihre leibliche Enkelin gewesen war. All das würde er Eike zu einem anderen Zeitpunkt schonend beibringen. Und der konnte dann selbst entscheiden, ob er dieses Wissen an seine Großmutter weitergab.

„Sie ist also tot, mein kleines Mädchen", seufzte Erna Wiemers und ließ sich in die Kissen zurücksinken. Sie lächelte versonnen. „Dann dauert es ja nicht mehr lange, bis wir uns im Himmel wiedersehen."

Büttner schluckte gerührt. „Ich wünsche Ihnen alles Gute, Frau Wiemers." Er nickte ihr aufmunternd zu und reichte ihr zum Abschied die Hand.

„Ich danke Ihnen, Herr Kommissar. Für alles. Wissen Sie denn nun schon, was mit Simone passiert ist?"

Büttner warf einen schnellen Blick auf Eike, dann sagte er: „Wir sind auf einem guten Weg. Wenn Sie erlauben, dann entführe ich Ihren Enkel für ein paar Minuten."

Oma Erna schloss die Augen. „Ja, tu das, mien Jung. Ich bin sowieso müde und will ein wenig schlafen. Solltest du auch tun. Siehst so aus, als würdest du schon wieder einen Schnupfen kriegen."

„Sie wissen was Neues zu Simones Tod?", kam Eike sichtlich aufgewühlt gleich zur Sache, als er und Büttner in

Richtung der Fahrstühle gingen. „Alex sagte, dass Tobias sie über Bord gestoßen hat. Ich kann es gar nicht glauben. Warum hat er denn das gemacht?"

„Ich bin gerade auf dem Weg zu ihm, um ihn genau das zu fragen. Die Ärzte sagten mir, dass er wieder ansprechbar ist. Ich wollte aber zunächst mit Ihrer Großmutter sprechen, weil …"

„Sie sind auf dem Weg zu Tobias?", unterbrach Eike ihn. „Warum liegt er hier und nicht im Gefängniskrankenhaus, dieses dreckige Stück Scheiße! Und wenn er abhaut?"

Büttner hob die Hand. „Er ist momentan gar nicht in der Lage abzuhauen. An seinem Körper ist praktisch jeder Knochen gebrochen. Er hat einen Beckenbruch, wie man mir sagte, und der lädt nicht gerade zum Spaziergang ein. Die Wucht der Welle hat ihn an die Reling geschmettert. Er musste mehrmals operiert werden."

„Geschieht ihm recht. Hoffentlich tut's richtig weh!" Eike schlug sich mit der rechten Faust in die flache linke Hand. „Und wie geht's Hanno?", fragte er dann gepresst.

„Ihn hat's nicht ganz so schlimm erwischt. Ein gebrochener Arm, einige Prellungen, eine leichte Gehirnerschütterung. Er liegt übrigens auch hier, aber nur zur Beobachtung." Büttner nannte Eike die Zimmernummer und stieg in den Fahrstuhl. „Ich gebe Ihnen Bescheid, sobald ich mit Tobias Rüttgers gesprochen habe. Auch würde ich Sie gerne noch über so manche andere Entwicklung informieren. Es gibt da so einiges, das Sie wissen sollten."

„Wenn Sie diesen Drecksack von Bernhard meinen …"

„Wie gesagt, ich melde mich bei Ihnen", rief Büttner durch die sich schließende Fahrstuhltür.

42

„Ich hab dir doch gesagt, du sollst ihr einen ordentlichen Schrecken einjagen! Von Umbringen war nie die Rede!"

Büttner blieb irritiert stehen und machte Hasenkrug, der inzwischen zu ihm gestoßen war, ein Zeichen, ebenfalls still zu sein. Gerade hatte er die Tür zu Tobias' Krankenzimmer einen Spalt breit geöffnet, als er eine keifende weibliche Stimme vernahm. Doch auch, wenn ihm diese Stimme bekannt vorkam, so vermochte er sie gerade nicht zuzuordnen. Leider konnte er durch den Spalt nicht sehen, wer genau sich im Zimmer aufhielt. Aber die Tür weiter zu öffnen, hielt er für keine gute Idee, denn seiner Ansicht nach konnte das Gespräch noch ganz interessant werden. Er hielt den Atem an. Hatte jemand gehört, dass sie das Zimmer betreten wollten?

Das war ganz offensichtlich nicht der Fall, denn nun antwortete Tobias Rüttgers: „Aber ich sag doch, es war ein Unfall. Ich wollte Simone nur ein wenig Angst machen. Hab gedacht, wenn ich sie ein wenig über die Reling drücke, dann wird sie von selbst klein beigeben. Dann aber kam diese Welle. Ich wollte sie noch zurückreißen, aber es war zu spät." Die nächsten Sätze schrie er laut hinaus: „Es war zu spät, verstehst du! Als ich wieder was sehen konnte, war sie weg! Einfach weg! Ich träume davon, jede Nacht! Es macht mich fertig, verstehst du!"

335

„Jetzt spiel hier mal nicht den Jammerlappen", sagte die weibliche Stimme gepresst. „Und wenn dich einer fragt, dann komm bloß nicht auf die Idee, mich da mit reinzuziehen. Ich kenn dich nicht, hörst du! Hab dich nie gesehen, wenn mich jemand fragt." Beim nächsten Satz sprach sie deutlich leiser, war kaum noch zu verstehen. „Die ganzen Jahre lief es wie am Schnürchen. Alle haben schön die Klappe gehalten. Ich hab die Scheiße all die langen Jahre ertragen. Hab mich demütigen lassen." Sie lachte höhnisch auf. „Ha! Und da kommt dieses Flittchen daher und stellt Fragen. Wühlt in längst vergessenen Geschichten. Macht alle Leute verrückt." Es war ein unterdrücktes Schnauben zu hören. „Ich war so kurz vorm Ziel. Und nun kommst du und lässt dich einfach so überrumpeln. Was bist du doch für ein Schlappschwanz, Tobias! Ich hätte es gleich wissen müssen. Aber eines sage ich dir: Auch nur ein Wort an die Polizei und ich mache dich fertig. Das Geld für die Galerie kannst du dir dann auch in die Haare schmieren. Ich hoffe, das ist dir klar."

„Aber es ist doch nichts passiert", stöhnte nun Tobias Rüttgers. Er klang, als hätte er starke Schmerzen. „Es war ein Unfall. Außerdem ist dein Mann doch jetzt tot und kann nichts mehr kaputt machen." Er lachte gequält. „Kannst doch froh sein, dass er gerade zum richtigen Zeitpunkt abgetreten ist."

„Gerade zum richtigen Zeitpunkt, ja. Ich dachte, mich trifft der Schlag, als ihn plötzlich sein schlechtes Gewissen plagte. Überall wollte er auf einmal reinen Tisch machen, der Idiot. Was blieb mir denn da anderes übrig, als ihn über die Wupper …"

„Du hast ihn umgebracht?", fuhr Tobias Rüttgers dazwischen und klang ehrlich schockiert. „Du hast deinen Alten wirklich – das glaube ich jetzt nicht!"

„Ich bring die Sachen wenigstens ordentlich zu Ende, bevor sie aus dem Ruder laufen."

Büttner stockte der Atem. Die Frau hatte soeben einen Mord gestanden! War es Annegret Engler, die da bei Tobias Rüttgers im Zimmer stand? Aber wieso hatte sie ihren Mann …? Er machte Hasenkrug ein Zeichen, dass sie jetzt eintreten würden und stieß schwungvoll die Tür auf.

„Moin", rief er in den Raum, „das sind ja mal interessante Neuigkeiten, die wir hier zu hören kriegen, Frau Eng – Frau Adams?" Er blieb abrupt stehen und schaute die Frau des Lehrers verblüfft an. „Wie soll ich denn das jetzt verstehen?"

Verena Adams war sichtlich schockiert, als sie die beiden Polizisten erblickte. Schreckensbleich starrte sie sie aus großen Augen an. „Was – machen denn Sie – ich meine …", stammelte sie entsetzt.

„Anscheinend das Gleiche wie Sie", antwortete Hasenkrug gelassen. „Wir wollten von Herrn Rüttgers wissen, wie es zum Tod von Simone Wiemers kommen konnte. Jetzt wissen wir es."

„Und noch viel mehr", nickte Büttner. „Und jetzt wüsste ich gerne den Grund für den Mord an Ihrem Mann. Und natürlich den für Ihre – hm – Attacke gegen Simone Wiemers."

„Mein Mann wäre sowieso gestorben. Es war nur eine Frage der Zeit", entgegnete Verena Adams bockig. Sie schien ihre Fassung wiedererlangt zu haben.

„Eben. Dann gab es doch eigentlich gar keinen Grund, kurz vorher noch nachzuhelfen. So jedenfalls ist es Mord." Büttner gab Hasenkrug ein Zeichen, einen Streifenwagen zu rufen. So, wie es aussah, würden sie nicht alleine ins Kommissariat zurückkehren.

„Er – Berend meinte wie aus heiterem Himmel, sein schlechtes Gewissen erleichtern zu müssen. Er telefonierte plötzlich mit allem und jedem, um sich für seine – für die Schweinereien zu entschuldigen, die er all die Jahre begangen hatte."

„Die jungen Mädchen, meinen Sie", stellte Büttner sachlich fest. „Und als Sie darüber nach so vielen Jahren Ehe erfuhren, was er den jungen Dingern angetan hatte, waren Sie so geschockt …"

„Pah! Geschockt!", ließ sich die Stimme von Tobias Rüttgers vernehmen, der mit seinen zahlreichen Gipsverbänden stark an das Michelin-Männchen erinnerte. „Das hat sie doch all die Jahre gewusst! Verschleiert hat sie es, wie all die anderen auch. Aber sie hatte einen guten Grund dafür, es nicht öffentlich werden zu lassen, nicht wahr, Verena? Du …"

„Halt die Klappe, Tobias!", fuhr Verena Adams wie ein Furie zu ihm herum und schlug ihm mit solcher Wucht gegen sein eingegipstes Bein, dass er einen schrillen Schmerzensschrei von sich gab.

„Stopp!", riss Büttner sie am Arm zurück, als sie erneut zuschlagen wollte. „Noch eine solche Attacke und ich lasse Sie direkt abführen. Also, Herr Rüttgers", wandte er sich wieder an Tobias, „was wollten Sie sagen?"

Tobias grinste Verena hämisch an. „Es ging ums liebe

Geld. Deswegen hat sie all die Jahre die Klappe gehalten. Damit der liebe Onkel Eelko nicht mitbekommt, was ihr Göttergatte für eine miese kleine Ratte ist. Der hätte daraus doch seine Konsequenzen gezogen."

„Onkel Eelko? Der Adoptivvater der kleinen Anita? Ich dachte, der sei längst tot!?" Büttner schaute perplex von einem zum anderen.

„Tot? Ha!" Tobias lachte kurz auf. „Onkel Eelko ist uralt, aber so munter wie ein Mops im Haferstroh. Und er hat Geld. Viel Geld."

„Lassen Sie mich raten, Frau Adams. Sie haben nicht zufällig aufs Erbe spekuliert? Schließlich war Onkel Eelko nach dem Tod von Anita ja kinderlos."

Verena Adams verschränkte trotzig die Arme vor dem Körper, sagte aber nichts.

„Ja. Aber Onkel Eelko hatte auch Enkel. Alex und Simone", antwortete stattdessen Tobias. „Die aber waren durch die Reeder-Sippschaft schon super versorgt, fand Verena. Also hat sie sich all die Jahrzehnte beim Onkel lieb Kind gemacht und sich ganz rührend um ihn gekümmert, als er in die Jahre kam."

„Doch plötzlich kam Simone auf die Idee, Ahnenforschung zu betreiben und in Ostfriesland zu recherchieren", schlussfolgerte Büttner.

„Genau", keifte Verena Adams. „Da schnüffelt sie bei den Wiemers und überall in der Krummhörn herum wie nichts Gutes, die blöde Zicke! Als ich davon Wind bekommen hab, musste ich sie doch stoppen! Es war doch nur eine Frage der Zeit, bis sie auf die sexuellen Abenteuer meines Mannes stoßen würde, auf Annegret mit ihrem

Bastard Eike! Simone guckte schon immer so bohrend, wenn sie mich sah! Sie wusste alles. Alles! Und sie wollte es an die Öffentlichkeit bringen. Und ich? Was blieb mir denn anderes übrig, als zu verhindern, dass es auch Onkel Eelko erfuhr! Er hätte uns doch sofort enterbt! Ich musste sie stoppen! Es ging doch nicht anders! Jahrelang hat hier keiner was gesagt. Und dann kommt diese Schlampe und bringt alles ans Licht. Wie hätten wir denn dagestanden!"

Büttner sah Verena Adams für eine ganze Weile nur an, dann sagte er: „Sie wusste nichts."

„Was?", fragte sie irritiert.

„Simone Wiemers hatte keine Ahnung, dass Eike der Sohn Ihres Mannes war. Sie war einer ganz anderen Sache auf der Spur. Und selbst in der hatte sie bereits seit mehreren Wochen nicht mehr recherchiert, bevor sie starb. Sie wollte einfach nur mit Eike glücklich sein. Sonst nichts."

„Das ist nicht wahr." Tobias sah Verena Adams, die sich nun mit stumpfem Blick auf einen Stuhl sinken ließ, erschüttert an. „Sagen Sie bitte, dass das nicht wahr ist, Herr Kommissar!"

„Es gab durchaus Leute, die von Eikes Geschichte wussten und daraus sogar Kapital schlagen wollten." Büttner dachte an Bernhard Jakobs, der nicht nur von der Existenz seines Bruders Hermann, sondern auch von Annegrets früher Mutterschaft aus den Aufzeichnungen seiner Mutter erfahren hatte. „Aber ich bezweifle, dass Onkel Eelko jemals davon Wind bekommen hätte." Büttner sah Verena Adams aus schmalen Augen an. „Denn Ihren Mann, der im Angesicht des Todes anfing, aus dem Nähkästchen zu plaudern, hatten Sie ja gerade noch rechtzeitig umgebracht."

Minutenlang erfüllte tiefes Schweigen den Raum, bis Büttner schließlich seine nächste Frage stellte:

„Womit haben Sie Frau Wiemers eigentlich unter Druck gesetzt, damit sie Ihnen die Galerie vererbt?"

„Unter Druck gesetzt?" Tobias gab ein grunzendes Geräusch von sich. „Was Sie sich immer zusammenfantasieren, Herr Kommissar! Sie hat es wegen unserer tiefen Verbundenheit getan."

„Das glauben Sie doch wohl selbst nicht", erwiderte Büttner kühl.

Tobias schnaubte. „Alles andere müssen Sie mir erstmal beweisen."

Büttner sah ein, dass er an dieser Stelle nicht weiterkam, so ärgerlich es auch war. Er deutete auf Verena Adams. „Jetzt würde ich gerne noch wissen, wie Sie beide zueinandergefunden haben."

„Verena ist auch nicht ganz unbegabt im Schnüffeln", antwortete Tobias Rüttgers mit dünner Stimme. „Sie hat mich irgendwann angerufen und gesagt, sie wisse, dass ich eine ziemliche Wut auf Simone habe und gleichzeitig Geld für die Galerie brauche. Ob ich nicht Lust hätte auf einen Deal. Es sei – ganz ohne Risiko. Ich dachte, es sei bestimmt ganz lustig, Simone mal ein bisschen zu ärgern. So, wie sie auch mich geärgert hat, indem sie mich verließ."

„Bitte nehmen Sie Frau Adams mit aufs Revier", sagte Büttner zu den beiden uniformierten Polizisten, die gerade gemeinsam mit Hasenkrug das Zimmer betraten. Bevor er selbst den Raum verließ, drehte er sich noch mal zu Tobias um und sagte: „Sie sind eine ganz erbärmliche Kreatur, Rüttgers. Und eines kann ich Ihnen versichern: Ich werde

341

mich ganz persönlich und mit aller Macht dafür einsetzen, dass Sie wegen fahrlässiger Tötung in den Knast wandern."

„Dein Cousin Rainer hat angerufen!", rief ihm seine Frau Susanne schon freudestrahlend an der Tür entgegen, als Hauptkommissar David Büttner an diesem Abend nach Hause kam und von seinem Hund Heinrich stürmisch begrüßt wurde.

„Und was wollte er?", fragte Büttner mürrisch. Wenn er auf eines keine Lust hatte, dann war es ein Telefonat mit wem auch immer. Er wollte nur noch seine Ruhe und ein gutes Glas Rotwein.

„Er ist da an einer tollen Sache dran. Klang richtig spannend."

„Ach ja? Worum geht's?" Büttner spitzte die Ohren. Vielleicht lohnte sich ein Rückruf ja doch.

„Rainer ist jetzt in Rente und dachte, es wäre doch ganz nett, wenn er mal ein wenig Ahnenforschung betreibt und einen Familienstammbaum …"

Den Rest des Satzes hörte Büttner nicht mehr. Er hatte nach Heinrich gepfiffen und die Tür hinter sich ins Schloss fallen lassen. „Dann lieber einen Schnupfen", knurrte er und trat in den strömenden Novemberregen hinaus.

ENDE

DANKE!

Ein ganz besonderes Dankeschön geht an Volker Behnecke, ohne dessen wertvolle Diskussionsbeiträge zur Plotentwicklung es diesen Krimi in dieser Form nie gegeben hätte. Und eigentlich mehr als ein simples Danke verdient haben auch diesmal meine lieben Testleser/innen Susanne Elsen, Ira Podewin, Helge Herr, Katrin Fritzsching, Maike Lüneburg, Sabine Kern sowie Michael Mogel. Ohne ihre Geduld, Ausdauer und ihr stets konstruktives Mitdenken würde so mancher Lapsus in Handlung und Orthografie unentdeckt bleiben. Was wäre ich ohne Euch!

Liebe Leserin, lieber Leser,

ich freue mich sehr, dass Sie „Schweigende Schuld" als Lektüre ausgewählt haben und hoffe, dass ich Ihnen mit dieser Geschichte ein paar angenehme Stunden bereiten konnte. In diesem Fall würde ich mich über eine Rezension in den Online-Shops oder ein Feedback auf meiner Homepage (www.elke-bergsma.de) oder per E-Mail (mail@elke-bergsma.de) sehr freuen. Sollten Sie Lust haben, mehr von Büttner und Hasenkrug zu lesen, darf ich Ihnen an dieser Stelle meine weiteren Ostfrieslandkrimis ans Herz legen, die in dieser Reihenfolge erschienen sind:

„Windbruch"
„Das Teekomplott"
„Lustakkorde"
„Tödliche Saat"
„Dat witte Lücht" (Kurzkrimi)
„Puppenblut"
„Stumme Tränen"
„Schweigende Schuld"
„Fluchträume"
„Brandwunden"
„Strandboten"
„Maskenmord"
„Eisige Spuren"
„Seelenrausch"
„Scheinwelten"
„Dunstkreise"
„Zornesbrut"
„Sippenverfall"

„Todesgruft"
„Bitteres Erbe"
„Lodernde Wut"
„Dünennebel"
„Meeresklagen"
„Herbstzeittode"
„Schwarze Lettern"
„Hetzjagd"
„Platzverweis"
„Abschiedsklänge"
„Lebensfesseln"
„Klosterchoräle"
„Späte Reue"
„Innerer Dämon"
„Tummelplatz"
„Wellenschlag"
„Froststarre"
„Siedepunkt"

Vielleicht haben Sie Lust, auch in meine historisch-zeit-genössische Ostfrieslandkrimireihe „Wibben und Weerts ermitteln" reinzuschnuppern? In dieser Reihe sind bisher erschienen:
„Moorsmaragd"
„Flutrubin"
„Inselsaphir"

Im Sommer 2018 erschien zudem der erste Band meiner ost-friesisch-niederländischen Krimireihe „Grenzfälle". Schauen Sie doch mal rein in: „Wie Mauern so kalt"

Im Herbst 2019 erschien mein Arktis-Thriller: „Verloren im Eis."

Mit meiner Kollegin Anna Johannsen veröffentlichte ich 2019 zudem den Ostfrieslandkrimi „Juister Mohn" sowie 2024 die Ostfrieslandkrimi-Trilogie mit den Bänden „Die Stille der Flut", „Die Gewalt des Sturms" und „Die Kraft der Ebbe".

Völlig neu erfunden habe ich mich 2022/2023 mit meiner historischen Trilogie „Wege in eine neue Zeit", die in der Weimarer Republik angesiedelt ist.
Band 1: „Die Bürde der Freiheit"
Band 2: „Die Kraft der Entbehrung"
Band 3: „Der Makel der Hoffnung"

Möchten Sie regelmäßig und unkompliziert über alles, was rund um meine Bücher herum passiert, informiert werden, dann abonnieren Sie doch einfach meinen Newsletter unter www.elke-bergsma.de/newsletter oder folgen Sie mir auf Facebook und Instagram.

Herzliche Grüße
Elke Bergsma

www.elke-bergsma.de
www.facebook.com/elkebergsmaautorin
www.instagram.com/bergsmaautorin